余光中

大家经典

茱萸之谜

余光中 著

山东文艺出版社

目 录

第一辑　旧月旧日

003　记忆像铁轨一样长
013　思台北,念台北
020　九张床
027　金陵子弟江湖客
040　为抗战召魂
042　万里长城
048　从母亲到外遇
054　鸡同鸭讲
057　西欧的夏天
060　风吹西班牙
072　四月,在古战场
079　黑灵魂

第二辑　遍插茱萸

091　茱萸之谜
095　逍遥游
102　秦琼卖马
108　伐桂的前夕
116　山　盟
127　海　缘
141　听听那冷雨
148　幽默的境界
153　猛虎和蔷薇
157　塔

第三辑　登高

169　自豪与自幸
　　　——我的国文启蒙
177　论民初的游记
189　楚歌四面谈文学
202　剪掉散文的辫子
212　中西文学之比较

第四辑　少一人

229 | 假如我有九条命
233 | 失帽记
238 | 我的四个假想敌
245 | 日不落家
254 | 文章与前额并高
262 | 名画的归宿
265 | 徐志摩诗小论
274 | 朋友四型
277 | 望乡的牧神

第一辑

旧月旧日

记忆像铁轨一样长

我的中学时代在四川的乡下度过。那时正当抗战,号称天府之国的四川,一寸铁轨也没有。不知道为什么,年幼的我,在千山万岭的重围之中,总爱对着外国地图,向往去远方游历,而且觉得最浪漫的旅行方式,便是坐火车。每次见到月历上有火车在旷野奔驰,曳着长烟,便心随烟飘,悠然神往,幻想自己正坐在那一排长窗的某一扇窗口,无穷的风景为我展开,目的地呢,则远在千里外等我,最好是永不到达,好让我永不下车。那平行的双轨一路从天边疾射而来,像远方伸来的双手,要把我接去未知;不可久视,久视便受它催眠。

乡居的少年那么神往于火车,大概是因为它雄伟而修长,轩昂的车头一声高啸,一节节的车厢铿铿跟进,那气派真是慑人。至于轮轨相击枕木相应的节奏,初则铿锵而慷慨,继则单调而催眠,也另有一番情韵。过桥时俯瞰深谷,真若下临无地,蹑虚而行,一颗心,也忐忐忑忑呆在半空。黑暗迎面撞来,当头罩下,一点准备也没有,那是过山洞。惊魂未定,两壁的回声轰动不绝,你已经愈陷愈深,冲进山岳的盲肠里去了。光明在山的那一头迎你，先是一片幽昧的微熹，迟疑不决，蓦地天光豁然开朗，黑洞把你吐回给白昼。这一连串的经验，从惊到喜，中间还带着不安和神秘，历时虽短而印象很深。

坐火车最早的记忆是在十岁。正是抗战第二年，母亲带我从上海乘船到越南，然后乘火车北上昆明。滇越铁路与富良江平行，依着横断山脉蹲踞的余势，江水滚滚向南，车轮铿铿向北。也不知越过多少桥，穿过多少山洞。我靠在窗口，看了几百里的桃花映水，真把人看得眼红、眼花。

入川之后，刚兀的铁轨只能在山外远远喊我了。一直要等胜利还都，进了金陵大学，才有京沪路上疾驶的快意。那是大一的暑假，随母亲回她的故乡武进，铁轨无尽，伸入江南温柔的水乡，柳丝弄晴，轻轻地抚着麦浪。可是半年后再坐京沪路的班车东去，却不再中途下车，而是直达上海。那是最难忘的火车之旅了：红旗渡江的前夕，我们仓皇离京，还是母子同行，幸好儿子已经长大，能够照顾行李。车厢挤得像满满一盒火柴，可是乘客的四肢却无法像火柴那么排得平整，而是交肱叠股，摩肩错臂，互补着虚实。母亲还有座位。我呢，整个人只有一只脚半踩在茶几上，另一只则在半空，不是虚悬在空中，而是斜斜地半架半压在各色人等的各色肢体之间。这么维持着"势力平衡"，换腿当然不能，如厕更是妄想。到了上海，还要奋力夺窗而出，否则就会被新涌上来的回程旅客夹在中间，挟回南京去了。

来台之后，与火车更有缘分。什么快车慢车、山线海线，都有缘在双轨之上领略，只是从前京沪路上的东西往返，这时，变成了纵贯线上的南北来回。滚滚疾转的风火车轮上，现代哪吒的心情，有时是出发的兴奋，有时是回程的慵懒，有时是午晴的遐思，有时是夜雨的落寞。大玻璃窗招来豪阔的山水，远近的城村；窗外的光景不断，窗内的思绪不绝，真成了情景交融。尤其是在长途，终站尚远，两头都搭不上现实，这是你一切都被动的过渡时期，可以绝对自由地大想心事，任意识乱流。

饿了，买一盒便当充午餐，虽只一片排骨，几块酱瓜，但在快览风景的高速动感下，却显得特别可口。台中站到了，车头重重地喘一口气，颈挂零食拼盘的小贩一拥而上。太阳饼、凤梨酥的诱惑总难以拒绝。照例一盒盒买上车来，也不一定是为了有多美味，而是细嚼之余有一股甜津津的乡情，以及那许多年来，唉，从年轻时起，在这条线上进站、出站、过站、初旅、重游、挥别，重重叠叠的回忆。

最生动的回忆却不在这条线上，在阿里山和东海岸。拜阿里山神是在十二年前。朱红色的窄轨小火车在洪荒的岑寂里盘旋而上，忽进忽退，忽蠕蠕于悬崖，忽隐身于山洞，忽又引吭一呼，回声在峭壁间来回反弹。万绿丛中牵曳着这一线媚红，连高古的山颜也板不起脸来了。

拜东岸的海神却近在三年以前，是和我存一同乘电气化火车从北回线南下。浩浩的太平洋啊，日月之所出，星斗之所生，毕竟不是海峡所能比。东望，是令人绝望的水蓝世界，起伏不休的咸波，在远方，摇撼着多少个港口多少只船，扪不到边，探不到底，海神的心事就连长锚千丈也难窥。一路上怪壁碍天，奇岩镇地，被千古的风浪刻成最丑所以也最美的形貌，罗列在岸边如百里露天的艺廊，刀痕刚劲，一件件都凿着时间的签名，最能满足狂士的"石癖"。不仅岸边多石，海中也多岛。火车过时，一个个岛屿都不甘寂寞，跟它赛起跑来。毕竟都是海之囚，小的，不过跑三两分钟，大的，像龟山岛，也只能追逐十几分钟，就认输放弃了。

萨洛扬的小说里，有一个寂寞的野孩子，每逢火车越野而过，总是兴奋地在后面追赶。四十年前在四川的山国里，对着世界地图悠然出神的，也是那样寂寞的一个孩子，只是在他的门前，连火车也不经过。后来远去外国，越洋过海，坐的却常是飞机，而非火车。飞机虽可想成庄子的逍遥之游，列子的御风之旅，但是出没云间，游行虚碧，变化不多，机窗也太狭小，久之并不耐看。哪像火车的长途，催眠的节奏，多变的风景，从阔窗里看出去，又像是在人间，又像驶出了世外。所以在海外旅行，凡铿铿的双轨能到之处，我总是站在月台——名副其实的"长亭"——上面，等那阳刚之美的火车轰轰隆隆其势不断地踹进站来，来载我去远方。

在美国的那几年，坐过好多次火车，在爱荷华城读书的那一年，常坐火车去芝加哥看刘鎏和孙璐。美国是汽车王国，火车并不考究。去芝加哥的老式火车颇有十九世纪遗风，坐起来实在不大舒服，但沿途的风景却看之不倦。尤其到了秋天，原野上有一股好闻的淡淡焦味，太阳把一切成熟的东西焙得更成熟，黄透的枫叶杂着赭尽的橡叶，一路艳烧到天边，谁见过那样美丽的"火灾"呢？过密西西比河，铁桥上敲起空旷的铿锵，桥影如网，张着抽象美的线条，倏忽已踹过好一片壮阔的烟波。等到暮色在窗，芝城的灯火迎面渐密，那黑人老车掌就喉音重浊地喊出站名：Tanglewood！

有一次，从芝城坐火车回爱荷华城。正是耶诞假后，满车都是回校的学生，大半还背着、拎着行囊，更显拥挤。我和好几个美国学生挤在两节车厢之间,等于站在老火车轧轧交挣的关节之上,又冻又渴,饮水的纸杯在众人手上,从厕所一路传到我们跟前。更严重的问题是不能去厕所,因为连那里面也站满了人。火车原已误点,我们在呵气翳窗的芝城总站上早已困立了三四个小时,偏偏隆冬的膀胱最容易注满。终于"满载而归",一直熬到爱大的宿舍。一泻之余,顿觉身轻若仙,重心全失。

美国火车经常误点,真是恶名昭彰。我在美国下决心学开汽车,完全是给老爷火车激出来的。火车误点,或是半途停下来等到地老天荒,甚至为了说不清楚的深奥原因向后倒开,都是最不浪漫的事。几次耽误,我一怒之下,决定把方向盘握在自己手里,不问山长水远,都可即时命驾。执照一到手,便与火车分道扬镳,从此我骋我的高速路,它敲它的双铁轨。不过在高速路旁,偶见迤迤的列车同一方向疾行,那修长而魁伟的体魄,那稳重而剽悍的气派,尤其是在天高云远的西部,仍令我怦然心动。总忍不住要加速去追赶,兴奋得像西部片里马背上的大盗,直到把它追进了山洞。

一九七六年去英国,周榆瑞带我和彭歌去剑桥一游。我们在维多利亚车站的月台上候车,匆匆来往的人群,使人想起那许多著名小说里的角色,在这"生之漩涡"里卷进又卷出的神色与心情。火车出城了,一路开得不快,看不尽人家后院晒着的衣裳,和红砖翠篱之间明艳而动人的园艺。那年西欧大旱。耐干的玫瑰却恣肆着娇红。不过是八月底,英国给我的感觉却是过了成熟焦点的晚秋,尽管是迟暮了,仍不失为美人。到剑桥飘起霏霏的细雨,更为那一幢幢严整雅洁的中世纪学院平添了一分迷蒙的柔美。经过人文传统日琢月磨的景物,究竟多一种沉潜的秀逸气韵,不是铝光闪闪的新厦可比。在空幻的雨气里,我们撑着黑伞,踱过剑河上的石洞拱桥,心底回旋的是弥尔顿牧歌中的抑扬名句,不是碌石才子的江南乡音。红砖与翠藤可以为证,半部英国文学史不过是这河水的回声。雨气终于浓成暮色,我们才挥别了灯暖如橘的剑桥小站。往往,大旅途里最具风味的,是这种一日来回的"便游"(side trip)。

两年后我去瑞典开会,回程顺便一游丹麦与德国,特意把斯德哥尔摩到哥本哈根的机票,换成黄底绿字的美丽火车票。这一程如果在云上直飞,一小时便到了,但是在铁轨上轮转,从上午八点半到下午四点半,却足足走了八个小时。云上之旅海天一色,美得未免抽象。风火轮上八小时的滚滚滑行,却带我深入瑞典南部的四省,越过青青的麦田和黄艳艳的芥菜花田,攀过银桦蔽天杉柏密蓋的山地,渡过北欧之喉的峨瑞升德海峡,在香熟的夕照里驶入丹麦。瑞典是森林王国,火车上凡是门窗几椅之类都用木制,给人的感觉温厚而可亲。车上供应的午餐是烘面包夹鲜虾仁,灌以甘洌的嘉士伯啤酒,最合我的口胃。瑞典南端和丹麦北部这一带,陆上多湖,海中多岛,我在诗里曾说这地区是"屠龙英雄的泽国,佯狂王子的故乡",想象中不知有多阴郁,多神秘。其实那时候正是春夏之交,纬度高远的北欧日长夜短,柔蓝的海峡上,迟暮的天色久久不肯落幕。我在延长的黄昏里独游哥本哈根的夜市,向人鱼之港的灯影花香里,寻找疑真疑幻的传说。德国之旅,从杜塞尔多夫到科隆的一程,我也改乘火车。德国的车厢跟瑞典的相似,也是一边是狭长的过道,另一边是方形的隔间,装饰古拙而亲切,令人想起旧世界的电影。乘客稀少,由我独占一间,皮箱和提袋任意堆在长椅上。银灰与橘红相映的火车沿莱茵河南下，正自纵览河景，查票员说科隆到了。刚要把行李提上走廊，猛一转身，忽然瞥见蜂房蚁穴的街屋之上峻然拔起两座黑黝黝的尖峰，瞬间的感觉，极其突兀而可惊。定下神来，火车已经驶近那一双怪物，峭险的尖塔下原来还整齐地绕着许多小塔，锋芒逼人，拱卫成一派森严的气象，那么崇高而神秘，中世纪哥特式的肃然神貌耸在半空，无闻于下界琐细的市声。原来是科隆的大教堂，在莱茵河畔顶天立地已七百多岁。火车在转弯。不知道是否因为车身微侧，竟感觉那一对巨塔也峨然倾斜，令人吃惊。不知飞机回降时成何景象，至少火车进城的这一幕十分壮观。

三年前去里昂参加国际笔会的年会，从巴黎到里昂，当然是乘火车，为了深入法国东部的田园诗里，看各色的牛群，或黄或黑，或白底而花斑，嚼不尽草原缓坡上远连天涯的芳草萋萋。陌生的城镇，点名一般地换着站牌。小村更一现即逝，总有白杨或青枫排列于乡道，掩映着粉墙红顶的村舍，衬以教堂的细瘦尖塔，那么秀气地指着远天。席思礼、毕沙洛，在初秋的风里吹弄着牧笛吗？那年法国刚通了东南线的电气快车，叫做 Le TGV (Train à Grande Vitesse)，时速三百八十公里，在报上大事宣扬。回程时，法国笔会招待我们坐上这娇红的电鳗；由于座位是前后相对，我一路竟倒骑着长鳗进入巴黎。在车上也不觉得怎么"风驰电掣"，颇感不过如此。今年初夏和纪刚、王蓝、健昭、杨牧一行，从东京坐子弹车射去京都，也只觉其"稳健"而已。车到半途，天色渐昧，正吃着鳗鱼佐饭的日本便当，吞着苦涩的札幌啤酒，车厢里忽然起了骚动，惊叹不绝。在邻客的探首指点之下，讶见富士山的雪顶白矗晚空，明知其为真实，却影影绰绰，像一片可怪的幻象。车行极快，不到三五分钟，那一影淡白早已被近丘所遮。那样快的变动，敢说浮世绘的画师，戴笠挎剑的武士，都不曾见过。

台湾中南部的大学常请台北的教授前往授课，许多朋友不免每星期南下台中、台南或高雄。从前龚定庵奔波于北京与杭州之间，柳亚子说他"北驾南舣到白头"。这些朋友在岛上南北奔波，看样子也会奔到白头，不过如今是在双轨之上，不是驾马舣舟。我常笑他们是演《双城记》。其实近十年来，自己在台北与香港之间，何尝不是如此？在台北，三十年来我一直以厦门街为家。现在的汀洲街二十年前是一条窄轨铁路，小火车可通新店。当时年少，我曾在夜里踏着轨旁的碎石，鞋声轧轧地走回家去，有时索性走在轨道上，把枕木踩成一把平放的长梯。时常在冬日的深宵，诗写到一半，正独对天地之悠悠，寒战的汽笛声会一路沿着小巷呜呜传来，凄清之中有其温婉，好像在说：全台北都睡了，我也要回站去了，你，还要独撑这倾斜的世界吗？夜半钟声到客船，那是张继。而我，总还有一声汽笛。

在香港，我的楼下是山，山下正是九广铁路的中途。从黎明到深夜，在阳台下滚滚碾过的客车、货车，至少有一百班。初来的时候，几乎每次听见车过，都不禁要想起铁轨另一头的那一片土地，简直像十指连心。十年下来，那样的节拍也已听惯，早成大寂静里的背景音乐，与山风海潮合成浑然一片的天籁了。那轮轨交磨的声音，远时哀沉，近时壮烈，清晨将我唤醒，深宵把我摇睡，已经潜入了我的脉搏，与我的呼吸相通。将来我回去台湾，最不惯的恐怕就是少了这金属的节奏，那就是真正的寂寞了。也许应该把它录下音来，用最敏感的机器，以备他日怀旧之需。附近有一条铁路，就似乎把住了人间的动脉，总是有情的。

香港的火车电气化之后，大家坐在冷静如冰箱的车厢里，忽然又怀起古来，隐隐觉得从前的黑头老火车，曳着煤烟而且重重叹气的那种，古拙刚愎之中仍不失可亲的味道。在从前那种车上，总有小贩穿梭于过道，叫卖斋食与"凤爪"，更少不了的是报贩。普通票的车厢里，不分三教九流，男女老幼，都杂杂沓沓地坐在一起，有的默默看报，有的怔怔望海。有的瞌睡，有的啃鸡爪，有的闲闲地聊天，有的激昂慷慨地痛论国事，但旁边的主妇并不理会，只顾得呵斥自己的孩子。

如果你要香港社会的样品，这里便是。周末的加班车上，更多广州返来的回乡客，一根扁担，就挑尽了大包小笼。此情此景，总令我想起杜米叶（HonoréDaumier）的名画《三等车上》。只可惜香港没有产生自己的杜米叶，而电气化后的明净车厢里，从前那些汗气、土气的乘客，似乎一下子都不见了，小贩子们也绝迹于月台。我深深怀念那个摩肩抵肘的时代。站在今日画了黄线的整洁月台上，总觉得少了一点什么，直到记起了从前那一声汽笛长啸。

写火车的诗很多，我自己都写过不少。我甚至译过好几首这样的诗，却最喜欢土耳其诗人塔朗吉（Cahit Sitki Taranci）的这首：

> 去什么地方呢？这么晚了，
> 美丽的火车，孤独的火车？
> 凄苦是你汽笛的声音，
> 令人记起了许多事情。

为什么我不该挥舞手巾呢?
乘客多少都跟我有亲。
去吧,但愿你一路平安,
桥都坚固,隧道都光明。

1984 年 5 月

思台北，念台北

隐地从台北寄来他的新书《欧游随笔》，并在扉页上写道："尔雅也在厦门街一一三巷，每天，我走您走过的脚步。"一句话，撩起我多少乡愁。龙尾蛇头，接到多少张耶诞卡贺年片，没有一句话更撼动我的心弦。

如果脚步是秋天的落叶，年复一年，季复一季，则最下面的一层该都是我的履印与足音，然后一层层，重重叠叠，旧印之上覆盖着新印，千层下，少年的屐迹车辙，只能在仿佛之间去翻寻。每次回到台北，重踏那条深长的巷子，隐隐，总踏起满巷的回音，那是旧足音醒来，在响应新的足音？厦门街、水源路那一带的弯街斜巷，拭也拭不尽的，是我的脚印和指纹。每一条窄弄都通向记忆，深深的厦门街，是我的回声谷。也无怪隐地走过，难逃我的联想。

那一带的市井街坊，已成为我的"背景"甚至"腹地"。去年夏天在西雅图，和叶珊谈起台湾诗选之滥，令人穷于应付，成了"选灾"。叶珊笑说，这么发展下去，总有一天我该编一本《古亭诗选》，他呢，则要编一本《大安诗选》。其实叶珊在大安区的脚印，寥落可数，他的乡井当然在水之湄，在花莲。他只能算是"半山"的乡下诗人，我，才是城里的诗人。十年一觉扬州梦，醒来时，我已是一位台北人。

当然不止十年了。清明尾，端午头，中秋月后又重九，春去秋来，远方盆地里那一座岛城，算起来，竟已住了二十六年了。其间，就算减去旅美的五年，来港的两年，也有十九年之久。北起淡水，南迄乌来，半辈子的岁月便在那里边攘攘度过，一任红尘困我，车声震我，限时信、电话和门铃催我促我，一任杜鹃媚我于暮春，莲塘迷我于仲夏，雨季霉我，溽暑蒸我，地震和台风撼我摇我。四分之一的世纪，我眼见台北长高又长大，脚踏车三轮车把大街小巷让给了电单车计程车，半田园风的小省城变成了国际化的现代立体大都市。镜头一转，前文提要一样的跳速，台北也惊见我，如何从一个寂寞而迷惘的流亡少年变成大四的学生，少尉编译官，新郎，父亲，然后是留学生，新来的讲师，老去的教授，毁誉交加的诗人，左颊掌声右颊是嘘声。二十六年后，台北恐已不识我，霜发的中年人，正如我也有点近乡情怯，机翼斜斜，海关扰扰，出得松山，迎面那一丛丛陌生的楼影。

曾在那岛上，浅浅的淡水河边，遥听嘉陵江滔滔的水声，曾在芝加哥的楼影下，没遮没拦的密歇根湖岸，念江南的草长莺飞，花发蝶忙。乡愁一缕，恒与扬子江东流水竞长。前半生，早如断了的风筝落在海峡的对面，手里兀自牵一缕旧线。每次填表，"永久地址"那一栏总教人临表踟蹰，好生为难。——若四海之大，天地之宽，竟有一处是稳如磐石，固如根底，世世代代归于自己，生命深深植于其中，海啸山崩都休想将它拔走似的。面对着天灾人祸，世局无常，竟要填表人肯定说出自己的"永久地址",真是一大幽默,带一点智力测验的意味。尽管如此,表却不能不填。二十世纪原是填表的时代,从出生纸到死亡证书,一个人一辈子要填的表,叠起来不会薄于一部大字典。除非你住在乌托邦,才能不填表。于是"永久地址"栏下,我暂且填上"台北市厦门街一一三巷八号"。这一暂且,就暂且了二十多年,比起许多永久来,还永久得多。

正如路是人走出来的,地址,也是人住出来的。生而为闽南人,南京人,也曾经自命为半个江南人,四川人,现在,有谁称我为台北人,我一定欣然接受,引以为荣。有那么一座城,多少熟悉的面孔,由你的朋友,你的同学,同事,学生所组成,你的粉笔灰成雨,落湿了多少讲台,你的蓝墨水成渠,灌溉了多少亩报纸杂志。四个女孩都生在那城里,母亲的慈骨埋在近郊,父亲和岳母皆成了常青的乔木,植物一般植根在那条巷里。有那么一座城,锦盒一般珍藏着你半生的脚印和指纹,光荣和愤怒,温柔和伤心,珍藏着你一颗颗一粒粒不朽的记忆。家,便是那么一座城。

把一座陌生的城住成了家,把一个临时地址拥抱成永久地址,我成了想家的台北人,在和中国母体土接壤连的一角小半岛上,隔着南海的青烟蓝水,竟然转头东望,思念的,是二十多年来餐我以蓬莱的蓬莱岛城。我的阳台向北,当然,也尽多北望的黄昏。奈何公无渡河,从对河来客的口中,听到的种种切切,陌生的,严厉的,迷惑的,伤感的,几已难认后土的慈颜,哎,久已难认。正如贾岛的七绝所言:

客舍并州已十霜,归心日夜忆咸阳。
无端更渡桑干水,却望并州是故乡。

如果十霜已足成故乡，则我的二十霜啊，多情又何逊唐朝一孤僧？

未回台北，忽焉又一年有半了。一小时的飞程，隔水原同比邻，但一道海关多重表格横在中间，便感烟波之阔了。愿台北长大长壮但不要长得太快，愿我记忆中的岛城开路机铲土机的挺进下保留一角半隅的旧区，让我循那些曲折而玄秘的窄弄幽巷步入六十年代五十年代。下次见面时，愿相看妩媚如昔，城如此，哎，人亦如此。

祖籍闽南，说来也巧，偌大一座台北城，二十多年来只住过两条闽南风味的小街：同安街和厦门街。同安街只住了两年半，后来的二十四年就一直在厦门街。如果台北是我的"家城"（英文有这种说法），厦门街就是我的"家街"了。这家，是住出来的，也是写出来的。八千多个日子，二十几番夏至和秋分，即使是一片沙漠，也早已住成家了。多少篇诗和散文，多少部书，都是在临巷的那个窗口，披一身重重叠叠深深浅浅的绿荫，吟哦而成。我的作品既在那一带的巷间孕化而成，那条小街，那些曲巷也不时浮现在我的字里行间，成为现代文学里的一个地理名词。萤塘里、网溪里，久已育我以灵感，希望掌管那一带的地灵土仙能知晓，我的灵感也荣耀过他们。厦门街的名字，在我的香港读者之间，也不算陌生。

有意无意之间，在台北，总觉得自己是"城南人"，不但住在城南，工作也在城南。岛内最具规模的三座学府全在城南，甚至南郊；北起丽水街，南迄指南山麓，我的金黄岁月都挥霍在其中。思潮文风，在杜鹃花簇的迷锦炫绣间起伏回荡。当时年少，曾餍过多少稚美的青睐青眼，西去取经，分不清，身是堂吉诃德或唐僧。对我而言，古亭区该是中国文化最高的地区，记忆也最密。即连那"家巷"的左邻右舍，前翁后媪，也在植物一般悠久而迟缓的默契里，相习而相忘，相近相亲。出得巷去，左手是裁缝铺子、理发店、豆浆店，然后是电料行，右手是西药行、杂货店、花店、照相馆……闭着眼睛，我可以一家家数过去，梦游一般直数到汀州街口。前年夏天从香港回台北，一天晚上，去巷口那家药行买药。胖胖的老板娘在柜台后面招呼我，还是二十年来那一口潮州话。不见老板，我问她老板可好。"过身了——今年春天。"说着她眼睛一阵湿，便流下了泪来。我也为之黯然神伤，一时之间，不知怎么安慰才好，默默相对了片刻，也就走开了。回家的路上，我很是感动，心里满溢着温暖的乡情，一问一答之间，那妇人激动的表情，显示她已经把我当成了亲人。二十年来，我是她店里的常客，和她丈夫当然也是稔熟的。我更想起十八年前母亲去世，那时是她问我答，流泪的是我，嗫嚅相慰的是她。久邻为亲，那一切一切，城南人怎会忘记？

对我而言，城北是商业区，新社区，无论它有多繁华，我的台北仍旧在城南。台北是愈长愈高了，长得好快，七十年代八十年代在城的东北，在松山机场那一带喊他。未来在召唤，好多城南人禁不起那诱惑，像何凡、林海音那一家，便迁去了城北，一窝蜂一窝鸟似的，住在高高的大公寓里，和下面的世界来往，完全靠按钮。等到高速公路打通，桃园的国际机场建好，大台北无阻的步伐，该又向西方迈进了。

该来的，什么也挡不住。已去的，也无处可招魂。当最后一位按摩女的笛声隐隐，那一夜在巷底消逝，有一个时代便随她去了。留下的是古色的月光，情人、诗人的月光，仍祟着城南那一带的灰瓦屋，矮围墙，弯弯绕绕的斜街窄巷。以南方为名的那些街道——晋江街、韶安街、金华街、云和街、泉州街、潮州街、温州街、青田街，当然，还有厦门街——全都有小巷纵横，奇径暗通，而门牌之纷乱，编号排次之无轨可循，使人逡巡其间，迷路时惶惑如智穷的白鼠，豁然时又自得如天才的侦探。几乎家家都有围墙，很少巷子能一目了然，巷头固然望不见巷腰，到了巷腰，也往往看不出巷底要通往何处。那一盘盘交缠错综的羊肠迷宫，当时陷身其中，固曾苦于寻寻觅觅，但风晨雨夜，或是奇幻的月光婆娑的树影下走过，也赋给了我多少灵感。于今隔海想来，那些巷子在奥秘中寓有亲切，原是最耐人咀嚼的。黄昏的长巷里，家家围墙飘出的饭香，吟一首民谣在召归途的行人：有什么，比这更令人低回的呢？

最耐人寻味的小巷，是同安街东北行，穿过南昌街后，通向罗斯福路的那一段。长只五六十码，狭处只容两辆脚踏车蠕行相交。上面晾着未干的衣裳，两旁总排着一些脚踏车手推车，晒些家常腌味，最挤处还有些小孩子在嬉游。砖墙石壁半已剥蚀，颓败的纹理伸手可触。近罗斯福路出口处还有个小小的土地祠，简陋可笑的装饰也无损其香火不绝，供果长青。那恐怕是世界上最短最窄的一条陋巷了。从师大回家的途中，不记得已蜿穿过几千次了，对于我，那是世界上最滑稽最迷人最市井风的一段街景。电视天线接管了日窄的天空，古台北正在退缩。撼地压来的开路机啊，能绕道而行放过这几座历史的残堡吗？

在《蒲公英的岁月》里，曾说过喜欢的是那岛，不是那城。台北啊我怎能那样说，对你那样不公平？隔着南中国海的烟波，向香港的电视幕上，收看邻区都市的气象，汉城和东京之后总是台北,是阴是晴是变冷是转热是风前或雨后,都令我特别关心。台风自海上来,将掠台湾而西,扑向厦门和汕头,那气象报告员说,不然便是寒流凛凛自华中南下,气温要普遍下降,明天莫忘多加衣。只有在那一刹那,才幻觉这一切风云雨雾原本是一体,拆也拆不开的。

香港有一种常绿的树,黄花长叶,属刺槐科,据说是移植自台湾,叫"台湾相思"。那样美的名字,似乎是为我而取。

1977 年 3 月

九张床

一张比一张离你远。一张,比一张荒凉。检阅荒凉的岁月,九张床。

第一张。西雅图的旅馆里,面海,朝西。而且多风,风中有醒鼻的咸水气息。那是说,假如你打开长长的落地窗,披襟当风。对于宋玉,风有雌雄之分。对于我,风只分长短。譬如说,桃花扇底的风是短的。西雅图的风是长的。来自阿拉斯加,自海豹群吠月的岩岸,自空空洞洞的育空河口吹来。最难是,破题儿第一遭。寂寞的史诗,自午夜的此刻开始。自西雅图开始。西雅图,多风的名字,遥远的城。六年前,一个留学生的寂寞也从此开始,检阅上次回家的岁月,发现有些往事,千里外,看得分外清晰。发现一个人,一个千瓣的心灵,很难绝对生活在此时此刻。预感带几分恐惧。回忆带几分悲伤。如是而已。如是而已。蚀肤酸骨的月光下,中秋渐近而不知中秋的西雅图啊,充军的孤城,海的弃婴。今夕,我无寐,无鼾,在浩浩乎大哉,太平洋苍老而又年轻,蓝浸四大洲的鼾声之中。小小的悲伤,小小的恩怨,小小的一夜失眠,当你想,永恒的浪潮拍着宇宙的边陲,多少光，多少清醒。

第二张浮在中秋的月色里。西雅图之后，北美洲大陆的心脏，听不见海，吹不到风。该是初秋的早寒了，犹逗留燠热的暑意，床单逆拂着微潮的汗毛。耳在枕上，床在楼上，红砖的楼房在广阔的中西部大平原上。正是上课的前夕，明晨的秋阳中，四十双碧瞳将齐射向我，如欲射穿五千年的神秘和陌生。李白发现他的句子横行成英文，他的名字随海客流行，到方丈与蓬莱之外，有什么感想？今人不见古时月，今月曾经照古人。投倒影在李白樽中的古月，此时将清光泼翻我满床。月光是史前谁的魂魄，自神话里流泻出来，流向梦的，夜的，记忆的每一角落。月光光，谁追我，从台北追到西雅图追到皮奥瑞亚。如果昨夕无寐，今夜岂有入寐的理由？月光光，照他乡……抗战前流行的一首歌，在不知名处袅袅地旋起。轻罗小扇，儿时的天井。母亲做的月饼，饼面的芝麻如星。重庆，空袭的月夜，月夜的玄武湖，南京……直到曙色用一块海绵，吸干一切。

第三张在爱荷华城。林中铺满轻脆的干橡叶，十月小阳春的夜里，一个毕业生回想六年前，另一季美丽，但不快乐的秋天。六年前，金字塔下，许多木乃伊忽然复活，且列队行过我枕上。许多畸形的片段，七巧板似的合而复分，女巫们自万圣节中，拂其黑袖，骑其长帚，挟其邪恶的笑声，翩翩起飞。重游旧地，心情复杂而难加分析。六年前的异域，竟成六年后某种意义下某种程度上的故乡。毕竟，在此我忍过十个月（十个冰河期？）的真空，咽过难以消化的冷餐，消化过难以下咽的现代艺术。毕竟，在此我哭过，若非笑过，怨过，若非爱过。当长途汽车迤迤进站，且吐出灰狗重重的喘息，当爱荷华大学的象征，金顶的州议会旧厦森然自黑暗中升起，当旧日的老师李铸晋与安格尔，和今日的少壮作家，叶珊、王文兴、白先勇，在站前接我，一瞬间竟有重归故乡的感觉。

第四张在爱荷华城西北。那是黄用公寓中的双人床。重游母校的第三天，和叶珊、少聪并骑灰犬，去西北方百里的爱姆斯，拜访黄用和他的新娘。好久不写诗的黄用，在五年前现代诗的论战中，曾是一员骁将。公寓中的黄用，并不像寓公。伶牙俐齿，唇枪舌剑之间，黄用仍令你想起离经叛道，似欲掀起一股什么校风的自行车骑士。宾主谈到星图西倾，我才被指定与叶珊共榻。不能和戴我指环的女人同衾，我可以忍受；必须和另一男人，另一件泥塑品，共榻而眠，却太难堪了。要将四百多根雄性的骨骼，舒适地分布在不到三十平方英尺的局面，实在不是一件易事，而是一件艺术，一件较之现代诗的分行为犹难的艺术。叶珊的寐态，和他俊逸的诗风颇难发生联想。同床异梦，用之形容那一夜，是再恰当不过的了。他梦他的《水之湄》，我梦我的《莲的联想》。不，说异梦也是不公平的，因为我根本无梦，尤其耳当他鼾声的要冲。这还不是高潮。正当我卧莲欲禅之际，他忽在梦中翻过身来，将我抱住。我必须声明，我既非王尔德，他也不是魏尔仑。因此这种拥抱，可以想见的，不甚愉快。总算东方既白，像《白鲸记》中的以实玛利，我终于挣脱了这种睁眼的梦魇。

第五张历史较长，那是我在皮奥瑞亚的布莱德利大学，安定下来后的一张，我租了美以美教会牧师杜伦夫妇寓所的二楼。那是一张古色古香，饶有殖民时期风味的双人床，榻面既高，床栏亦耸，床左与床尾均有大幅玻璃窗，饰以卷云一般的洁白罗纱，俯瞰可见人家后院的花圃和车房。三五之夜，橡树和枫树投影在窗，你会感觉自己像透明的玻璃缸中，穿游于水藻间的金鱼。万圣节的前夕，不该去城里看了一场魅影幢幢的电影，叫什么 *Witchcraft* 的。夜间犹有余悸，将戏院发的辟妖牌（witch deflector）悬在床栏上，似亦不起太大作用。紧闭的室内，总有一丝冷风。恍惚间，总觉得有个黑衣女人立在楼梯口上，目光磷磷，盯在我的床上，第二天，发起烧来，病了一场。

幸好，不久布莱德利大学的讲课告一段落，我转去中密大（Central Michigan University）。第六张床比较现代化，席梦思既厚且软。这时已经是十二月，密歇根的雪季已经开始。一夜之间，气温会直落二十度，早上常会冷醒。租的公寓在乐山（Mount Pleasant）郊外，离校区还有三英里路远。屋后一片空廓的草地，满覆白雪，不见人踪、鸟迹。公寓新而宽大，起居室的三面壁上，我挂上三个小女孩的合照，佛罗斯特的遗像，梵高的向日葵，和刘国松的水墨抽象。大幅的玻璃窗外，是皑皑的平原之外还是皑皑的平原。和芬兰一样，密歇根也是一个千泽之国，而乐山正居五大湖与众小泽之间。冰封雪锁的白夜，鱼龙的悲吟一时沉寂。为何一切都离我悠遥悠远，即使燃起全部的星斗，也抵不上一支烛光。

有时，点起圣诞留下来的欧薄荷色的蜡炬，青荧荧的幽辉下，重读自己的旧作，竟像在墓中读谁的遗书。一个我，接着另一个我，纷纷死去。真的我，究竟在何处呢？在抗战前的江南，抗战时的嘉陵江北？在战后的石头城下，抑在六年前的西方城里？月色如幻的夜里，有时会梦游般起床，启户，打着寒战，开车滑上运河一般的超级公路。然后扭熄车首灯，扭开收音机，听钢琴敲叩多键的哀怨，或是黑女肥沃的喉间，吐满腔的悲伤，悲伤。

另一张也在密歇根湖边。那是一张帆布床，也是刘鎏为我特备的陈蕃之榻。每次去芝加哥，总是下榻城北爱凡思顿刘鎏和孙璐的公寓。他们伉俪二人，同任西北大学物理系教授。我一去，他们的书房即被我占据。刘鎏是我在西半球最熟的朋友之一。他可以毫无忌惮地讽刺我的诗，我也可以不假思索地取笑他的物理。身为科学家的他，偏偏爱看一点什么文艺，且喜欢发表一点议论。除了我的诗，於梨华的小说也在他射程之内。等到兴尽辞穷，呵欠连连，总是已经两三点钟。躺上这张床，总是疲极而睡。有时换换口味，也睡於梨华的床——於梨华家的床。

第八张在豪华庄。所谓豪华庄（Howard Johnson's Motor Lodge），原是美国沿超级公路遍设的一家停车旅馆，以设计玲珑别致见称。我住的豪华庄，在匹茨堡城外一山顶上，俯览可及百里，宽阔整洁的税道上，日夕疾驶着来往的车辆。我也是疾驶而来的旅客啊！车尾曳着密歇根的残雪，车首指向盖提斯堡的古战场。唯一不同的，我是在七十五英里的时速下，豪兴遄飞，朗吟太白的绝句而来的。太白之诗 tempo 最快，在高速的逍遥游中吟之，最为快意。开了十小时的车，倦得无力看房里的电视，或是壁上挂的费宁格尔（Lyonel Feininger）的立体写意。一陷入黑甜的盆地里便酣然入梦了。梦见未来派的车轮。梦见自己是一尊噬英里的怪兽，吐长长的火舌向俄亥俄的地平。梦见不可名状不可闪避的车祸，自己被红睛的警车追逐，警笛曳着凄厉的响尾。

好——险！鬼哭神号的一声刹车，与死亡擦肩而过。自梦魇惊醒，庆幸自己还活着，且躺在第九张床上。床在楼上，楼在镇上,镇在古战场的中央。南北战争,已然是百年前的梦魇。这是和平的清晨,星期天的钟声,鼓着如鸽的白羽,自那边路德教堂的尖顶飞起,绕着这小镇打转,历久不下。林肯的巨灵,自古战场上,自魔鬼穴中,自四百尊铜炮与二千座石碑之间,该也正冉冉升起。当日林肯下了火车,骑一匹老马上山,在他的于思胡子和清癯的颧骨之间,发表了后来成为民主经典的盖提斯堡演说。那马鞍,现在还陈列在镇上的纪念馆中。百年后,林肯的侧面像,已上了一分铜币和五元钞票,但南部的黑人仍上不了选票。同国异命,尼格罗族仍卑屈地生活在爵士乐悲哀的旋律里。"一只番薯,两只番薯"。"跟我一样黑"。那种悲哀,在咖啡馆的酒杯里旋转旋转,令人停杯投叉,不能卒食,令人从头盖麻到脚后跟。所谓自由、平等、博爱,从法国大革命到现在,比起他们,五陵少年的忧郁,没有那么黑。你一直埋怨自己的破鞋,直到你看见有人断脚。

钟声仍然在敲着和平,为谁而敲,海明威,为谁而敲?想此时,新浴的旭日自大西洋底堂堂升起,纽约港上,自由的女神凌波而立,矗几千吨的宏美和壮丽。而日落天黑的古中国啊,仍在她火炬的光芒外,陷落,陷落。想此时,江南的表妹们都已出嫁,该不会在采莲,采菱。巴蜀的同学们早毕业了,该不会在唱山歌,扭秧歌。母亲在黄昏的塔下。父亲在记忆的灯前。三个小女孩许已在做她们的稚梦,梦七矮人和白雪公主。想此时,夏菁在巍巍的洛矶山顶,黄用在爱荷华的雪原,望尧旋转而旋转,在越南政变的漩涡。蒲公英的岁月,一切都吹散得如此辽远。

想此时,你该仰卧在另一张床上,等待第一声啼,自第四个幼婴。浸你在太平洋初春的暖流里,一只膨胀到饱和的珠母,将生命分给生命。而春天毕竟是国际的运动,在西半球,在新英格兰,从且刹比克湾到波多马河到塞斯奎汉娜的两岸,三月风,四月雨,土拨鼠从冻土里拨出了春季。放风筝的日子哪,鸟雀们来自南方,斗嘴一如开学的稚婴。鸟雀们来自风之上,云之上,越州过郡,不必纳税,只需抖一串颤音。不久春将发一声呐喊,光谱上所有的色彩都会喷洒而出。樱花和草莓,山茱萸和苜蓿,桃花绽时,原野便蒸起千朵红云,令梵高也看得眼花。沿桃蹊而行,五陵少年,该不会迷路在武陵。至少至少,我要摘一朵红云寄你,说,红是我的爱情,云是我的行迹。那种炽热的思念,隔着航空信封,隔着邮票上林肯的虬髯,你也会觉得烫手。毕竟,这已是三月了,已是三月了啊。冬的白宫即将雪崩。春天的手指呵得人好痒。钟声仍在响。催人起床。人赖在第九张床上。在想,新婚的那张,在一种梦谷,在一种爱情盆地。日暖。春田。玉也生烟。而钟声仍不止。人仍在,第九张床。

1965 年 3 月 15 日,盖提斯堡学院

金陵子弟江湖客

1

我这一生，先后考取过五所大学，就读于其中三所。这件事并不值得羡慕，只说明我的黄金岁月如何被时代分割。

第一所是在南京。那是抗战胜利后两年，我已随父母从四川回宁，并在南京青年会中学毕业。那年夏天在长江下游那火炉城里，我同时考取了金陵大学与北京大学，兴奋之中，一心向往北上。可是当时北京已是围城，战云密布；津浦路伸三千里的铁臂欢迎我去北方，母亲伸两尺半的手臂挽住了我——她的独子。

我进金陵大学外文系做"新鲜人"，是在一九四七年九月。还不满十九岁的男孩，面对四年的黄金岁月，心情已颇复杂，并不纯然金色。回顾七年的巴山蜀水，已经过去，但少年的记忆与日俱深，忘不了那许多中学同学："上课同桌，睡觉同床，记过时同一张布告，诅咒时，以彼此的母亲为对象。"眼前的新生活安定而有趣，新朋友也已逐一出现，可是不像远去北京那么断然而浪漫,而且名师众多,尤其是朱光潜与(后来才知道的)钱锺书。至于未来,我直觉不太乐观。抗战好不容易结束,内战迫不及待又起,北方早成了战场,南方很可能波及。茫茫大地正在转轴,有一天目前这社会或将消失,由截然不同的社会取代。新的价值也许朴素,也许苛严,对文学的要求只会紧,不会宽吧?到那时,文学就得看政治的脸色了。这种疑虑惴惴然隐隐然,一直困扰着我。

记得当时金陵大学的学生不多,我进的外文系尤其人少,一年级的新生竟然只有七位。有一次系里的黑人讲师请我们全班去大华戏院看电影,稀稀朗朗几个人上了街,全无浩荡之势。较熟的同学,现在只记得李夜光、江达灼、程极明、高文美、吕霞、戎逸伦六位。李夜光读的是教育系,江达灼是社会系,程极明是哲学系,高文美是心理系,后面两位才是外文系。其中李夜光戴眼镜,爱说笑,和我最熟。程极明富于理想,颇有口才,俨然学生运动的领袖,不久便转学去了复旦大学,跟大家就少见面了。他仪表出众,很得高文美的青睐,两人显然比他人亲近。高文美人如其名,文静而秀美,是典型的上海小姐。她的父亲好像是南京的邮政局长,所以她家宽敞而有气派,我们这小圈子的读书会也就在她家举行。至于讨论的书,则不出当时大学生热衷的名著译本,例如《约翰·克里斯朵夫》《冰岛渔夫》《罗亭》《安娜·卡列尼娜》之类。

吕霞和戎逸伦倒是外文系的同学。吕霞大方而亲切,常带笑容,给我的印象最深,因为她的父亲是著名的学者吕叔湘,在译界很受推崇。有了这样的父亲,也难怪吕霞谈吐如此斯文。

那时我相当内向,甚至有点羞怯,不擅交际,朋友很少,常常感到寂寞，所以读书不但是正业，也是遣闷、消忧。书呢读得很杂，许多该读的经典都未曾读过，根本谈不上什么治学。因此当代文坛与学府的虚实，我并不很清楚，也没有像一般文艺青年那样设法去亲炙名流。倒是有一次读莫泊桑小说的英译本，书中把"断头台"误排成了 quillotine，害我查遍了大字典都不见，乃写信去问我认为当时最有学问的三个人：王云五、胡适、罗家伦。这种拼法他们当然也认不得，也许我写的地址不对，信根本没有到他们手里，总之一封回信也没有收到。

名作家来南京演讲，我倒听过两次。一次是听冰心，我去晚了，只能站在后排，冰心声音又细，简直听不真切。一次是听曹禺，比较清楚，但讲些什么，也不记得。

金陵大学的文科教授里，举国闻名的似乎不多，也许要怪我自己太寡闻，徒慕虚名，不知实况吧。隔了半个世纪，我只记得文学院院长是倪青原，他教我们哲学，学问有多深我莫能测，但近视有多深却显而易见，因为就算从后排看去，他的眼镜边缘也是圈内有圈，其厚有如空酒瓶底。教我们本国史的陈恭禄也戴眼镜，身材瘦长，乡音颇重。有一次见他夹着自己的新著《中国通史》两大册，施施然在校园中走过，令我直觉老师的"分量"真是不轻。还有一位高觉敷教授，教我们心理学，口才既佳，又能深入浅出，就近取喻，难怪班大人多。有一次他公开演讲，题目竟是青年的性生活，听众拥挤当然不在话下。这讲题十分敏感，在当日尤其耸动，高教授却能旁敲侧击，几番峰回路转，忽然柳暗花明，冷不防点中了要害。同学们的情绪兴奋而又紧张，经不起讲者一戳即破，大爆哄堂，男生鼓掌，女生脸红。

教我们英国小说的是一位女老师，蔻克博士（Dr. Kirk）。

她的英语清脆流利,讲课十分生动,指定我们一学期要读完八本小说,依序是《金银岛》《爱玛》《简·爱》《咆哮山庄》《河上磨坊》《大卫·高柏菲尔》《自命不凡》《回乡》。我们读得虽然吃力,却也津津有味。唯一的例外是梅里迪斯的杰作《自命不凡》(*The Egoist* by George Meredith),不仅文笔深奥,而且好掉书袋。我读得咬牙切齿,实在莫名其妙,有一次气得把书狠狠摔在地上。蔻克其实是金陵女子学院的教授,我们上她这堂课,不在金陵大学,而在她的女校(俗称金女大)。每次和同学骑自行车去女校上课,那琉璃瓦和红柱烘托的宫殿气象,加上闯进女儿国的绮念联翩,而讲台上娓娓动听的又是女老师悦耳的嗓音,真的令我们半天惊艳。

初进金大的时候,我家住在鼓楼广场的东南角上,正对着中山路口,门牌是三多里一号;弄堂又深又狭,里面蜗藏着好几户人家,我家只有一间房,除了放一张双人床、一张书桌、几张椅子之外,几乎难有回身之地。我被迫在隔壁堆杂物的走道上放一张小竹床栖身,当时倒并不觉得有多吃苦。好在金大校园就在附近,走去上课只要十分钟。

后来我家终于盖了一栋新屋,搬了过去。那是一栋两层楼房,白墙红瓦,附有园地,围着竹篱,在那年代要算是宽敞明亮的了。篱笆门上的地址是"将军庙龙仓巷十八号"。我的房间在楼上,正当向西斜倾的屋顶下面,饶有阁楼的遁世情调。最动人逸兴的,是我书桌旁边的窗口朝东,斜对着远处的紫金山,也就是歌里所唱的巍巍钟山。每当晴日的黄昏,夕照绚丽,山容果然是深青转紫。我少年的诗心所以起跳,也许正由那一脉紫金触发。我的第一首稚气少作,就是对着那一脊起伏的山影写的。

其实那时候我的译笔也已经挥动了。早在我高三那一年，和几个同学合办了一份文学刊物，竟然把拜伦的名诗《海罗德公子游记》咏滑铁卢的一段译成了七言古诗，以充篇幅。不难想见，一个高三的男孩，就算是高才生吧，哪会有旧诗的功力呢？难怪漕桥老家的三舅舅孙有庆，乡里有名的书法家，皱着浓眉看完我的译稿后，不禁再三摇头，指出平仄全不稳当。

不过咪咪，我的十五岁表妹也是未来的妻子范我存，却有不同的反应。那时我们只见过一面，做表兄的只知道她的小名。那份单张的刊物在学校附近的书店寄售，当然一份也销不掉，搬回家来，却堆了一大叠，令人沮丧。我便寄了一份给正在城南明德女中读初三的表妹，信封上只写了"范咪咪小姐收"，居然也收到了。她自然不管什么平仄失调，却知道拜伦是谁，并且觉得能翻译拜伦的名作，这位表哥当非泛泛之辈。战火正烈，聚散无端，这一对小译者与小读者四年后才在命定的海岛上重逢，这才两小同心，终成眷属。此乃后话，表过不提。

进了金大不久，我读到一本戏剧，叫做《温彼街的巴府》(*The Barretts of Wimpole Street* by Rudolf Besier)，演的是诗人白朗宁追求巴家才女伊丽莎白（Elizabeth Barrett）的故事；一时兴起，竟然动笔翻译起来。这稚气的壮举可爱而又可哂。剧中对话的翻译，难在重现流利自然的语气，遇到英文的繁复句法，要能松筋活骨，消淤化滞。这对于大二的生手说来，无异于愚公移山。当时我只是出于兴趣，凭着本能，绝对无意投稿。译了十多页，留下不少问题，就知难而止了。其实要练就戏剧翻译的功力，王尔德天女散花的妙语要能接招，当时那惨绿少年还得等三十多年。

这就是我的青涩年代，上游风景的片段倒影。我的祖籍是福建永春，但是那闽南的山县只有在五六岁时才回去住过一年半载，那连绵的铁甲山水，后来，只能向我承尧堂叔的画里去神游了。我以重九之日出生在南京，除了偶尔随母亲回她的娘家常州漕桥小住之外，抗战以前，也就是九岁以前，我一直住在那金陵古城，童稚的足印重重叠叠，总不出栖霞山、雨花台之间。前后我进过崔八巷小学、青年会中学、金陵大学，从一个南京小萝卜变成"南京大萝卜"。在石头城的悠悠岁月，我长得很慢，像一只小蜗牛，纤弱而敏感的触须虽然也曾向四面试探，结果是只留下短短的一痕银迹。

2

二○○○年十月三日，正是重九之前三日，与我存乘机抵达南京。过了半个世纪再加一年，我们终于回到了这六朝故都，少年前尘。在我，不但是逆着时光隧道探入少年复童年，更是回到了此生的起点。在我存，也是在做了祖母之后才回来寻觅初中的豆蔻年华。机轮火急一触地，我的心猝然一震，冥冥中似乎记忆在撞门，怦然激起了满城回声。

南京大学中文系的胡有清教授来南郊的禄口机场迎接，新机场高速公路浩荡向北，引我们绕过雨花台，越过秦淮河，进入市区，进入了一个又像熟悉又像陌生的世界，只觉得背景隐隐，呼之欲出，前景栩栩，市声嚣嚣，遮不断历史的回响。胡教授左顾右盼，为我指点街景与名胜，不断问我以前是什么样子。他问的我大半答不出来，一切都在真幻之间，似曾相识，可惊又可疑。

身为南京之子,面对南京竟已将信将疑,南京见我,只恐更难相认吧。毕竟是半世纪了,玄武湖的明眸能看透我这白头,认出当年仓皇出城的黑发少年吗?我见钟山多妩媚,从东晋以来便如此多娇,但钟山见我岂应如是?

汽车在鼓楼的红灯前停下,数字钟忐忑地倒数着秒,鸡鸣寺纤细的塔影召我于东天,像要提醒我什么。红灯转绿,熙攘的中央路引我们长驱北上,终于到了一栋双管齐上的圆顶高厦,玄武饭店。其中的一管有如平地登仙,将我们吸上了天去,整座南京城落到我们的脚底,连同街道市声红灯与绿灯,落下去,只为了腾出十里的空旷,秋高气爽,让紫金山在上面接受我们觐见,让玄武湖回过脸来,佩戴着翠洲与菱洲的螺髻黛鬟。猝不及防这一霎惊艳,安排得恰到好处,有如童年跟我捉了半世纪的迷藏,遍寻不见,忽然无中生有,跳出来猛跟我打个照面。一惊,一喜,一叹,我真的是回来了。

其后三天,或有赖胡有清、冯亦同诸位学者的导引,或接受久别的常州表亲联合来邀约,我们怀着孺慕耿耿、乡愁怯怯的心情,一一回瞻了孩时的名胜:中山陵、夫子庙、燕子矶、栖霞寺……半世纪来这些早成了记忆的坐标,梦的场景,每一个名字都有回音,可串成一排回音的长廊。南京湖多,不限于玄武与莫愁。朝阳门与正阳门之间的明代城墙下,有一弧波光潋滟怀抱着古城,状如新月,叫做月牙湖。十月五日的下午,江苏省及南京市的"台港澳暨海外华文文学研究会",就在湖边的谭月楼上举办了一场"余光中文学作品研讨会",城影与波光之中,我有幸会晤了省垣的文坛人士,并聆听了陈辽、王尧、方忠、冯亦同、庄若江、刘红林等学者提出的论文。

但最能安慰孺子的孤寂、并为我受难的魂魄祛魔收惊的,是玄武湖与中山陵。哀哀父母,生我劬劳。当年生我在这座古城,历经战乱,先是带我去四川,后又带我去海岛。七十三年后只剩我一人回到这起点,回到当初他们做新婚夫妇年轻父母的原来,但是他们太累了,都已在半途躺下,在命定的岛上并枕安息。

当年,甚至在我记忆的星云以前,他们一定常牵我甚至抱我来玄武湖上,摇桨荡舟,饕餮田田的荷香,饕餮之不足,还要用手绢包了煮熟的菱角回家去咀嚼,去回味波光流转的六朝余韵。这一切,一定像地下水一般渗进了我稚岁的记忆之根,否则我日后怎么会恋莲至此,吐不尽莲的联想的藕丝。

后来进了金大,每逢课后兴起,一声吆集,李夜光、江达灼、高文美,几位双轮骑士就并驾齐驱,向玄武门驰去。金大是近水楼台,不消一盏茶的工夫,我们已经像萍钱一般,浮沉在碧波上了。越过风吹鳞动的千顷琉璃,西望是明代的城楼,层砖密叠,雉堞隐隐。东望是着魔的紫金山,阴晴殊容,朝夕变色,天文台的圆顶像众翠簇拥的一粒白珠,可以指认。九州之大,名湖自多,但是像玄武湖这么一泓湛碧,倒映着近湖的半城堞影,远处的半天山色,且又水上浮洲洲际通堤的,还是少见。若你是仙人向下俯瞰,当可见湖的形状像一只菱角,令仙人也嘴馋。

在我这南京孩子的潜意识里,这盈盈湖水颇有母性,就是这一汪深婉与安详,温柔了我的幼年,妩媚了我的回忆。或许有人会说,长江浩渺,不是更具母性吗?当然是的,不过长江之长,奶水之旺,是南京与上游的江城水埠所共沾,不像玄武湖那么体己。

至于父性呢，该属紫金山了，尤其是中山陵。紫金山在南京的行政划分上，与玄武湖同属玄武区，但遍山林木苍翠，名胜古迹各殊气象，又称钟山风景区。这是登高临风悠然怀古的地方，是处青山好埋骨，墓有今有古，今人的墓有中山陵、谭延闿墓、廖仲恺与何香凝墓，古人的还有明孝陵与常遇春墓。但孩时印象最深，而海外孺慕最切的，是中山陵。

壮丽的中山陵是青年建筑家吕彦直的杰作。不知为何，许多中山陵的简介都不提设计人的名字。他是山东东平县人，字仲宜，又字古愚。孙中山一九二五年病逝于北京，次年一月他的陵墓就在紫金山第二峰小茅山起建，直到一九二九年春天才落成。吕彦直也就死在这一年，才三十五岁。

宏伟的中山陵坐北朝南，灵谷寺与明孝陵拱于左右，占地近二千亩。从山下一路上坡，由四柱擎举的白石牌坊到三洞的陵门，是四百八十米长的墓道，入了陵门要穿过碑亭，踏三百九十二级石阶，才抵达祭堂。

那天秋高气爽，胡有清教授带我们去登临，本来已经走进了侧道，树荫疏处隐隐窥见陵貌庄严。我忽然觉得那样太草率了，五十年后终于浪子回头，孺子回家，应该虔诚些，像是典礼。于是我们原路退回去，郑重其事，从巍峨的牌坊起步，一路崇仰上去。

小茅山的坡势缓缓上升，吕彦直匠心的经营，琉璃青瓦的陡斜屋顶覆盖着花岗石的白壁，陵门上去是碑亭，更上去是祭堂，肃静而高洁的气象，层层叠叠把中山陵推崇到顶点，举目只见人造的是白石青瓦的严整秩序，神造的是雪松水杉郁郁苍苍的自然生机，人工与神工天人合一，标举一种恢宏的意境。

从陵门前起步，浅灰的花岗石阶，三百九十二级，天梯一般把朝山的人群一级级接引向上，去攀附高处长眠的或许是仍未瞑目的灵魂。石阶宽敞，可容数十人并肩共登，更添天下为公的气象。或许吕彦直有意把整座石陵谱成一首深沉的安魂曲，用三百九十二级的琴键来按弹，但按的不是巴哈或肖邦的手指，是朝山者不绝于途的虔敬脚步。想当年有一个小学生，在女老师带领之下也曾与群童推挤着踏过这一长排白键，幼稚的童心该也再三听说过，脚下这坡道是引向崇高，但那首安魂曲究竟多深沉，却要经历过五十年的风吹雨打，从海外归来才能体会。

　　正是重九的前一日，高处风来，间歇可闻迟桂的清芬，隐隐若前人留传的美名。登到顶点已有些汗意，不禁在祭堂前回望人寰，才发现，咦，刚才攀登的数百级石阶竟都不见了，只见梯田一般的坡势变成了一幅幅宽坦的平台。原来由下而上，只见一层层阶级，不见中间的平台；到了高处，回望时阶级就悉被平台遮掉了。据说这正是吕彦直的匠心：朝山的人对陵顶的气魄仰之弥高，油然起敬而见贤思齐，但祭堂上坐着的大理石像，胸怀广阔，俯视只见坦然的平台，却无视于一阶一级。

3

　　十月四日的上午，胡有清教授带我们去寻访半世纪前我母校的校园。金陵大学早在五〇年代之初并入了南京大学，所以地图上只见南大，不见金大了。金大校友会会长周伯埙、副会长冯致光，南大校友总会副会长贾怀仁、秘书长高澎陪我重游初秋的校园，并殷勤为我指点岁月的沧桑。

南京大学目前声誉日高，是中国排名前几位的重点学府。校园看来相当整洁，有些建筑显得古意盎然，例如昔日的小教堂，但风骨犹健，并不破落。李清照词"物是人非事事休"，正可印证半世纪后我的母校，虽已换了好几代人，而旧楼巍巍，树荫深深，规格仍在。似真疑幻，一霎间我成了老电影中迟暮的归客，恍然痴立在文理农三院鼎立的中庭，往事纷纷，像脱序倒带的前文提要，闪过惊扰的心神。若非校友会的诸君在旁解说，我真想倚在那棵金桂荫里，合上倦目，让风里的桂香袅袅引路，带我回到最后——一九四八年的那一季秋天。也许高文美或者李夜光会抱着一叠书，从正中的文学院台阶上，随下课的同学们一涌而出，瞥见是我，会兴奋地向我跑来。但跑到一半，会忽然停步，一脸惊疑，发现树荫下向他们招手的并不是我，而是一个白发的老人。

我回过神来，发现自己是回来了，远从海峡的对面，回来了，但不是回到五十年以前，因为世纪都已经交班了。我站在母校三院拱立的中庭，还记得当年的景色并没有多少改变。只是水杉与刺柏都长高了许多，而猖獗的爬藤，长茎纠缠着乱叶，早已迫不及待，攀上了方正的钟楼，恨不得把高窗全都攀满。

记得从前从家里来上课，总是踏着汉口街沙石的斜坡，隔着高过人头的篱树，隐约可窥三院的灰瓦屋顶，往往从钟楼顶上还会飘来音乐，恍惚迷离，奏的是舒曼的《梦幻曲》（"Traumerei"）。

"请问你就是余光中先生吗？"

我从藤蔓绸缪的楼塔上收回目光，一位青年停在我们面前，笑容热切，负着背包。我含笑点头，胡教授问他，怎么认出是我。

"我读过余先生的书，见过照片。"他说。

"余先生是我们南大的校友,"胡教授说,"五十年第一次回来。"

"真的呀?"那学生十分惊喜,要求与我合照。

"这几天我们国庆放长假,"望着那学生的背影,胡教授解释,"校园里冷冷清清,否则就难脱身了。"

说着,众人来到了老图书馆前。一进门,磨石地板上赫然镶着一轮圆整的校徽,白底清纯,衬托出篆书的"金陵"两个大金字,各为半圆,直径超过四尺。我搜索失焦的记忆,不确定以前是否就如此。校友会诸君都说,这正是原来所镶的校徽。

"以前的做工就是这么认真,"我存羡叹,"到现在都没有缺陷!"

我走进阴深的大阅览厅,一步,就跨回了五十年前。空厅无人,只留下一排排走不掉的红木靠背椅子,仍守住又长又厚实的红漆老桌,朝代换了,世纪改了,这满厅摆设的阵势却仍然天长地久,叫做金陵。我抽出一张椅子来,以肘支桌,坐了一会儿。舒曼的《梦幻曲》弥漫在冷寂的空间,隐隐可闻。我相信,若是我一个人来,只要在这被祟的空厅上坐得够久,李夜光、高文美、江达灼那一伙同学就会结束半世纪捉迷藏的游戏,哇的一声,从隐身处一起跳出来迎我。

当天下午我访问了南京大学中国现代文学研究中心,并以《创作与翻译》为题在校园公开演讲。虽在十一大假期间,而且只贴出一张小海报,留校的学生却忽然涌现,文学院措手不及,三迁会场才能够开始。师生都来得很多,情绪也十分热烈。听众的兴奋令讲者意气风发,讲者的慷慨更加鼓舞了听众。中文的"演讲"也好,"讲演"也好,不但要讲,多少还要演，所以显得生动。对比之下，英文的 talk 只讲不演，就不及中文传神。

能在自己的生日回到自己的出生地，用自己的母语对同样是金陵的子弟，诉说自己对这母语的孺慕与经营，对这么多少年诉说，仓颉所造许慎所解李白所舒放杜甫所旋紧义山所织锦雪芹所刺绣的中文，有怎样的危机又怎样的新机，切不可败在我们的手里——能这样，该是多大的快慰。

几百双乌亮而年轻的眼瞳，正睽睽向我聚焦。那样灼灼的神情令演讲人感动。我当年听讲，也是那样的神情吗？想当年战火正烈，我怀着凄惶的心情，随父母出京南行，投向渺不可测的未来，正是他们这年纪。

掉头一去是风吹黑发，
回首再来已雪满白头。

见后世如此多娇，年轻的一代如此可爱，正是久晴的秋日，石头城满城的金桂盛开，那样高贵的嗅觉飘扬在空中，该是乡愁最敏的捷径。想长江流域，从南京一直到武汉，从南大的校园一直到华中师大的桂子山，长风千里，吹不断这似无又有欲断且续的一阵阵秋魂桂魄。这么想着，又觉得这些年来，幸免的固然不少，但错过的似乎也很多。想这些年来，我教过的学生遍布了台湾与香港，甚至还包括金发与碧瞳，但是几时啊，我不禁自问，你才把桃李的青苗栽在江南，种在关外？

2001 年 10 月 13 日

为抗战召魂

天上的七七,情人相聚。地上的七七,骨肉分离。听抗战的歌曲而脉搏不加快,不是抗战的儿女。看抗战的纪录片而喉头不梗塞,不是中国人。

但是,仅有歌曲和纪录片,是不够的。那一打半打歌曲,渐渐没有人会唱了。寥寥的纪录片,越来越模糊了。要叫醒那八年的苦难,还需要抗战文学。

我们是有过抗战文学的,但大半是就着枪炮和炸弹的火光匆匆写成,里面的事件还是昨天的时事、今天的新闻,一切都逼在眼前,来不及反省、整理、提炼、升华。抗战的经验太丰富了,场面太壮大了,需要痛定思痛,伤口结疤,才能为整个民族的八年噩梦,勾出难忘的轮廓。五十年后,抗战一代的儿女都已老了,只有国破家亡的记忆不老。趁记忆犹在,让我们举起笔来,为英勇的国殇召魂,为流离的难民塑像,为一切被辱与被害的同胞作历史的见证。而更晚的一代,虽然没有直接呼吸过当日的硝烟,但凭借前辈的口述,历史的记载,加上同胞的博爱,想象的同情,创造的重组,也可以像狄更斯写《双城记》,托尔斯泰写

《战争与和平》一样，唤醒半世纪前的断梦与亡魂。

让伤口开口，为自己说话吧。说：南京大屠杀、重庆大轰炸，从山海关到韶关，那许多死难的军民、流亡的学生、散失的亲人……以长城为墙的大壁画，以长江为弦的大悲歌，岂是"岁月静好"之类的浮词所能粉饰。

我们的文坛阴柔已久，私情日深，民族大义的阳刚之声几成绝响。抗战文学的挑战，小说家们敢接受吗？

1987 年 9 月 18 日《联副》

万里长城

那天下午，心情本来平平静静，既不快乐，也不不快乐。后来收到元月三日的《时代周刊》，翻着翻着，忽然瞥见一张方方的图片，显示堪培拉和一票美国人站在万里长城上。像是给谁当胸猛捶了一拳。他定睛再看一遍。是长城。雉堞俨然，朴拙而宏美，那古老的建筑物雄踞在万山脊上，蟠蟠蜿蜿，一直到天边。是长城，未随古代飞走的一条龙。而堪培拉，新战国策的一个洋策士，竟然大模大样地站在龙背上，而且亵渎地笑着。

"我操他娘！"一拳头打在桌上。烟灰缸吓了一大跳。"什么东西，站在我的长城上！"

四个小女孩吃惊地望着他。爸爸出口这么粗鄙，还当着她们的面，这是第一次。

"爸爸。"最小的季珊不安地喊他。

没有解释。他拿起杂志，在余怒之中，又看了一遍。

"是长城。"他喃喃说。然后他忽然推椅而起，一口气冲上楼去。

在书桌前闷坐了至少有半个钟头，盛怒渐渐压下来，积成坚实沉重的悲壮。对区区一张照片，反应那样剧烈，他自己也很感惊讶。万里长城又不是他的，至少，不是他一个人的。他是一个典型的南方人，生在江南，柔橹声中多水多桥的江南。他的脚底从未踏过江北的泥土，更别说见过长城。可是感觉里，长城是他的。因为长城属于北方北方属于中国中国属于他正如他属于中国。几万万人只有这么一个母亲，可是对于每一个孩子她都是百分之百的母亲而不是几万万分之一。中国，他只到过九省，可是美国，他的脚底和车轮踏过二十八州。可是感觉里，密歇根的雪犹他的沙漠加州的海都那么遥远，陌生，而长城那么近。他生下来就属于长城，可是远在他出生之前长城就归他所有。从公元以前起长城就属于他祖先。天经地义，他继承了万里长城，每一面墙每一块砖。

继承了，可是一直还没有看见。几十年来，一直想抚摸想跪拜的这一座遗产，忽然为一双陌生而鲁莽的脚捷足先登。这乃是大不敬，长城是神圣的，不容侵犯！长城是中国人长达万里的一面哭墙，仅有一面墙的一座巨庙。伏尔泰竟然说它是一面纪念碑，竖向恐怖；令他非常不快。也许，长城是每个中国人的脊椎，不容他人歪曲。看到堪培拉站在那上面，他的愤怒里有妒恨，也有羞辱。

"竟敢吊儿郎当站在我的长城上！这乃是大不敬！"立刻他有一股冲动，要写封信去慰问长城。他果然拿出信纸来。

"长城公公：看到洋策士某某贸然登上……"他开始写下去。从蒙恬说到单于和李广说到吴三桂和太阳旗一直说到堪培拉的美制皮鞋，他振笔疾书，一口气写了两张信笺。最后的署名是"一个中国人"。

"一个中国人？究竟是谁呢？似乎有标明的必要吧。他停笔思索了一会儿。有了，从抽屉里他拿出自己的一张照片，翻过面来，注道："这就是我。你问大陆就知道的。"然后他把信纸叠好，把照片夹在里面，一起装进信封里。

"该贴多少邮票呢？"他迟疑起来，"这倒是一个问题。"

他想和太太商量一下。太太不在房里。一回头，太太的梳妆镜叫住了他。镜中出现一个中年人，两个大陆的月色和一个岛上的云在他眼中，霜已经下下来，在耳边。"你问大陆就知道的。"大陆会认得这个人吗？二十年前告别大陆的，是一个黑发青睐的少年啊。

愈想愈不妥当。最后他回到书房里，满心烦躁地把信撕个粉碎。那张照片分成了八块。他重新坐下，找出一张明信片。匆匆写好，就走下楼去，披上雨衣，出门去了。

"请问，这张明信片该贴多少邮票？"

那位女职员接过信去，匆匆一瞥，又皱皱眉，然后忍住笑说：

"这怎么行？地名都没有。"

"那不是地名吗？"他指指正面。

"万里长城？就这四个大字？"她的眉毛扬得更高了。

"就是这地址。"

"告诉你，不行！连区号都没有一个，怎么投递呢？何况，根本没有这个地名。"

其他的女职员全围过来窥看。大家似笑非笑地打量着他。其中的一位忍不住念起来。

"万里长城：我爱你。哎呀，这算写的什么信吗？笑死……这种情书我还是第一次看见。王家香，我问你，万里长城在哪里？"

王家香摇摇头，捂着嘴笑。

"一封信，只有七个字。"另一位小姐说，"恐怕是世界上最短的信了吧？"

"才不！"他吼起来，"这是世界上最长的信。可惜你们不懂！"

"这个人好凶。"围在他身后的寄信人之一忍不住说。

他从人丛中夺门逃出来，把众多的笑声留在邮局里。

"你们不懂！"他回过身去，挥拳一吼。

冒雨赶到电信局，已经快要黄昏了。

那里的职员也没有听说过什么万里长城。

"对不起，先生，"一个青年发报员困惑地说，"这种电报我们不能发。我们只能发给一个人或者一个团体，不能发给一个空空洞洞的地名。先生，你能够把收方写得确定些吗？"

"不能。万里长城就是万里长城，不是任一扇雉堞任一块砖。"

"好吧，"那职员耐住性子说，"就为你找找看。"

说着，他把一本其厚无比的地址簿搬到柜台上来。密密麻麻的洋文地名，从 A 一直翻到 Z，那青年发报员眼睛都看花了。

"真对不起，先生。没有这个地名啊。如果是巴黎、纽约、东京，甚至南极洲的观测站，我们都可以为你拍了去。可是……"

"万里长城,万里长城你都不知道?"

"真对不起,从来没有听说过。先生,你真的没有弄错吗?"

他气得话都说不出来。一把抓过电报稿子,回头就走。

"真是怪人。"青年发报员摇摇头。

街上还在下雨。他的雨衣,他的雨衣呢?这才想起,激动中,竟已掉在邮局里了。"管它去!"在冷冷的雨中他梦游一般步行回家去,他的心境需要在雨中独行,他需要那一股冷和那一片潮湿。自虐也是一种过瘾。其实他不是独行。他走过陆桥。他越过铁路。他在周末的人潮中挤过。前后左右,都是年底大减价的广告,向汹涌的人潮和市声兜售大都市七十年代廉价的繁荣。可是感觉里,他仍是在独行。人潮海啸而来,冲向这个公司那个餐厅冲向车站和十字路口,只有他一个人逆潮而泳,泳向万里长城。万里长城。好怪的名字。这大都市里没有一个人听说过。如果他停下来问警察,问万里长城该怎么走,说不定会给警察拘捕。说不定明天的晚报……

顿然,他变成了一个幽灵,来自另一个世界的孤魂野鬼。没有人看见他。他也看不见汽车和行人。真的。他什么也看不见了,行人,汽车,广告,门牌,灯。市声全部哑去。他站在十字路口,居然没有撞到任何东西!他一个人,站在一整座空城的中央。

"万里长城万里长,"黑黝黝的巷底隐隐传来熟悉的歌声,"长城外面是……"

那声音低抑而且凄楚,分不清是从巷子底还是从岁月的彼端传来,竟似诡异难认的电子音乐,祟着迷幻的空间。他谛听了一会儿,脸颊像浸在薄薄的酸液里那样噬痛。直到那歌声绕过迷宫似的斜衢和曲巷,终于消失在莫名的远方。

于是市场一下子又把他拍醒。一下子全回来了,行人,汽车,广告,门牌,灯。

终于回到家里。家人都睡了。来不及换下湿衣,他回到书房里。地板上纷陈着撕碎了的信。桌上,犹摊开着杂志。他谛视那幅图片,迷幻一般,久久不动。不知不觉,他把焦点推得至深至远。雉堞俨然,朴拙而宏美,那古老的建筑物雄踞在万山脊上,蟠蟠蜿蜿,一直到天边。未随古代飞走的一条龙啊万里长城万里长。雨声停了。城市不复存在。时间停了。他茫然伸出手去,摸到的,怎么,不是他书房的粉壁,是肌理斑剥风侵雨蚀秦月汉关屹然不倒的古墙。他愕然缩回手来。那坚实厚重的触觉仍留在他掌心。

而令他更惊讶的是,堪培拉不见了,那一票美国人怎么全不见了?长城上更无人影。真的是全不见了。正如从古到今,人来人往,马嘶马蹶,月缺月圆,万里长城长在那里。李陵出去,苏武回来,孟姜女哭,堪培拉笑,万里长城长在那里。

1972 年 2 月 1 日深夜

从母亲到外遇

"大陆是母亲,台湾是妻子,香港是情人,欧洲是外遇。"我对朋友这么说过。

大陆是母亲,不用多说。烧我成灰,我的汉魂唐魄仍然萦绕着那一片后土。那无穷无尽的故土,四海漂泊的龙族叫她做大陆,壮士登高叫她做九州,英雄落难叫她做江湖。不但是那片后土,还有那上面正走着的、那下面早歇下的,所有龙族。还有几千年下来还没有演完的历史,和用了几千年似乎要不够用了的文化。我离开她时才二十一岁呢,再还乡时已六十四了:"掉头一去是风吹黑发,/回首再来已雪满白头。"长江断奶之痛,历四十三年。洪水成灾,却没有一滴溅到我唇上。这许多年来,我所以在诗中狂呼着、低呓着中国,无非是一念耿耿为自己喊魂。不然我真会魂飞魄散,被西潮淘空。

当你的女友已改名玛丽,你怎能送她一首《菩萨蛮》?

乡情落实于地理与人民,而弥漫于历史与文化,其中有实有虚,有形有神,必须兼容,才能立体。乡情是先天的,自然而然,不像民族主义会起政治的作用。把乡情等同于民族主义,更在地理、人民、历史、文化之外加上了政府,是一种"四舍五入"的含混观念。朝代来来去去,强加于人的政治不能持久。所以政治使人分裂而文化使人相亲:我们只听说有文化,却没听说过武化。要动用武力解放这个、统一那个,都不算文化。汤玛斯·曼逃纳粹,在异国对记者说:"凡我在处,即为德国。"他说的德国当然是指德国的文化,而非纳粹政权。同样,毕加索因为反对佛朗哥而拒返西班牙,也不是什么"背叛祖国"。

台湾是妻子,因为我在这岛上从男友变成丈夫再变成父亲,从青涩的讲师变成沧桑的老教授,从投稿的"新秀"变成写序的"前辈",已经度过了大半个人生。几乎是半世纪前,我从厦门经香港来到台湾,下跳棋一般连跳了三岛,就以台北为家定居了下来。其间虽然也去了美国五年,香港十年,但此生住得最久的城市仍是台北,而次久的正是高雄。我的"双城记"不在巴黎、伦敦,而在台北、高雄。

我以台北为家,在城南的厦门街一条小巷子里,"像虫归草间,鱼潜水底",蛰居了二十多年,喜获了不仅四个女儿,还有二十三本书。及至晚年海外归来,在这高雄港上、西子湾头一住又是悠悠十三载。厦门街一一三巷是一条幽深而隐秘的窄巷,在其中度过有如壶底的岁月。西子湾恰恰相反,虽与高雄的市声隔了一整座寿山,却海阔天空,坦然朝西开放。高雄在货柜的吞吐量上号称全世界第三大港,我窗下的浩渺接得通七海的风涛。诗人晚年,有这么一道海峡可供题咏,竟比老杜的江峡还要阔了。

不幸失去了母亲,何幸又遇见了妻子。这情形也不完全是隐喻。在实际生活上,我的慈母生我育我,牵引我三十年才撒手,之后便由我的贤妻来接手了。没有这两位坚强的女性,怎会有今日的我？在隐喻的层次上，大陆与海岛更是如此。所以在感恩的心情下我写过《断奶》一诗，而以这么三句结束：

> 断奶的母亲依旧是母亲
> 断奶的孩子，我庆幸
> 断了嫘祖，还有妈祖

海峡虽然壮丽，却像一柄无情的蓝刀，把我的生命剖成两半，无论我写了多少怀乡的诗，也难将伤口缝合。母亲与妻子不断争辩，夹在中间的亦子亦夫最感到伤心。我究竟要做人子呢还是人夫，真难两全。无论在大陆、香港、南洋或国际其他地区，久矣我已被称为"台湾作家"。我当然是"台湾作家"，也是广义的"台湾人"，"台湾"的祸福荣辱当然都有分。但是我同时也是，而且一早就是，中国人了：华夏的河山、人民、文化、历史都是我与生俱来的"家当"，怎么当都当不掉的，而中国的祸福荣辱也是我鲜明的"胎记"，怎么消也不能消除。然而今日的"台湾"，在不少场合，谁要做中国人，简直就负有"原罪"。明明全都是马，却要说白马非马。这矛盾说来话长，我只有一个天真的希望："莫为五十年的政治，抛弃五千年的文化。"

香港是情人，因为我和她曾有十二年的缘分，最后虽然分了手，却不是为了争端。初见她时，我才二十一岁，北顾茫茫，是大陆出来的流亡学生，一年后便东渡台湾。再见她时，我早已中年，成了中文大学的教授，而她，风华绝代，正当惊艳的盛时。我为她写了不少诗，和更多的美文，害得台湾的朋友艳羡之余纷纷西游，要去当场求证。所以那十一年也是我"后期"创作的盛岁，加上当时学府的同道多为文苑的知己，弟子之中也新秀辈出，蔚然乃成沙田文风。

香港久为国际气派的通都大邑，不但东西对比、左右共存，而且南北交通，城乡兼胜，不愧是一位混血美人。观光客多半目眩于她的闹市繁华，而无视于她的海山美景。九龙与香港隔水相望，两岸的灯火争妍，已经璀璨耀眼，再加上波光倒映，盛况更翻一倍。至于地势，伸之则为半岛，缩之则为港湾，聚之则为峰峦，撒之则为洲屿，加上舟楫来去，变化之多，乃使海景奇幻无穷，我看了十年，仍然馋目未餍。

我一直庆幸能在香港无限好的岁月去沙田任教，庆幸那琅嬛福地坐拥海山之美，安静的校园，自由的学风，让我能在"文革"的嚣乱之外，登上大陆后门口这一座幸免的象牙塔，定心写了好几本书。于是我这"台湾作家"竟然留下了"香港时期"。

不过这情人当初也并非一见钟情，甚至有点刁妮子作风。例如她的粤腔九音诘屈，已经难解，有时还爱写简体字来考我，而冒犯了她，更会在左报上对我冷嘲热讽，所以开头的几年颇吃了她一点苦头。后来认识渐深，发现了她的真性情，终于转而相悦，不但粤语可解，简体字能读，连自己的美式英语也改了口，换成了矜持的不列颠腔。同时我对英语世界的兴趣也从美国移向英国，香港更成为我去欧洲的跳板，不但因为港人欧游成风，远比台湾人为早，也因为签证在香港更迅捷方便。等到八十年代初期大陆逐渐开放，内地作家出国交流，也多以香港为首站，因而我会见了朱光潜、巴金、辛笛、柯灵，也开始与流沙河、李元洛通信。

不少人瞧不起香港，认定她只是一块殖民地，又诋之为文化沙漠。一九四〇年三月五日，蔡元培逝于香港，五天后举殡，全港下半旗志哀。对一位文化领袖如此致敬，不记得其他华人城市曾有先例，至少胡适当年去世，台北不曾如此。如此的香港竟能称为文化沙漠吗？

欧洲开始成为外遇，则在我将老未老、已晡未暮的善感之年。我初践欧土，是从纽约起飞，而由伦敦入境，绕了一个大圈，已经四十八岁了。等到真的步上巴黎的卵石街头，更已是五十之年，不但心情有点"迟暮"，季节也值春晚，偏偏又是独游。临老而游花都，总不免感觉是辜负了自己，想起李清照所说："春归秣陵树，人老建康城。"

一个人略谙法国艺术有多风流倜傥，眼底的巴黎总比一般观光嬉客所见要丰盈。"以前只是在印象派的书里见过巴黎，幻而似真；等到亲眼见了法国，却疑身在印象派的画里，真而似幻。"我在《巴黎看画记》一文，就以这一句为开端。

巴黎不但是花都、艺都，更是欧洲之都。整个欧洲当然早已"迟暮"了，却依然十分"美人"，也许正因迟暮，美艳更教人怜。而且同属迟暮，也因文化不同而有风格差异。例如伦敦吧，成熟之中仍不失端庄，至于巴黎，则不仅风韵犹存，更透出几分撩人的明艳。

大致说来，北欧的城市比较秀雅，南欧的则比较秾丽；新教的国家清醒中有节制，旧教的国家慵懒中有激情。所以斯德哥尔摩虽有"北方威尼斯"之美名，但是冬长夏短，寒光斜照，兼以楼塔之类的建筑多以红而带褐的方砖砌成，隔了茫茫烟水，只见灰蒙蒙阴沉沉的一大片，低压在波上。那波涛，也是蓝少黑多，说不上什么浮光耀金之美。南欧的明媚风情在那样的黑涛上是难以想象的：格拉纳达的中世纪"红堡"（Alhambra），那种细柱精雕、引泉入室的伊斯兰教宫殿，即使再三擦拭阿拉丁的神灯，也不会赫现在波罗的海岸。

不过话说回来，无论是沉醉醒人，或是清醒醒人，欧洲的传统建筑之美总令人仰瞻低回，神游中古。且不论西欧南欧了，即使东欧的小国，不管目前如何弱小"落后"，其传统建筑如城堡、宫殿与教堂之类，比起现代的暴发都市来，仍然一派大家风范，耐看得多。历经两次世界大战，遭受纳粹的浩劫，岁月的沧桑仍无法摧尽这些迟暮的美人，一任维也纳与布达佩斯在多瑙河边临流照镜，或是战神刀下留情，让布拉格的桥影卧魔涛而横陈。爱伦·坡说得好：

> 你女神的风姿已招我回乡，
> 回到希腊不再的光荣
> 和罗马已逝的盛况。

一切美景若具历史的回响、文化的意义，就不仅令人兴奋，更使人低回。何况欧洲文化不仅悠久，而且多元，"外遇"的滋味远非美国的单调、浅薄可比。美国再富，总不好意思在波多马克河边盖一座罗浮宫吧？怪不得王尔德要说："善心的美国人死后，都去了巴黎。"

1998年8月，西子湾

鸡同鸭讲

圣经《创世纪》里有这么一个故事：巴比伦的先民有意用砖砌一座入云的高塔，叫"拜波之塔"；耶和华为了阻挠此事，乃使人类言语不通，无法达意。因此拜波之塔成了空中楼阁。

这些年来，颇有一些天真烂漫的美国少年，在本国的大学里念了一年半载的中文，连"之无"二字还没搞清楚，就野心勃勃来香港"深造"。这些大孩子一去尖沙咀便铩羽而归，发现原来这里的中国人说的不是"慢得灵"（Mandarin）。我就见过一个"洋基"（Yankee）太少，来香港两个月后，只学会了用粤语说"点心"二字。

俗语说："天不孤，地不怕，只怕广东人说官话。"在粤语里，"狗"和"九"同音（均读"高"的第二声）。有一次一个广东人对我说，他家里有一只"九"。又有一次我把外地的朋友介绍给本地人，本地人连忙用国语说："狗养，狗养！"（久仰，久仰！）反过来说，广东人何尝不怕我们这些"上海人"说粤语呢？粤语有句小小的绕口令，叫"入实验室，揿紧急掣"。如果用粤语习用的姓名英译法来表示，这八字的发音约为 yup sut yim sut, gum gun gup tsai。香港诗人黄国彬说，第一个 sut（实）乃低入声，属粤语第九声；第二个 sut（室）乃高入声，属粤语第七声。据说，"外江佬"要是能念准这八字诀，粤语就说得差不多了。在香港，开车的人去汽油站加油，叫"入油"，加满则叫"入满"。这"入"字也是个闭口的入声字，外江佬视为畏途。陈之藩就因为发不出这个音来，每逢加油，就要改请女秘书代劳。朱立初来的时候，召计程车去机场。司机问："悔宾多？（去哪里）"朱立说："悔该穷。（去鸡场）"司机大惑不解说："抹也该穷啊？（什么鸡场啊）"朱立说："鸡摇鸭过该穷啰！（只有一个鸡场啰）"

香港说得上是拜波之塔，不但南腔北调，更兼土语洋腔，外江佬与本地人之间，简直是"鸡同鸭讲"。就连广州客初来此地，对许多"洋为中用"的混血字眼也要瞠目。小店叫"士多"，邮票叫"士丹"，来过香港的台湾客无人不知。但是像"柯打"（order）、"古臣"（cushion）、"奶昔"（milk shake）、"沙律"（salad）、"睇波"（看球：波乃 ball 之译音）等等，就少人知道了。最匪夷所思的，大概应推"士多啤梨"（strawberry）。

在中文大学，老师上课，可以讲国语、粤语或英语。粤语当然最受学生欢迎。英语勉强可以接受：正宗的英语和美语还没有多大问题，可恼的是印度英语、澳洲英语和西欧各国腔调的英语。有一位爱尔兰来的高级讲师，说起英语来嘴里像含着一个大核桃，我得把耳朵竖得跟兔子一样长，才勉强跟得上。国语呢，只要大致平正，也还可以凑合。最怕的是各省的乡音，真的是言者谆谆，听者愣愣，好不容易才听出一点道理来时，学期也快结束了。

偶尔也有一两位聪明的英国人，能讲一口过得去的粤语。思果是江苏人，但是能用粤语演讲，虽然还不能"乱真"，却也赢得听众的欢心。杨世彭和张晓风不愧是戏剧家，来了没多久就大致能听，稍稍能讲。杨世彭有一次上电视，回答问题居然全用粤语，得意了好几天。这境界自然不是陈之藩所能奢望；陈之藩来港六年，会讲的粤语想必也不出六句。好在他今年已经离开中文大学，去波士顿任教了，而英语，对许多外江佬说来，毕竟不像粤语那么拗口。

1985 年 3 月 10 日《联副》

西欧的夏天

旅客似乎是十分轻松的人,实际上却相当辛苦。旅客不用上班,却必须受时间的约束;爱做什么就做什么,却必须受钱包的限制;爱去哪里就去哪里,却必须把几件行李蜗牛壳一般带在身上。旅客最可怕的噩梦,是钱和证件一起遗失,沦为来历不明的乞丐。旅客最难把握的东西,便是气候。

我现在就是这样的旅客。从西班牙南端一直旅行到英国的北端,我经历了各样的气候,已经到了寒暑不侵的境界。此刻我正坐在中世纪达豪士古堡(Dalhousie Castle)改装的旅馆里,为《隔海书》的读者写稿,刚刚黎明,湿灰灰的云下是苏格兰中部荒莽的林木,林外是隐隐的青山。晓寒袭人,我坐在厚达尺许的石墙里,穿了一件毛衣。如果要走下回旋长梯像走下古堡之肠,去坡下的野径漫步寻幽,还得披上一件够厚的外套。

从台湾的定义讲来,西欧几乎没有夏天。昼蝉夜蛙,汗流浃背,是台湾的夏天。在西欧的大城,例如巴黎和伦敦,七月中旬走在阳光下,只觉得温暖舒适,并不出汗。西欧的旅馆和汽车,例皆不备冷气,因为就算天热,也是几天就过去了,值不得为避暑费事。我在西班牙、法国、英国各地租车长途旅行，其车均无冷气，只能扇风。

巴黎的所谓夏天，像是台北的深夜，早晚上街，凉风袭肘，一件毛衣还不足御寒。如果你走到塞纳河边，风力加上水气，更需要一件风衣才行。下午日暖，单衣便够，可是一走到楼影或树荫里，便嫌单衣太薄。地面如此，地下却又不同。巴黎的地车比纽约、伦敦、马德里的都好，却相当闷热，令人穿不住毛衣。所以地上地下，穿穿脱脱，也颇麻烦。七月在巴黎的街上，行人的衣装，从少女的背心短裤到老妪的厚大衣，四季都有。七月在巴黎，几乎天天都是晴天，有时一连数日碧空无云，入夜后天也不黑下来，只变得深洞洞的暗蓝。巴黎附近无山，城中少见高楼，城北的蒙马特也只是一个矮丘，太阳要到九点半才落到地平线上，更显得昼长夜短，有用不完的下午。不过晴天也会突来霹雳：七月十四日在法国国庆那天上午，密特朗总统在香榭丽舍大道主持阅兵盛典，就忽来一阵大雨，淋得总统和军乐队狼狈不堪。电视的观众看得见雨气之中，乐队长的指挥杖竟失手落地，连忙俯身拾起。

法国北部及中部地势平坦，一望无际，气候却有变化。巴黎北行一小时至鲁昂，就觉得冷些；西南行二小时至卢瓦尔河中流，气候就暖得多，下午竟颇燠热，不过入夜就凉下来，星月异常皎洁。

再往南行入西班牙，气候就变得干暖。马德里在高台地的中央，七月的午间并不闷热，入夜甚至得穿毛衣。我在南部安达露西亚地区及阳光海岸（Costa del Sol）开车，一路又干又热，枯黄的草原，干燥的石堆，大地像一块烙饼，摊在酷蓝的天穹之下。

路旁的草丛常因干燥而起火,势颇惊人。可是那是干热,并不令人出汗,和台湾的湿闷不同。

英国则趋于另一极端,显得阴湿,气温也低。我在伦敦的河堤区住了三天,一直是阴天,下着间歇的毛毛雨。即使破晓时露一下朝曦,早餐后天色就阴沉下来了。我想英国人的灵魂都是雨蕈,撑开来就是一把黑伞。与我存走过滑铁卢桥,七月的河风吹来,水气阴阴,令人打一个寒噤,把毛衣的翻领拉起,真有点魂断蓝桥的意味了。我们开车北行,一路上经过塔尖如梦的牛津,城楼似幻的勒德洛(Ludlow),古桥野渡的蔡斯特(Chester),雨云始终罩在车顶,雨点在车窗上也未干过,销魂远游之情,不让陆游之过剑门。进入肯布瑞亚的湖区之后,遍地江湖,满空云雨,偶见天边绽出一角薄蓝,立刻便有更多的灰云挟雨遮掩过来。真要怪华兹华斯的诗魂小气,不肯让我一窥他诗中的晴美湖光。从我一夕投宿的鹰头(Hawkshead)小店栈楼窗望出去,沿湖一带,树树含雨,山山带云,很想告诉格拉斯米教堂墓地里的诗翁,我国古代有一片云梦大泽,也出过一位水气逼人的诗宗。

1985 年 8 月 18 日《联副》

风吹西班牙

1

若问我西班牙给我的第一印象,立刻的回答是:干。

无论从法国坐火车南下,或是像我此刻从塞维亚开车东行,那风景总是干得能敲出声来,不然,划一根火柴也可以烧亮。其实,我右边的风景正被几条火舌壮烈地舐食,而且扬起一绺绺的青烟。正是七月初的近午时分,气温不断在升高,整个安达露西亚都成了太阳的俘虏,一草一木都逃不过那猛瞳的监视。不胜酷热,田里枯黄的草堆纷纷在自焚,噼啪有声。我们的塔尔波小车就在浓烟里冲过,满车都是焦味。在西班牙开车,很少见到河溪,公路边上也难得有树荫可憩。几十里的晴空干瞪干瞪,变不出一片云来,风几乎也是蓝的。偏偏租来的塔尔波,像西欧所有的租车一样,不装冷气,我们只好打开风扇和通风口,在直灌进来的暖流里逆向而泳。带上车来的一大瓶冰橙汁,早已蒸得发热了。

西班牙之干，跟喝水还有关系。水龙头的水是喝不得的，未去之前早有朋友警告过我们，要是喝了，肚子就会一直咕噜发酵，腹诽不已。西班牙的餐馆不像美国那样，一坐下来就给你一杯透澈的冰水。你必须另外花钱买矿泉水，否则就得喝啤酒或红酒。饮酒也许能解忧，却解不了渴。所以在西班牙开车旅行，人人手里一大瓶矿泉水。不过买时要说清楚，是 con gas 还是 sin gas，否则一股不平之气，挟着千泡百沫冲顶而上，也不好受。

西班牙不但干，而且荒。

这国家人口不过台湾的两倍，面积却十四倍于台湾。她和葡萄牙共有伊比利亚半岛，却占了半岛的百分之八十五。西班牙是一块巨大而荒凉的高原，却有点向南倾斜，好像是背对着法国而脸朝着非洲。这比喻不但是指地理，也指心理。西班牙属于欧洲却近于北非。三千年前，腓尼基和迦太基的船队就西来了。西班牙人叫自己的土地做"爱斯巴尼亚"（España），古称"希斯巴尼亚"（Hispania），据说源出腓尼基文，意为"偏僻"。

西班牙之荒，火车上可以眺见二三，若要领略其余，最好是自己开车。典型的西班牙野景，上面总是透蓝的天，下面总是炫黄的地，那鲜明的对照，天造地设，是一切摄影家的梦境。中间是一条寂寞的界限，天也下不来，地也上不去，只供迷幻的目光徘徊。现代人叫它做地平线，从前的人倒过来，叫它做天涯。下面那一片黄色，有时是金黄的熟麦田，有时是一亩接一亩的向日葵花，但往往是满坡的枯草一直连绵到天边，不然就是伊比利亚半岛的肤色，那无穷无尽无可奈何的黄沙。所以毛驴的眼睛总含着忧郁。沙丘上有时堆着乱石，石间的矮松毛虮虮地互掩成林，剪径的强盗——叫 bandido 的——似乎就等在那后面。

法国风光妩媚，盈目是一片娇绿嫩青。一进西班牙就变了色，山石灰麻麻的，草色则一片枯黄，荒凉得竟有一种压力。绿色还是有的，只是孤零零的，点缀一下而已。树大半在缓缓起伏的坡上，种得整整齐齐，看得出成排成列。高高瘦瘦，叶叶在风里翻闪着的，是白杨。矮胖可爱的，是橄榄树，所产的油滋润西班牙人干涩的喉咙，连生菜也用它来浇拌。一行行用架子支撑着的，就是葡萄了，所酿的酒温暖西班牙人寂寞的心肠。其他的树也是有的，但不很茂。往往，在寂寂的地平线上，什么也没有，只有一棵孤树撑着天空，那姿态，也许已经撑了几世纪了。绿色的祝福不多，红色的惊喜更少。偶尔，路边会闪出一片红艳艳的罂粟花，像一队燃烧的赤蝶迎面扑打过来。

山坡上偶尔有几只黑白相间的花牛和绵羊，在从容咀嚼草野的空旷。它们不知道佛朗哥是谁，更无论八百年伊斯兰教的兴衰。我从来没见过附近有牧童，农舍也极少见到，也许正是半下午，全西班牙都入了朦胧的"歇时榻"（siesta）吧。比较偏僻的野外，往往十几里路不见人烟，甚至不见一棵树。等你已经放弃了，小丘顶上出人意外地却会踞着、蹲着，甚至匍着一间灰顶白壁的独家平房，像是文明的最后一哨。若是那独屋正在坡脊上，背后衬托着整个晚空，就更令人感受到孤苦的压力。

独屋如此，几百户人家加起来的孤镇更是如此。你以为孤单加孤单会成为热闹，其实是加倍的孤单。从格拉纳达南下地中海岸的途中，我们的塔尔波横越荒芜而崎岖的内华达山脉（Sierra Nevada），左盘右旋地攀过一棱棱的山脊，空气干燥无风，不时在一丛杂毛松下停车小憩。树影下，会看见一条灰白的小径，在沙石之间蜿蜒出没，盘入下面的谷地里去。低沉的灰调子上，感觉到有什么东西在移动。定睛搜寻，才瞥见一顶 sombrero 的宽边大帽遮住一个村民骑驴的半面背影。顺着他去的方向，远眺的旅人终于发现谷底的村庄，掩映在矮树后面，在野径的尽头，在一切的地图之外，像一首用方言来唱的民谣，忘掉的比唱出来的更多。而无论多么卑微的荒村野镇，总有一座教堂把尖塔推向空中，低矮的村屋就互相依偎着，围在它的四周。那许多孤零零的瘦塔就这么守着西班牙的天边，指着所有祈愿的方向。

最难忘是摩特利尔镇（Motril）。毫无借口地，那幻象忽然赫现在天边，虽然远在几里路外，一整片叠牌式的低顶平屋，在金阳碧空的透明海气里，白晃晃的皎洁墙壁，相互分割成正正斜斜的千百面几何图形，一下子已经奔凑到你的眼睫之间，那样崇人的艳白，怎么可能！拭目再看，它明明在那边，不是幻觉，是奇观。树少而矮，所以白屋拥成一堆，白成一片。屋顶大半平坦，斜的一些也斜得稳缓，加以黑灰的瓦色远多于红色，更加压不下那一大片放肆的骄白。歌德说："色彩是光的修行与受难。"那样童贞的蛋壳白修的该是患了洁癖的心吧，蒙不得一点污尘。过了那一片白梦，惊诧未定，忽然一个转弯，一百八十度拉开蓝汹汹欲溢的世界，地中海到了。

2

西班牙之荒，一个半世纪之前已经有另一位外国作家慨叹过了。那是一八二九年，在西班牙任外交官的美国名作家欧文（Washington Irving），为了探访安达露西亚浪漫的历史，凭吊八百年伊斯兰文化的余风，特地和一位俄国的外交官从塞维亚并辔东行,一路遨游去格拉纳达。虽然是在春天,途中却听不见鸟声。事后欧文在《红堡记》(Tales of Alhambra)里告诉我们说:

> 许多人总爱把西班牙想象成一个温柔的南国,好像明艳的意大利那样装扮着百般富丽的媚态。恰恰相反,除了沿海几省之外,西班牙大致上是一个荒凉而忧郁的国家,崎岖的山脉和漫漫的平野,不见树影,说不出有多寂寞冷静,那种蛮荒而僻远的味道,有几分像非洲。由于缺少丛树和围篱,自然也就没有鸣禽,更增寂寞冷静之感。常见的是兀鹰和老鹰,不是绕着山崖回翔,便是在平野上飞过,还有的就是性怯的野雁,成群阔步于荒地;可是使其他国家全境生意蓬勃的各种小鸟,在西班牙只有少数的省份才见得到,而且总是在人家四周的果园和花园里面。
>
> 在内陆的省份,旅客偶然也会越过大片的田地,上面种植的谷物一望无边,有时还摇曳着青翠,但往往是光秃而枯焦,可是四顾却找不到种田的人。最后,旅人才发现峻山或危崖上有一个小村,雉堞残败,戍楼半倾,正是古代防御内战或抵抗摩尔人侵略的堡垒。直到今日,由于强盗到处打劫,西班牙大半地区的农民仍然保持了群居互卫的风俗。

西班牙人烟既少,地又荒芜,所以欧文在漫漫的征途之中,可以眺见孤独的牧人在驱赶走散了的牛群,或是一长列的骡子缓缓踱过荒沙,那景象简直有几分像阿拉伯。其时境内盗贼如麻,一般人出门都得携带兵器,不是毛瑟枪、喇叭枪,便是短剑。旅行的方式也有点像阿拉伯的驼商队,不同的是在西班牙,从比利牛斯山一直到阳光海岸（Costa del Sol），纵横南北，维持交通与运输的，是骡夫组成的队伍。这些骡夫（arrieros）生活清苦而律己甚严，粗布背囊里带着橄榄一类的干粮，鞍边的皮袋子里装着水或酒，就凭这些要越过荒山与燥野。他们例皆身材矮小，但是手脚伶俐，肌腱结实而有力，脸色被太阳晒成焦黑，眼神则坚毅而镇定。这样的骡队人马众多，小股的流匪不敢来犯，而全副武装驰着安达露西亚骏马的独行盗呢，也只敢在四周逡巡，像海盗跟着商船大队那样。接下来的一段十分有趣，我必须再引译欧文的原文：

> 西班牙的骡夫有唱不完的歌谣可以排遣走不尽的旅途。那调子粗俗而单纯，变化很少。骡夫斜坐在鞍上，唱得声音高亢，腔调拖得又慢又长，骡子呢则似乎十分认真地在听赏，而且用步调来配合拍子。这种双韵的歌谣不外是诉说摩尔人的古老故事，或是什么圣徒的传说，或是什么情歌，而更流行的是吟咏大胆的私枭或无畏的强盗，因为这两种人在西班牙的匹夫匹妇之间都是动人遐想的英雄。骡夫之歌往往也是即兴之作，说的是当地的风光或是途中发生的事情。这种又会歌唱又会乘兴编造的本领，在西班牙并不稀罕，据说是摩尔人所传。听着这些歌谣，而四周荒野寂寥的景色正是歌词所唱，偶尔还有骡铃叮当来伴奏，真有豪放的快感。
>
> 在山道上遇见一长串骡队，那景象再生动不过了。最先你会听到带队骡子的铃声用单纯的调子打破高处的岑寂，不然就是骡夫的声音在呵责迟缓或脱队的牲口，再不然就是那骡夫正放喉高唱一曲古调。最后你才看到有骡队沿着峭壁下

的隘道迟缓地迂回前进,有时候走下险峻的悬崖,人与兽的轮廓分明地反衬在天际,有时候从你脚下那深邃而干旱的谷底辛苦地攀爬上来。行到近前时,你就看到他们卷头的毛纱、穗带和鞍褥,装饰得十分鲜艳;经过你身边时,驮包后面的喇叭枪挂在最顺手的地方,正暗示道路的不宁。

3

欧文所写的风土民情虽然已是一百五十年前的西班牙,但证之以我的安达露西亚之旅,许多地方并未改变。今天的西班牙仍然是沙多树少,干旱而荒凉,而葡萄园、橄榄林、玉米田和葵花田里仍然是渺无人影。盗贼呢应该是减少了,也许在荒郊剪径的匪徒大半转移阵地,到闹市里来剪人荷包了,至少我在巴塞罗纳的火车站上就遇到了一个。至于那些土红色的古堡,除了春天来时用满地的野花来逗弄它们之外,都已经被匆忙的公路忘记,尽管雉堞俨然,戍塔巍然,除了苦守住中世纪的天空之外,也没有别的事好做了。

最大的不同,是那些骡队不见了。在山地里,这忍辱负重眼色温柔而哀沉的忠厚牲口,偶然还会见到。在街上,还有卖艺人用它来拖咿咿唔唔的手摇风琴车。可是漫漫的长途早已伸入现代,只供各式的汽车疾驰来去了。不过,就在六十年前,夭亡的诗人洛尔卡(Federico García Lorca, 1898—1936)吟咏安达露西亚行旅的许多歌谣里,骡马的形象仍颇生动。其中给我印象最深的,是下面这首《骑士之歌》:

科尔多巴。
孤悬在天涯。

漆黑的小马,圆大的月亮,
橄榄满袋在鞍边悬挂。
这条路我虽然早认识,
今生已到不了科尔多巴。

穿过原野,穿过烈风,
赤红的月亮,漆黑的马。
死亡正在俯视着我,
在戍楼上,在科尔多巴。

唉,何其漫长的路途!
唉,何其英勇的小马!
唉,死亡已经在等待我,
等我赶路去科尔多巴!

科尔多巴。
孤悬在天涯。

  这首诗的节奏和意象单纯而有力,特具不祥的神秘感。韵脚是一致开口的母音,色调又是红与黑,最能打动人原始的感情,而且联想到以此二色为基调的佛拉门戈舞与斗牛。二十年前初读史班德此诗的英译,即已十分欢喜,曾据英译转译为中文。三年前去委内瑞拉,有感于希斯巴尼亚文化的召引,认真地读起西班牙文来。我耽于这种罗曼斯文，完全出于感性的爱好。首先，是由于西班牙文富于母音，所以读来圆融浏亮，荡气回肠，像随时要吟唱一样。要充分体会洛尔卡的感性，怎能不直接饕餮原文呢？其次，去过了菲律宾与委内瑞拉，怎能不径游伊比利亚本身呢？为了去西班牙，事先足足读了一年半的西班牙文。到了格拉纳达，虽然不能就和阿米哥们畅所欲言，但触目盈耳，已经不全是没有意义的声音与形象了。前面这首《骑士之歌》，当年仅由英译转成中文，今日对照原文再读，发现略有出入，乃据原文重加中译如上。论音韵，中译更接近原文，因为洛尔卡通篇所押的悠扬 A 韵，中文全保留了，英文却无能为力。

未去西班牙之前，一提到那块土地我就会想到三个城市：托雷多，因为艾尔格雷科的画；格拉纳达，因为法耶的钢琴曲；科尔多巴，因为洛尔卡的诗。我到西班牙，是从法国乘火车入境，在马德里住了三天，受不了安达露西亚的诱惑，就再乘火车去格拉纳达。第二天当然是去游"红堡"，晚上则登圣山（Sacromonte），探穴居，去看吉普赛人的佛拉门戈舞。第三天更迫不及待，租了一辆塔尔波上路，先南下摩特利尔，然后沿着地中海西驶，过毕加索的故乡马拉加，再北上经安代盖拉，抵名城塞维亚。

而现在是第四天的半上午，我们正在塞维亚东去科尔多巴的途中。

蓝空无云，黄地无树。好不容易见到一丛绿荫，都远远地躲在地平线上，不肯跟来。开了七八十里路，只越过一条小溪。无论怎么转弯，都避不开那无所不在的火球，向我们毫不设防的挡风玻璃霍霍滚来。没有冷气，只有开窗迎风，迎来拍面的长途炎风，绕人颈项如一条茸茸的围巾。我们选错了偏南经过艾西哈

（Eceja）的公路，要是靠北走，就可以沿着瓜达几维尔河，多少沾上点水气了。

就是沿着这条漫漫的旱路跋涉去科尔多巴的吗？六十年前是洛尔卡，一百多年前是欧文，一千年前是骑着白骏扬着红缨的阿拉伯武士，这里曾经是伊斯兰教与基督教决胜的战场，飘满月牙旌与十字旗。更早的岁月，听得见西哥特人遍地践来的蹄声。一切都消逝了，摩尔人的古驿道上，只留下我们这一辆小红车冒着七月的骄阳东驰，像在追逐一个神秘的背影。愈来愈接近科尔多巴了，这蛊惑的名字变成一个三音节的符咒祟着我的嘴唇。我一遍又一遍低诵着《骑士之歌》：

> 穿过原野，穿过烈风，
> 赤红的月亮，漆黑的马。
> 死亡正在俯视着我，
> 在戍楼上，在科尔多巴。

洛尔卡的红与黑，我怎么闯进来了呢？公路在矮灌木纠结的丘陵间左右萦回，上下起伏，像无头无尾的线索，前面在放线，后面在收索。风果然很猛烈，一路从半开的车窗外嘶喊着倒灌进来。死亡真的在城楼上俯视着我么？西班牙人在公路上开车原就蹶等躁进，超起车来总是令你血沸心紧，从针锋相对到狭路相逢到错身而过，总令人凛然，想到斗牛场的红凶黑煞。万一闪不过呢？今生真的到不了科尔多巴？尤其洛尔卡不但是横死，而且是夭亡，何况我胯下这辆车真有些不祥，早已出过点事故了。

我的安达露西亚之旅始于格拉纳达，而以塞维亚为东回的中途站,最后仍将回到格拉纳达。昨晚驶入塞维亚,已经是八时过几分了。满城的暮色里,街灯与车灯纷纷亮起,在凯旋广场的红灯前面刹车停下,淡玫瑰色的夕照仍依恋在老城寨上,正悠然怀古,说五百年前,当羊皮纸图上还没有纽约,伊莎贝拉女皇就是在此地接见志在远洋的哥伦布,忽然,车熄火了。转钥发动了几次,勉强着火,绿灯早已亮起,满街的车纷纷超我而去。这情形重复了三次,令人又惊又怒,最后才死灰复燃,提心吊胆地,总算把这匹随时会仆地不起的驽马驱策到蒙特卡罗旅店的门口,停在斑剥的红砖巷里。这事故,成为我怀古之旅正妙想联翩自鸣得意时忽的一记反高潮。晚饭后,找遍附近的街巷不见加油站的影子,更不提修车行了。那家旅店没有冷气,没有冰箱,只有一架旧电扇斜吊在壁上,自言自语不住地摇头。

"明天怎么办?"

朦胧之间不断地反问自己,而单调的轧轧声里只有那风扇在摇头。整夜我躺在疑虑的崖边,不能入眠。第二天早餐后,我存说不如去找当地的赫尔茨租车行。电话里那赫尔茨的职员用英语说:"你开过来看看。"我们开了过去,向他诉苦:"万一在荒野忽然熄火,怎么办?"他说可以把车留给他们修。我说这一修不知要耽搁多久,我们等不及了。正烦恼之际,有顾客前来还车,他说:"换一辆给你们如何?"我们喜出望外,只怕他会变卦,立刻换了另一辆车上路。

定下神来,才发现这架车也是塔尔波,虽然红色换了白色,其他的装备,甚至脾气,依然是表兄表弟。在出城的最后一盏红灯前,啊哈,同样熄了一次火。居然劝动他重新起步,而且一口气喘奔了两个多钟头,但是危机感始终压在心头。睡眠不足的飘忽状态中，昨夜的风扇又不祥地在摇头。不久风扇摇成了风车，巨影幢幢而不安，而胯下这辆靠不住的车子也喘啊哮啊，变成了故事里那匹驽马，毛长骨瘦的洛西南代（Rocinante）。念咒一般我再度吟哦起那祟人的句子：

  死亡正在俯视着我，
  在戍楼上，在科尔多巴。

  于是西班牙的干燥与荒凉随炎风翻翻扑扑一起都卷来，这寂寞的半岛啊，去了腓尼基又来了罗马，去了西哥特又来了北非的伊斯兰教徒，从拿破仑之战到三十年代的内战，多少旗帜曾迎风飞舞，号令这纷扰的高原。当一切的旌旗都飘去，就只剩下了风，就是车窗外这永恒的风，吹过野地上的枯草与干蓬，吹过锯齿成排的山脉与冷对天地的雪峰，吹过佛拉门戈的顿脚踏踏与响板咔喇喇，击掌紧张的噼噼啪啪，弦声激动的吉他。

1986 年 8 月 7 日

四月,在古战场

熄了引擎,旋下左侧的玻璃窗,早春的空气遂漫进窗来。岑寂中,前面的橡树林传来低沉而嘶哑的鸟声,在这一带的山里,荡起幽幽的回声。是老鸦呢,他想。他将头向后靠去,闭起眼睛,仔细听了一会儿,直到他感到自己已经属于这片荒废。然后他推开车门,跨出驾驶座,投入四月的料峭之中。

水仙花的四月啊,残酷的四月。已经是四月了,怎么还是这样冷峻,他想,同时翻起大衣的领子。湿甸甸阴凄凄的天气,风向飘忽不定,但风自东南吹来时,潮潮的,嗅得到黛青翻白的海水气味。他果然站定,嗅了一阵,像一头临风昂首的海豹,直到他幻想,海藻的腥气翻动了他的胃。这是斜向大西洋岸的山坡地带,也是他来东部后体验的第一个春天。美国孩子们告诉他,春天来齐的时候,这一带的花树将盛放如放烟火,古战场将佩带多彩的美丽。文蔻告诉他说,再过一个星期,华盛顿的三千株樱花,即将喷洒出来。文蔻又说,鲈鱼和曹白鱼正溯波多马河与塞斯奎汉纳河而上,来淡水中产卵,奇娃妮湖上已然有天鹅在游泳,黑天鹅也出现过两只了。你怎么知道这些的?有一次他问她。文葩笑了，笑得像一枝洋水仙。我怎么不知道，她说，我在兰卡斯特长大的嘛。你是一个乡下女娃娃，他说。

在一座巍然的雕像前站定，他仰起面来，目光扫马背骑士的轮廓而上，止于他翘然的须尖。他踏着有裂纹的大理石，拾级而上。他伸手抚摸石座上的马蹄，青铜的冷意浸冰他的手心，似乎说，这还不是春天。他缩回手，辨认刻在石座上的文字。塞吉维克少将，一八一三年生，一八六四年殁，阵亡于维吉尼亚州，伟大的战士，光荣的公民，可敬的长官。已经一百年了，他想。忽然他涌起一股莫名的冲动，欲攀马尾而跃上马背，欲坐在塞吉维克将军的背后，看十九世纪的短兵相接。毕竟这是一座庞伟的雕塑，马鞍距石座几乎有六英尺，而马尾奋张，青铜凛然，苔藓滑不留手。他几度从马臀上溜了下来，终于疲极而放弃。他颓然跳下大理石座，就势卧倒在草地上。一阵草香袅袅升起，袭向他的鼻孔。他闭上眼睛，贪馋地深深呼吸，直到清爽的草香似乎染碧了他的肺叶。他知道，不久太阳会吸干去冬的潮湿，芳草将占据春的每一个角落。不久，他将独自去抵抗一季豪华的寂寞，在异国，冷眼看热花，看热得可以蒸云煮雾的桃花哪桃花，冷眼看情人们十指交缠的约会。他想象得到，自己将如何浪费昂贵的晴日，独自坐在夕照里，数那边哥特式塔楼的钟声，敲奏又一个下午的死亡。然而春天，史前而又年轻的春天，是不可抗拒的。知更说，春从空中来。鲈鱼说，春从海底来。土拨鼠说，春是从地底冒上来的，不信，我掘给你看。伏在已软而犹寒的地上，他相信土拨鼠是对的。把饕餮的鼻子浸在草香里，他静静地匍匐着，久久不敢动弹，为了看成群的麻雀，从那边橡树林和桦木顶上啾啾旋舞而下，在墓碑上，在铜像上，在废炮口上作试探性的小憩，终于散落在他四周的草地上，觅食泥中的小虫。他屏息看着，希望有一双柔细而凉的脚爪会误憩在他的背上。不知道那么多青铜的幽灵，是不是和我一样感觉，喜欢春天又畏惧春天，因为春天不属于我们，他想。我的春天啊，我自己的春天在哪里呢？我的春天在淡水河的上游，观音山的对岸。不，我的春天在急湍险滩的嘉陵江上，拉纤的船夫们和春潮争夺寸土，在舵手的鼓声中曼声而唱，插秧的农夫们也在春水田里一呼百应地唱，溜啊溜连溜哟，咿呀呀得喂，海棠花。他霍然记起，菜花黄得晃眼，茶花红得害初恋，嘤嘤的蜂吟中，菜花田的浓香熏人欲醉。更美，更美的是江南，江南的春天，江南春。春水碧于天，画船听雨眠。一次在中国诗班上吟到这首词，他的眼泪忍不住滚了出来。他分析给自己听，他的怀乡病中的中国，不在台湾海峡的这边，也不在海峡的那边，而在抗战的歌谣里，在穿草鞋踏过的土地上，在战前朦胧的记忆里，也在古典诗悠扬的韵尾。他对自己说，西北公司的回程票，夹在绿色的护照里，护照放在棕色的箱中。十四小时的喷射云，他便可以重见中国。然而那不是害他生病害他梦游的中国。他的中国不是地理的，是历史的。他的中国已经永远逝去，凄楚地，他凄楚地想。

　　四月的太阳，清清冷冷地照在他的颈背上，若亡母成灰的手。他想。他想。他想。他永远只能一个人想。他不能对那些无忧的美国孩子说，因为他们不懂，因为中国的一年等于美国的一世纪，因为黄河饮过的血扬子江饮过的泪多于他们饮过的牛奶饮过的可口可乐，因为中国的孩子被烽火的烟熏成早熟的熏鱼，周幽王的烽火，卢沟桥的烽火。他只能独咽五十个世纪乘一千万平方公里的凄凉。中秋前夕的月光中，像一只孤单的鸥鸟，他飞来太平洋的东岸。从那时起，他曾经驶过八千多英里，越过九个州界，闯过芝加哥的湖滨大道，纽约的四十二街和百老汇，穿过大风雪和死亡的雾。然而无论去何处，他总是在演独角的哑剧。在漫长而无红灯的四线超级公路上，七十英里时速的疾驶，可以超庞然而长的二十轮卡车，太保式的野豹，雍容华贵的凯迪拉克，但永远摆不脱寂寞的尾巴。十四小时，哈姆雷特的喃喃独白，东半球可有人为他烧耳朵，打喷嚏？偶或驶出冰雪的险境，太阳迎他于邻州的上空，也会逸兴遄飞，豪气干云，朗吟李白的辞白帝或杜甫的下襄阳，但大半总是低吟"西北望长安，可怜无数山！"八千里路的云和月。八千里路的柏油和水泥。红灯，停。绿灯，行。南北是 avenue，东西是 street，方的是 square，圆的是 circle。他咽下每一里的紧张与寂寞，他自己一人。他一直盼望，有一对柔美的眼眸，照在他的脸上，有一个圆熟可口的女体，在他的右手的座位，迷路时，为他解地图的蛛网，出险时，为他庆幸，为他笑。

为他笑，他出神地想，且为他流泪，这么一双奇异的眼睛。一只鹰在顶空飞过，幢然的黑影扫他的脸颊。他这才感到，风已息，太阳已出现了好一会儿了。他想起宓宓，肥沃而多产的宓宓。最肥沃的地方，只要轻轻一挤，就会挤出杏仁汁来。他不禁自得地笑出声来。以前，他时常这么取笑她的。可怜的女孩，他爱惜而歉疚地想。先是一搦纤细而多情的表妹，如是其江南风，一朵瘦瘦的水仙，在江南的风中。然后是知己的女友，缠绵的情人，文学的助手，诗的第一位读者。然后是蜜月伤风的新娘，套的是他的指环，用的是他的名字，醒时，在他的双人床上。然后是小袋鼠的母亲，然后是两个，三个，以至于一窝雌白鼠的妈妈。昔日的女孩已经蜕变成今日的妇人了，曾经是袅娜飘逸的，现在变得丰腴而富足，曾经是羞赧而闪烁的，现在变得自如而安详。她已经向雷诺阿画中的女人看齐了，他不断地调侃她。而在他的印象中，她仍是昔日的那个女孩，苍白而且柔弱，抵抗着令人早熟的肺病，梦想着爱情和文学，无依无助，孤注一掷地向他走来，而他不得不张开他的欢迎，且说，我是你的起点和终点，我的名字是你的名字，我的孩子是你的孩子，我会将你的处女地耕耘成幼稚园，我会喂你以爱情，我的桂冠将为你而编！他仍记得，敬羲说的，车票和邮票，象征爱情的频率。他仍记得，一个秋末的晴日下午，他送她到台北车站。蓝色长巴士已经曳烟待发。不能吻别，她只能说，假如我的手背是你的上唇，掌心是你的下唇。于是隔着车窗，隔着一幅透明的莫可奈何，她吻自己的手背，又吻自己的掌心。手背。掌心。掌心。这些吻不曾落在他唇上，但深深种在他的意象里，他被这些空中的唇瓣落花了眼睛。

　　太阳晒得草地蒸出恍惚的热气，鸟雀的翅膀扑打着中午。不久，塞吉维克将军的剑影向他指来。他感到有点胃痛，然后他发现自己伏身在草上已太久，而且有点饿了。已经是晌午了呢，他想。他从草地上站起来，抚摸压上了草印的手掌，并且拍打满身的碎草和破叶。忽然他感到非常饿了，早春的处女空气使他呼吸畅顺，肺叶张翕自如，使他的头脑清醒，身体轻松。一刹那间，他幻想自己一张臂成了一尾潇洒的燕子，剪四月的云于风中，以违警的超速飞回家乡去。一阵风迎面吹来，他的发扬了起来，新修过的下颔感到一抹清凉。他果然举起两臂，迅步向那边的瞭望塔奔去，直到他稍稍领略到羽族滑翔的快感。然后他俯倚在灰石雉堞上，等待剧喘退潮。松枝的清香沛然注入他腔中，他更饿，但同时感到四肢富于弹性，腹中空得异常灵利。

如果此刻宓宓在塔下向他挥手且奔来，他一定纵下去迎她，迎她雌性胴体全部的冲量。在温燠的阳光中，他幻想她的淡褐之发有一千尺长，让他将整个脸浴在波动的褐流之中。他希望自己永远年轻，永远做她的情人。又要不朽，又要年轻，绝望地，他想。李白已经一千二百六十四岁了。活着，呼吸着，爱着，是好的。爱着，用唇，用臂，用床，用全身的毛孔和血管，不是用韵脚或隐喻。肉体的节奏美于文字的节奏。他对塔下辽阔的古战场大呼，宓宓！宓宓！宓！！宓！呼声在万年松之间颤动、回旋，激起一群山鸟，纷纷惊惶地拍响黑翼，而二千座铜像和石碑，而四百门黝青的铁炮，而迤逦二十多英里的石堆和木栅，都不能应他的呼声。他们已经死了一个多世纪，一百多个春天都喊他们不应，何况他微弱的呼声。

不朽啊。年轻啊。如果要他作一个抉择，他想，他宁取春天。这是春天。这是古战场。古战场的四月，黑眼眶中开一朵白蔷，碧血灌溉的鲜黄苜蓿。宁为春季的一只蜂，不为历史的一尊塑像。让缪斯嫁给李贺或者嘉尔西亚·洛尔卡，可是你要嫁给我，他想。让冰手的石碑说，这是诗人某某之墓，但是让柔软的床说，现在他是情人。站在瞭望塔的雉堞后，站在浩浩乎复不见人的古沙场顶点，站在李将军落泪，米德将军仰天祈祷的顶点，新大陆的河山匍匐在他的脚下，四月发育着，在他的脚下，发育着、放射着、流着、爬着、歌着。茫茫的风景，茫茫的眼眸。茫茫的中国啊，茫茫的江南和黄河。三百六十度的，立体大壁画的风景啊，如果你在她的眸里，如果她在我的眸里，他想。中午已经垂直,阳光下,一层淡淡的烟霭自草上自树间漾漾蒸起。成群的鸟雀向远方飞去,向梅荪·狄克生线以南。收回徒然追随的目光,惘然,怅然,他感到非常,非常饥饿。他想起古战场那边的石桥,桥那边的小镇,镇上的林肯广场,广场上,一座三层七瓴的老屋,他的公寓就在顶层,适宜住一个东方的隐士,一个客座教授,一个怀乡的诗人,而更重要的是,冰箱里有烤鸡和香肠,还有半瓶德国啤酒。

1965 年 4 月 3 日,盖提斯堡·古战场

附识:文葩(Barbara Wenger),班上一女孩,日尔曼后裔,德国文学系,宾州兰卡斯特人,常和另一同学贾翠霞(Patricia Cafey)来看作者,并赠以兰卡斯特的双黄蛋和新泽西州海边的连翘花。

1965 年 4 月

黑灵魂

    一片畸形的黑影压在我的心上,虽然这是正午。我和艾弟坐在人家石阶边沿的黑漆铁栏杆上,不快乐地默视着小巷的风景。这里应该算是巴尔的摩的贫民区。黑人的孩子们在烟熏的古红砖屋的后门口,跳舞、踩滑车,而且大声吵架。地下室的木板门,防空洞似的,斜向街面开着。突目、厚唇,毫无腰身的黑妇们,沿着斜落的石级,累赘地出入其间,且不时鸦鸣一般嘎声呵止她们的顽童。一个佝偻的黑叟,蹒蹒跚跚,自巷尾徐徐踱来,被破呢帽沿遮了一大半的阔鼻下,一张瘪嘴喃喃地诉说着什么。那种尼格罗式的英文,子音迟钝,母音含糊,磨锐你全部的听觉神经,也割不清。

"嗨,他们到底什么时候来开门?"

"你说什么?"

"我问你,看屋子的人什么时候才来开门?"

"看屋子的人……"破帽檐下的乱髭抖动着。"开谁的门呀?"

"开爱伦·坡这间破屋子的门嘛!"

"爱伦·坡?谁是爱伦·坡?从来没有……"

一个彪形的中年汉子停下步来,恶狠狠地瞪着我们。我向他解释,我们是特地赶来参观爱伦·坡故宅的,开放的时间已到,门上铁锁依然拒人。

"我也不清楚,"黑彪皱起浓眉,他指指对街另一个黑人,"你们问他好了。"

"哦,你们要看坡屋吗?"一个满脸黑油满身污渍的工人,从一辆福特旧车下面钻了出来。"这家伙说不定的。有时候来,有时候不来。要是三点还不来,大概就不来了。"

我和艾弟再度走向坡屋。三级木梯上面,白漆的木门上悬着一面长方形的牌子,上书"艾米替街二〇三号,爱伦·坡之屋。参观时间:每星期三、星期六,下午一至四时。"门首右侧上端,钉了一块铜牌,浮刻着"爱伦·坡昔日居此"的字样。和这条艾米替街两旁的黑人住宅一样,二〇三号也是一幢两层的红砖楼房。十九世纪中叶典型的低级住宅,门面狭窄,玻璃窗外另装两扇百叶木扉,地下室的小门开向街上,斜落的屋顶上,另开一面阁楼的小窗。我和艾弟绕到屋后,隔着铁栅窥看了半天,除了湫隘局促的小天井外,什么也看不见。

来巴尔的摩,这已是第四次了。第二次和王文兴来,冒着豪雨。第三次,作客高捷女子学院昆教授(Prof. Olive W. Quinn of Goucher College)之家。那是星期天的上午,一半的巴尔的摩在教堂里,另一半,在席梦思上。正是樱花当令的季节,樱花盛放如十里锦绣,泣樱(weeping cherry)在霏微的春雨中垂着粉红的羞赧,木兰夹在其间,白瓣上走着红纹。人家的芳草地上,郁金香孤注一掷地红着,猩红的花萼如一滴滴凝固的血。我们开车慢慢地滑行,沿宽宽的查理大街南下,转入萨拉托加,折进这条艾米替街。因为下雨，我们仅在车中，隔着雨水纵横的玻璃一瞥这座古楼。之后我们又停车在港口，蒸腾氤氲的雨气中，看十八世纪末遗下的白漆楼船"星座号"。那是一个应该收进诗集的雨晨，虽然迄今无诗为证。

第四次，这一次重来巴城，是应高捷女子学院之邀，来讲中国古典诗的。演讲在晚上八时，我有一整个下午可以在巴城的红尘里访爱伦·坡的黑灵，遂邀昆教授的公子艾弟（Eddie）俱行。两个坡迷，从下午一点等到三点一刻，坡宅的守屋人仍未出现。我要亲自进入坡宅，因为自一八三二年至一八三五年，坡在此中住了三年多。事实上，这是坡的姨妈孀妇克莱姆夫人（Mrs. Maria Clemm）的寓所，坡只是寄居在此。也就是在这条街上，坡和他的小表妹，患肺病的维琴妮亚（Virginia）开始恋爱。一八三五年夏末，坡南下里士满去做编辑，维琴妮亚和她妈妈克莱姆夫人跟了去。第二年五月十六日，他们就在里士满结婚。这是坡早期作品和恋爱的地方，这四面红砖之中。我想进去，看壁炉上端坡的油画像，看四栏垂帷的高架古床，和他驰骋 Gothic 幻想的阁楼。可能的话，我甚至准备用十元美金贿赂阍者，让我今夜演讲后回来，在坡的床上勇敢地一宿。不入鬼宅，焉得鬼诗？我很想尝试一下，和这个黑灵魂，这个恐怖王子这个忧郁天使共榻的滋味。即使在那施巫的时辰，从冷汗涔涔的恶魔中惊觉，盲睛的黑猫压在我胸腔，邪恶的大鸦栖在窗棂，整个炼狱的火在它的瞳中。即使次晨，有人发现我被谋杀在坡的床上，僵直的手中犹紧握坡的《红死》，那也不是最坏的结局……

"都快三点半了，"艾弟说，"那家伙还不来。我们走吧。"

"走，找坡的墓去。"

五月的巴尔的摩，梅荪·狄克生线以南的太阳已经很烈了。正是巴城新闻业罢工的期间。太阳报罢工，太阳自己却未罢工。辐射热溶化着马路上的石油。鸟雀无声。市廛的嚣骚含混而沉闷。黑人歌者的男低音令人心烦。红灯亮时，被阻的车队首尾相衔，引擎卜卜呼应，如一群耸背腹语的猫。沿格林大街北上，走到法耶横街的转角，我们停了下来。地图上说，坡墓应该在此。从不到五英尺的红砖围墙外望进去，是一片不到半英亩的长方形的墓地，零乱地竖着白石的墓碑，一座双层的教堂自彼端升起，狭长而密的排窗，挺秀而瘦的钟楼，俯视着死亡的领域。忽然，艾弟喊我：

"余先生，我找到了！"

顺着艾弟的呼声跑去，我转过墓园的西北角。黑漆的铁栅上，挂着一面铜牌，上刻"爱伦·坡之墓"，下刻"西敏寺长老会教堂"。推开未上锁的铁门，我和艾弟跨了进去，坡的墓赫然就在墙角。说是"赫然"，是因为我的心灵骤受一震；对于无心找寻的路人，它实在不是一座显赫的建筑。大理石的墓碑，不过高达一人，碑下石基只三英尺见方。碑呈四面，正面朝东，上端的图案，刻桂叶与竖琴，如一般传统的文艺象征。中部浮雕青铜的诗人半身像，大小与真人相当。这是一面力贯顽铜的浮雕，大致根据柯尔纳（Thomas C. Corner）画像制成。分披在两侧的鬈发，露出应该算是宽阔的前额，郁然而密的眉毛紧压在眼眶的悬崖上，崖下的深穴中，痛苦、敏感、患得患失的黑色灵魂，自地狱最深处向外探射，但森寒而逼人的目光，越过下午的斜阳，落入空无。这种幻异的目光，像他作品中的景色一样，有光无热，来自一个死去的卫星，是月光，是冰银杏中滴进的酸醋。尖端下伸的鼻底,短人中上的法国短髭覆盖着上唇。那表情,介于喜剧与悲剧,嘲谵与恫吓,自怜与自大之间。青铜的鼻梁与鼻尖,因百年来坡迷的不断爱抚而灿然,一若镀金。不自觉地,我也伸手去抚摸了一刻。青铜在五月的烈日下,传来一股暖意。我的心打了一个寒战,鸡皮疙瘩,一波波,溯我的前臂和面颊而上。忽然,巴尔的摩的市声向四周退潮,太阳发黑,我站在十九世纪,不,黝黯无光的虚无里,面对一双深陷而可疑的眼睛,黑灵魂鬼哭神嚎,迷路的天使们绝望地盲目飞撞,有疯狂的笑声自渊底螺旋地升起。我的心痛苦而麻痹……

"你看后面——"渊面的对岸,传来我同伴的声音。我撼了自己一下,回到巴尔的摩。绕到碑的背面,读上面镌刻的生卒日期,"1809年1月20日—1849年10月7日"。才如江海命如丝。这里,一抔荒土下,葬着新大陆最不快乐的灵魂,葬着侦探故事的鼻祖,浪漫到象征的桥梁,德意志的战栗,法兰西的清晰,葬着地狱的瘟疫,天才的病,生前的痛苦,死后的萧条,葬着最纯粹的恐惧,最残忍的美。百年后,灵散形殁,他已变成春天的草,草下的尸蛆。然而那敏感的、精致的灵魂泯灭在何处?他并未泯灭。只是,曾经是凝聚的,现在分散,曾经作用在一具肉体的,现在作用在无数的肉体。当你昼思夜梦,当你狐疑不安,当你经验最纯粹的恐怖,你便是坡的化身。真正强烈地感受过的经验,永远永远不会泯灭。

坡死于一八四九年。最初,他的遗骸葬在祖父大卫·坡(David Poe)墓旁,虽然也在西敏寺教堂的坟场,但不见于格林街和法耶街的交角。三十六年后,才移葬到西北角,即今日石碑所在。同时,坡的夫人和岳母,也一并移骸埋此。坡是死在巴尔的摩的，但是他的死因迄今仍是一个谜。据说，一八四九年九月二十七日那天，坡自里士满乘汽船北上巴尔的摩，但最终的目的地是费城。当时他声名渐起，生活也稍宽裕。他终于抵达费城没有，我们无法确定，但是百年来的学者们都以为，在这段时期，坡曾拜访费城的几位朋友，而且不断饮酒。果真如此，则十月二日或三日左右，诗人必已重回巴尔的摩，因为我们确知一件事实，即坡以半昏迷的状态出现于东龙巴街（East Lombard Street，在今巴城东南部，靠近港口）一家低级酒肆中所设的投票所外。发现他的是一个叫华尔克（Walker）的印刷工人。后之学者乃有一说，说诗人是给人在酒中下了蒙药，软禁起来，然后被打手们挟持着，在许多投票所之间反复投票。当日政党竞选剧烈，据说这种卑劣的手段甚为流行。可恨一代天才，竟充了增加几张烂票的无聊工具。华尔克立刻召来坡在巴尔的摩的一位朋友，叫史纳德格拉斯大夫（Dr. J. E. Snodgrass）的，将昏厥中的诗人送去华盛顿学院医院急救。十月七日，一个星期天的早晨，坡即在那家医院逝世。临终前的几天，他始终不曾清醒过来，解释自己何以昏迷在酒肆之中。

当晚八时，在高捷女子学院的学生中心，我的演说这样开始："今天是值得纪念的，不但因为我竟有此殊荣，能来这里为各位介绍中国的古典诗，更因为今天下午，我在巴尔的摩城南瞻仰了你们的大作家，爱德嘉·爱伦·坡的故居，墓地，和普赖德图书馆中的坡室。坡的诗观和中国古典诗观遥遥呼应。他主张诗贵精练，不以篇幅取胜，所以长诗非诗。此说当为中国绝句的诗人们欣然接受。如果坡，带了他那卷薄薄的诗集，跨一匹瘦瘦的小毛驴，出现在八世纪的长安市上，由于不懂天可汗帝都的交通规则,他将撞到,请放心,不是为政党暴力竞选的恶棍,而是市长韩愈博士的轿舆。韩愈会邀请他同舆回府,把他介绍给长安的青年诗人们。必然必然,他会遇见李贺,一谈之下,狐仙山魅,固同好也。于是长安市民,五陵少年,将会见两人共乘蹇驴。坡的诗句,也会投入小奚奴的古锦囊中。迟早,他会因酗酒被李贺的妈妈赶出大门。最后,长安的市民将看见他和贾岛,在破庙的廊下,比赛捉虱子。我真高兴,今天下午找到了坡的墓碑。我摸了他的鼻子。将来回到中国,我可以为中国的诗人们形容今日之游,而且也摸摸他们的鼻子,让他们传染一点才气……我真宁愿此刻自己不是在这讲台上,而是在坡的墓地,在月光下。今晚有很美的月光,不是吗?看到坡,你就会联想李贺的名句:'秋坟鬼唱鲍家诗'。And amidst yon autumn graves ghosts are chanting Pao's poetry. 坡与鲍,Poe与Pao,只是一字母之差吧……"

　　那夜演讲后,从巴城开车回来,月色奇幻得如此有意,又如此不可置信。已然是五月中旬了,太阳一落,气温仍会降低二十度。一上了围城的六道宽路,所谓Beltway者,所有的车辆都变成噬英里的野豹,疾驰起来。时速针颤颤地指向七十。迅趋冰凉的夜气,湍湍灌进车来。旋上左侧的玻璃窗,打了一个喷嚏。绿底白字的路牌,纷纷扑向车尾。风景在两侧潺潺泻过。巴城渐渐抛在后面。唯有浑圆的月一路追了上来,在左后侧的窗外滚着清芒,牵动已经下垂的夜的面纱,和纱上疏疏朗朗的星子。此刻,八荒之外,六合之中,唯有这一个圆形主宰着一切。其他的形象皆暧昧难分,而且一瞬即逝,如生命的万态。夜凉在窗外唱太阳的挽歌。昼,夜,两个截然不同的世界。太阳与太阴是两个朝代。太阴推翻了太阳下面的一切,她的领域伸向过去,伸过历史,伸过青铜,伸过石器,伸向燧人氏火光不及的盲目和混沌。

我的小道奇向前平稳而急骤地航行,挺直的超级公路向前延伸,如一道牛奶的运河。月光的透明雨下着无声,无形的塑胶。而运河始终满而不溢,而疾转的轮胎始终溅不起月光的浪花。青莹莹,白悠悠,太阴氏的谜面下,一切死去的,逝去的,失去的,都在那边的转弯处,在你的背后你的肘边复活。只要你回头,历史和神话和传说和一切荒诞不经就在你背后显形。

不知道坡坟上的夜色何其?月光下,那雕像的眼睛必已睁开了,而且窥见我们窥不见的一切,听命于太阴氏的暗号的一切,望远镜、显微镜、潜水镜窥不见的一切。当我也到那边境,当我也死去、逝去、失去,当我告别这五英尺三英寸告别这一百一十五磅,我将看见什么,我将听见什么,当我再也听不见太阳的男高音,春天的芳草,夏天池塘的蛙鸣?忽有一股风来自颈背,来自死月穴的洞底,且吹向灵魂的每一道折缝。车窗四面紧闭如故。然则风从何来,风从何来?风乎风乎,汝从何而来?停车路堤之上,跨出前座,拧亮车顶的小圆灯,向后座搜索了一阵。发觉并无任何可疑的痕迹,这才回到驾驶座上,发动引擎,拉下联动机柄,继续前驶。我虽崇拜坡,并无让他 hitchhike,让他搭便车去盖提斯堡之意。不,我毫无此意,绝无此意。我可向冥王星发誓,我不欢迎坡跟我回古战场,古战场上,那座三层七瓴的古屋。梁实秋一再警告我,不要在美国开车。"诗人怎么可以开车!"我仍记得他当时的表情,似乎已经目睹一场日蚀星陨的车祸。我的心打了一个寒战。我是迷信的,比拜伦加上坡加上叶慈还要迷信。如果我确信,这车上只有一个,仅仅是一个诗人,而不是两个,则我可以安然抵达盖提斯堡。但是万一真有两个。万一。万一。万一。子魂魄兮为鬼雄。今夕何夕。后有黑灵。前有国殇。古战场已有鬼满之患。而夜色苍老。而月光诡诈。今夕,今夕是何夕?

1965 年 5 月 15 日夜,盖提斯堡

第二辑

遍插茱萸

茱萸之谜

茱萸在中国诗中的地位,是十分特殊的。屈原在《离骚》里曾说:"椒专佞以慢慆兮,樧又欲充夫佩帏。"显然认为樧是不配盛于香囊佩于君子之身的一种恶草。樧,就是茱萸。千年之后,到了唐人的笔下,茱萸的形象已经大变。王维的"遥知兄弟登高处,遍插茱萸少一人",杜甫的"明年此会知谁健,醉把茱萸仔细看",都是吟咏重阳的名句。屈原厌憎的恶草,变成了唐人亲近的美饰,其间的过程,是值得追究一下的。

重九,是中国民俗里很富有诗意的一个节日,诸如登高,落帽,菊花,茱萸等等,都是惯于入诗的形象。登高的传统,一般都认为是本于《续齐谐记》所载的这么一段:"汝南桓景随费长房游学累年。长房谓曰:'九月九日,汝家中当有灾。宜急去,令家人各作绛囊,盛茱萸以系臂,登高饮菊花酒,此祸可除。'景如言,齐家登山。夕还,见鸡犬牛羊一时暴死。长房闻之曰:'此可代也。'今世人九日登高饮酒,妇人带茱萸囊,盖始于此。"

重九的吟诗传统,大概是晋宋之间形成的。二谢戏马台登高赋诗,孟嘉落帽,陶潜咏菊,都是那时传下来的雅事。唯独茱萸一事似乎是例外。《续齐谐记》的作者是梁朝人吴均，而桓景和费长房相传是东汉时人。根据《续齐谐记》的说法，登高，饮菊花酒，带茱萸囊，这些习俗到梁时已颇盛行，但其起源则在东汉。可是《西京杂记》中贾佩兰一段，却说汉高祖宫人"九月九日佩茱萸，食蓬饵，饮菊华酒，令人长寿"。此说假如可信，则重九的习俗更应从东汉上推以至于汉初了。但无论我们相信《西京杂记》或是《续齐谐记》，最初佩带茱萸的，似乎只是女人。不但如此，南北朝的诗中，也绝少出现咏茱萸之作。

到了唐朝，情形便改观了。茱萸不但成为男人的美饰，更为诗人所乐道。当时的女人仍佩此花，但似乎渐以酒姬为主，称为茱萸女，张谔诗中便曾见咏。王维所谓"遍插茱萸"，说明男子佩花之盛。杜甫所谓"醉把茱萸"，可能是指茱萸酒。重九二花，菊与茱萸，菊花当然更出风头，因为它和陶渊明缘结不解，而茱萸，在屈原一斥之后，却没有诗人特别来捧场。虽然如此，茱萸在唐诗里面仍然是很受注意的重阳景物。杜甫全集里，咏重九的十四首诗中便三次提到茱萸。李白的诗句"九日茱萸熟，插鬓伤早白"说明此树的红实熟于重九，可以插在鬓边。佩带茱萸的方式，可谓不一而足，或如赵彦伯所谓"簪挂丹萸蕊"，或如陆景初所谓"萸房插缙绅"。至于李峤的"萸房陈宝席"和杜甫的"缀席茱萸好"，则是陈花于席，而李乂的"捧箧萸香遍"该是分传花房或赤果。储光羲的"九日茱萸飨六军"，恐怕是指茱萸酒，而不是指花。

我想佩缀茱萸之风大盛于唐，大概是宫廷倡导所致。当时每逢重阳佳节，皇帝常常率领一班文臣登高赋诗，同时把一枝枝的茱萸分群臣佩饰，算是辟邪消灾，应付桓景的故事。翻开《全唐诗》，多的是《九月九日幸临渭亭登高应制》或者《九月九日登慈恩寺浮图应制》一类的诗题。这一类的诗，无非"菊彩扬尧日，萸香绕舜风"，"宠极萸房遍，恩深菊酎馀"的颂辞，绝少文学价值。一般说来，应制诗常提到此花，反之则少提及，可见宫廷行重九之令，一定备有此花。杜甫五律《九日》末二句"茱萸赐朝士，难得一枝来"，指的正是这件事。到了陆游的诗句"但忆社醅授菊蕊，敢希朝士赐萸枝"，恐怕只是偷杜甫之句，不是写实了。

只要看唐代"茱萸赐朝士"之盛，便可以想见汉代宫人佩花之说或非虚构。汉高祖时不可能流行桓景故事，而《西京杂记》中所言重九种种也并无登高之说。

原来茱萸辟邪除害，并非纯由传说，乃有医学根据。我们统称为"茱萸"的植物，其实更分为三类：山茱萸属山茱萸科，吴茱萸和食茱萸则属芸香科，功能杀虫消毒，逐寒去风。李时珍在《本草纲目》里说，井边种植此树，叶落井中，人饮其水，得免瘟疫。至于说什么"悬其子于屋，辟鬼魅"，自然是迷信，大概是取其味辛性烈之意，正如西洋人迷信大蒜可以逐魔吧。郭震所谓"辟恶茱萸囊，延年菊花酒"，正是此意。除此之外，吴茱萸还可以"起阳健脾"，山茱萸更能"补肾气，兴阳道，坚阴茎，添精髓，安五脏，通九窍"。不知这些功用和此物大盛于唐有没有关系？据说茱萸之为物，不但花、茎、叶、实均可入药，还可制酒。白居易所谓"浅酌茱萸杯"，恐怕正是这种补酒。

食茱萸的别名，古人以椒、檫、姜为"三香"，到了明朝，檫已罕用，现代人则只用椒与姜，不知茱萸为何物了。但在《礼记》里，三牲即已用茱萸来调味去腥。《吴越春秋》更说："越以甘蜜丸榄报吴增封之礼",可见早在屈原之前,茱萸已成"国际"交往中相赠的礼品了。然则众人之所贵,何以独独见鄙于屈原呢?可能茱萸味特辛辣,"蜇口惨腹",不合屈原口味,甚至引起过敏之症,也未可知。曹植诗句"茱萸自有芳,不若桂与兰",也许正说中了此意。

1976 年 9 月

逍遥游

如果你有逸兴作太清的逍遥游行，如果你想在十二宫中缘黄道而散步，如果在蓝石英的幻境中你欲冉冉升起，蝉蜕蝶化，遗忘不快的自己，总而言之，如果你何幸患上，如果你不幸患了"观星癖"的话，则今夕，偏偏是今夕，你竟不能与我并观神话之墟，实在是太可惜太可惜了。

我的观星，信目所之，纯然是无为的。两睫交瞬之顷，一瞥往返大千，御风而行，泠然善也，泠然善也。原非古代的太史，若有什么冒失的客星，将毛足加诸皇帝的隆腹，也不用我来烦心。也不是原始的舟子，无须在雾气弥漫的海上，裂眦辨认北极的天蒂。更非现代的天文学家或太空人，无须分析光谱或驾驶卫星。科学向太空看，看人类的未来，看月球的新殖民地，看地球人与火星人不可思议的星际战争。我向太空看，看人类的过去，看占星学与天宫图，祭司的梦，酋长的迷信。

于是大度山从平地涌起，将我举向星际，向万籁之上，霓虹之上。太阳统治了钟表的世界。但此地，夜犹未央，光族在钟表之外闪烁。亿兆部落的光族，在令人目眩的距离，交射如是微渺的清辉。半克拉的孔雀石。七分之一的黄玉扇坠。千分之一克拉的血胎玛瑙。盘古斧下的金刚石矿，天文学采不完万分之一。天河蜿蜒着敏感的神经，首尾相衔，传播高速而精致的触觉，南天穹的星阀热烈而显赫地张着光帜，一等星、二等星、三等星，争相炫耀他们的家谱，从 Alpha 到 Beta 到 Zeta 到 Omega，串起如是的辉煌，迤逦而下，尾扫南方的地平。亘古不散的假面舞会，除倜傥不羁的彗星，除爱放烟火的陨星，除垂下黑面纱的朔月之外，星图上的姓名全部亮起。后羿的逃妻所见如此。自大狂的李白，自虐狂的李贺所见如此。利玛窦和徐光启所见亦莫不如此。星象是一种最晦涩的灿烂。

北天的星貌森严而冷峻，若阳光不及的冰柱。最壮丽的是北斗七星。这局棋下得令人目摇心悸，大惑不解。自有八卦以来，任谁也挪不动一只棋子，从天枢到瑶光，永恒的颜面亿代不移。棋局未终，观棋的人类一代代死去。维北有斗，不可以挹酒浆。圣人以前，诗人早有这狂想。想你在平旷的北方，峨巍地升起，阔大的斗魁上斜着偌长的斗柄，但不能酌一滴饮早期的诗人。那是天真的时代，圣人未生，青牛未西行。那是青铜时代，云梦的瘴疠未开，鱼龙遵守大禹的秩序，吴市的吹箫客白发未白。那是多神的时代，汉族会唱歌的时代，摽有梅野有蔓草，自由恋爱的时代。快乐的 Pre–Confucian 的时代。

百仞下，台中的灯网交织现代的夜。湿红流碧，林荫道的彼端，霓虹茎连的繁华。脚下是，不快乐的 Post–Confucian 的时代。凤凰不至，麒麟绝迹，龙只是观光事业的商标。八佾在龙山寺凄凉地舞着。诗经蟹行成英文。谁谓河广，一苇杭之。招商局的吨位何止一苇，奈何河广如是！人人尽说江南好，游人只合江南老。今人竟羡古人能老于江南。江南可哀,可哀的江南。唯庾信头白在江南之北,我们头白在江南之南。嘉陵江上,听了八年的鹧鸪,想了八年的后湖,后湖的黄鹂。过了十五个台风季,淡水河上,并蜀江的鹧鸪亦不可闻。帝遣巫阳招魂,在海南岛上,招北宋的诗人。"魂兮归来,南方不可以止些!"这里已是中国的至南,雁阵惊寒,也不越浅浅的海峡。雁阵向衡山南下。逃亡潮冲击着香港。留学女生向东北飞,成群的孔雀向东北飞,向新大陆。有一种候鸟只去不回。

怒而飞,其翼若垂天之云,抟扶摇而上者九万里。喷射机在云上滑雪,多逍遥的游行!曾经,我们也是泱泱的上国,万邦来朝,皓首的苏武典多少属国。长安矗第八世纪的纽约,西来的驼队,风沙的软蹄踏大汉的红尘。曾几何时,五陵少年竟亦洗碟子,端菜盘,背负摩天楼沉重的阴影。而那些长安的丽人,不去长堤,便深陷书城之中,将自己的青春编进洋装书的目录。当你的情人已改名玛丽,你怎能送她一首《菩萨蛮》?历史健忘,难为情的,是患了历史感的个人。三十六岁,常怀千岁的忧愁。千岁前,宋朝第一任天子刚登基,黄袍犹新,一朵芬芳的文化欲绽放。欧洲在深邃的中世纪深处冬眠,拉丁文的祈祷有若梦呓。知晦朔的朝菌最可悲。八股文。裹脚巾。阿Q的辫子。鸦片的毒氛。租界流满了惨案。大国的青睐翻成了白眼。小国反复着排华运动。朝菌死去,留下更阴湿的朝菌,而晦朔犹长,夜犹未央。东方的大帝国纷纷死去。巴比伦死去。波斯和印度死去。亚洲横陈史前兽的遗骸,考古学家的乐园是废墟。南有冥灵,以五百岁为春,五百岁为秋。蟪蛄啊蟪蛄,我们是阅历春秋的蟪蛄。不,我们阅历的,是战国,是军阀,是太阳旗,是弯弯的镰刀如月。

夜凉如浸。虫吟如泣。星子的神经系统上，挣扎着许多折翅的光源，如果你使劲拧天蝎的毒尾，所有的星子都会呼痛。但那只是一瞬间的幻觉罢了。天苍苍何高也，绝望的手臂岂得而扪之？永恒仍然在拍打密码，不可改不可解的密码，自补天自屠日以来，就写在那上面，那种磷质的形象！似乎在说：就是这个意思。不周山倾时天柱倾时是这个意思。长城下，运河边是这个意思。扬州和嘉定的大屠城是这个意思。卢沟桥上，重庆的山洞里，莫非是这个意思。然则御风飞行，泠然善乎，泠然善乎？然则孔雀东北飞，是逍遥游乎，是行路难乎？曾经，也在密西西比的岸边，一座典型的大学城里，面对无欢的西餐，停杯投叉，不能卒食。曾经，立在密歇根湖岸的风中，看冷冷的日色下，钢铁的芝城森寒而黛青。日近，长安远。迷失的五陵少年，鼻酸如四川的泡菜。曾经啊，无寐的冬夕，立在雪霁的星空下，流泪想刚死的母亲，想初出世的孩子。但不曾想到，死去的不是母亲，是古中国，初生的不是女婴，是五四。喷射云两日的航程，感情上飞越半个世纪。总是这样。松山之后是东京之后是阿拉斯加是西雅图。上有青冥之长天，下有渌水之波澜。长风破浪，云帆可济沧海。行路难。行路难。沧海的彼岸，是雪封的思乡症，是冷冷清清的圣诞，空空洞洞的信箱，和更空洞的学位。

是的，这是行路难的时代。逍遥游，只是范蠡的传说。东行不易，北归更加艰难。兵燹过后，江南江北，可以想见有多荒凉。第二度去国的前夕，曾去佛寺的塔影下祭告先人的骨灰。锈铜钟敲醒的记忆里，二百根骨骼重历六年前的痛楚。六年了，前半生的我陪葬在这小木匣里。我生在王国维投水的次年。封闭在此中的，是沦陷区的岁月，抗战的岁月，仓皇南奔的岁月，行路难的记忆，逍遥游的幻想。十岁的男孩，已经咽下国破的苦涩。高淳古刹的香案下，听一夜妇孺的惊呼和悲啼。太阳旗和游击队拉锯战的地区，白昼匿太湖的芦苇丛中，日落后才摇橹归岸，始免于锯齿之噬。舟沉太湖，母与子抱宝丹桥础始免于溺死。然后是上海的法租界。然后是香港海上的新年。滇越路的火车上，览富良江岸的桃花桃花。高亢的昆明。险峻的山路。母子颠簸成两只黄鱼。然后是海棠溪的渡船，重庆的团圆。月圆时的空袭，迫人疏散。于是六年的中学生活开始，草鞋磨穿，在悦来场的青石板路。令人涕下的抗战歌谣。令人近视的教科书和油灯。桐油灯的昏焰下，背新诵的古文，向鬓犹未斑的父亲，向扎鞋底的母亲，伴着瓦上急骤的秋雨急骤地灌肥巴山的秋池……钟声的余音里，黄昏已到寺，黑僧衣的蝙蝠从逝去的日子里神经质地飞来。这是台北的郊外，观音山已经卧下来休憩。

栩栩然蝴蝶。蘧蘧然庄周。巴山雨。台北钟。巴山夜雨。拭目再看时，已经有三个小女孩喊我父亲。熟悉的陌生，陌生的变成熟悉。千级的云梯下，未完的出国手续待我去完成。将有远游。将经历更多的关山难越，在异域。又是松山机场的挥别，东京御河的天鹅，太平洋的云层，芝加哥的黄叶。六年后，北太平洋的卷云，犹卷着六年前乳色的轻罗。初秋的天一天比一天高。初秋的云，一片比一片白净比一片轻。裁下来，宜绘唐寅的扇面，题杜牧的七绝。且任它飞去，且任它羽化飞去。想这已是秋天了，内陆的蓝空把地平都牧得很辽很远。北方的黄土平野上，正是驰马射雕的季节。雕落下。雁落下。萧萧的红叶红叶啊落下，自枫林。于是下面是冷碧零丁的吴江。于是上面，只剩下白寥寥的无限长的楚天。怎么又是九月又是九月了呢？木兰舟中，该有楚客扣舷而歌，

"悲哉秋之为气也……憭慄兮若在远行……"

　　远行。远行。念此际，另一个大陆的秋天，成熟得多美丽。碧云天。黄叶地。爱荷华的黑土沃原上，所有的瓜该又重又肥了。印第安人的落日熟透时，自摩天楼的窗前滚下。当暝色登上楼的电梯，必有人在楼上忧愁。摩天三十六层楼，我将在哪一层朗吟登楼赋？可想到，即最高的一层，也眺不到长安？当我怀乡，我怀的是大陆的母体，啊，诗经中的北国，楚辞中的南方！当我死时，愿江南的春泥覆盖在我的身上，当我死时。

　　当我死时。当我生时。当我在东南的天地间漂泊。战争正在海峡里焚烧。饿殍和冻死骨陈尸在中原。黄巾之后有董卓的鱼肚白有安禄山的鱼肚白后有赤眉有黄巢有白莲。始皇帝的赤焰们在高呼，战神万岁！战争燃烧着时间燃烧着我们，燃烧着你们的须发我们的眉睫。当我死时，老人星该垂下白髯，战火烧不掉的白髯，为我守坟。吾所以有大患者，为吾有身。当我物化，当我归彼大荒，我必归彼芥子归彼须弥归彼地下之水空中之云。但在那之前，我必须塑造历史，塑造自己的花岗石面，当时间在我的呼吸中燃烧。当我的三十六岁在此刻燃烧在笔尖燃烧在创造创造里燃烧。当我狂吟，黑暗应匍匐静听，黑暗应见我须发奋张，为了痛苦地欢欣地热烈而又冷寂地迎接且抗拒时间的巨火，火焰向上，挟我的长发挟我如翼的长发而飞腾。敢在时间里自焚，必在永恒里结晶。

　　维北有斗，不可以挹酒浆。有一种疯狂的历史感在我体内燃烧，倾北斗之酒亦无法烧熄。有一种时间的乡愁无药可医。台中的夜市在山麓奇幻地闪烁，紫水晶的盘中霙着玛瑙的眼睛。相思林和凤凰木外，长途巴士沉沉地自远方来，向远方去，一若公路起伏的鼾息。空中弥漫着露滴的凉意，和新割过的草根的清香。

当它沛沛然注入肺叶，我的感觉遂透彻而无碍，若火山脚下，一块纯白多孔的浮石。清醒是幸福的。未来的大劫中，唯清醒可保自由。星空的气候是清醒的秩序。星空无限，大罗盘的星空啊，创宇宙的抽象大壁画，玄妙而又奥秘，百思不解而又百读不厌，而又美丽得令人绝望地赞叹。天河的巨瀑喷洒而下，蒸起螺旋的星云和星云，但水声夐渺得水不可闻。光在卵形的空间无休止地飞啊飞，在天河的漩涡里作星际航行，无所谓现代，无所谓古典，无所谓寒武纪或冰河时期。美丽的卵形里诞生了光，千轮太阳，千只硕大的蛋黄。美丽的卵形诞生了我，亦诞生后稷和海伦。七夕已过，织女的机杼犹纺织多纤细的青白色的光丝。五千年外，指环星云犹谜样地旋转。这婚礼永远在准备，织云锦的新娘永远年轻。五千年前，我的五立方的祖先正在昆仑山下正在黄河源濯足。然则我是谁呢？我是谁呢？呼声落在无回音的，岛宇宙的边陲。我是谁呢？我——是——谁？一瞬间，所有的光都息羽回顾，猬集在我的睫下。你不是谁，光说，你是一切。你是侏儒中的侏儒，至小中的至小。但你是一切。你的魂魄烙着北京人全部的梦魇和恐惧。只要你愿意，你便立在历史的中流。在战争之上，你应举起自己的笔，在饥馑在黑死病之上。星裔罗列，虚悬于永恒的一顶皇冠，多少克拉多少克拉的荣耀，可以为智者为勇者加冕，为你加冕。如果你保持清醒，而且屹立得够久。你是空无。你是一切。无回音的大真空中，光，如是说。

1964 年 8 月 20 日，台北

秦琼卖马

《隋唐演义》写秦叔宝困在潞州的小客栈里,盘缠耗尽,英雄气短,逼得把胯下的黄骠马牵去西营市待沽:"王小二开门,叔宝先出门外,马却不肯出门,径晓得主人要卖他的意思。马便如何晓得卖他呢?此龙驹神马,乃是灵兽,晓得才交五更。若是回家,就是三更天也备鞍辔,捎行李了。牵栈马出门,除非是饮水龀青,没有五更天牵他饮水的理。马把两只前腿蹬定这门槛,两只后腿倒坐将下去。"读到此地,多情的看官们没有不掉泪的。

回台前夕,把胯下四年的旧车卖了,竟也十分依依不舍。汽车不比宝马,原是冥顽不灵之物,卖车的主人也不比秦琼,未到床头金尽的地步,仲夏的香港,更不比潞州的风高气冷,但我在卖车那两天,心情却像秦琼卖马,因为我和那车的缘分,也已到穷途末路了。

对于古英雄,马不但是胯下的坐骑,还是人格的延伸,英雄形象的装饰。项羽而无乌骓,关羽而无赤兔,都不可思议。"所向无空阔,真堪托死生",简直超乎鞍辔之外,进入玄想的境地了。至于陆游,虽有"铁马秋风大散关"的豪语,在我想象之中，却似乎总是骑匹瘦驴。现代的车辆之中，最近于马的，首推机器脚踏车，至于汽车，其实是介于马和马车之间。美国的汽车便有"野马""战马"之类的名号，足见车马之间的联想，原就十分自然。

马反映了骑者的个性，汽车多少也是如此。买跑车的人跟买旅行车的人，总是有点分别的，开慢车跟开快车，也表现不同的性格。我在丹佛的时候，大学里有一位须发竞茂的美国同事，开一辆长如火车车厢的旅行车，停在小车之间，蔽天塞地，俨然有大巫之概。大家问他，好好一个单身汉，买这么一辆旅行车干什么，他的答复是将来打算养半打孩子。问他太太可有着落，说正在找。我心里暗想，女友见到这么一辆幼稚园校车，怎不吓得回头就逃。果然，到我离开丹佛时，那辆空大的旅行车里，仍然不见女人，孩子更不用提。车格即人格，这位同事"挈妇将雏，拖大带小"的温厚性情，可想而知。

另有一位同事，是位哲学名家，开起车来慢悠悠，游心太玄，很有康德饭后散步的风度。只是"狭路相逢"，倒要小心一点，如果不巧你的快车跟上了他的慢车，也不得不耐下心来，权充康德的影子，步康德的后尘。不过哲人的低速却低得不很均匀，因为他时常变速，不，"变慢"，一会儿像"稳当推"（andante），一会儿像"赖而兼拖"（larghetto），一会儿又像是"鸭踏脚"（adagio），令步其后尘的车辆无所适从。我们的哲人却安车当步，在狭路上领着一长列探头探脑而又超不得车的车队，从容蠕行如一条蜈蚣。一年前，之藩忽然买了一辆米黄色的小车，同事闻讯，一时人人自危。果然米黄小车过处，道路侧目，看他"赖而兼拖"而来，"鸭踏脚"而去，全不像个电子系的教授。

车性即人性，大致可以肯定。王维开起车来，想必跟李白大不相同。我一直想写一首诗，叫《与李白同驰高速公路》。李白生当今日，一定猛骋跑车，到见山非山见水非水的速度，违警与否，却是另一件事。拥有汽车，等于搬两张沙发到马路上，可以长途坐游，比骑马固然有欠生动与浪漫，但设计精密，马力无穷，又快又稳，又可以坐乘多人，只要脚尖微抑，肘腕轻舒，胯下的四轮就如挟了风火一般滚滚不息，历州过郡，朝发午至，令发明木牛流马的孔明自叹不如。还有一点，鞍上的英雄遇上风雨，毕竟十分狼狈。桶形座（bucket seat）上的驾驶人却顶风冒雨，不废驰驱，无论水晶帘外的世界是严冬或是酷暑，车内的气候却由仪表板上按钮操纵。杖屐登临，可以写田园诗。鞍镫来去，可以写江湖诗。但坐在方向盘后，却可以写现代诗，现代的游仙诗。

电钟不停，里程表不断地跳动，我和那辆得胜小车（Datsun 200L）告别时，它已经快满四岁，里程表上已记下两万一千多英里了。这里程，已近乎绕地球的一圈。四年的岁月悠悠转，又兜回了原地，那一切的峰回路转，水远山长，在那迷目的反光小镜里，名副其实都变成"前尘"了。

那辆日产的"得胜"，最触目的是周身的绿玉色泽和流线型轮廓。细致耐看的绿色之下，更泛出游移不定的一层金光。迎着日辉，尤显得金碧灿然，像艳阳漾在荷叶的上面。车重二五八〇磅，身长一七七英寸，比起我在丹佛开的那辆鹿轩（Impala）来，短了四十英寸，但在地窄街狭的香港，和那些一千六百西西的各型小车相较，又显得有些昂藏了。桶形的驾驶座在右面，开车时却要靠左行驶，起初不惯，两星期后也就自然了。朋友去港，我开车到机场迎接，只要是径自走向车右去开门的，一望便知是美国来客，宾主撞在一块，不免相顾失笑。车上了公路，放轮奔驰，路面的起伏回旋，从车底的轮胎和弹簧，隐隐传到髀骨和背肌，麻麻地，有一种轻度催眠的快感。浑圆的方向盘，掌中运转，给人大权在握、一切操之在我的信心。速度上了四十英里，引擎的低吟稳健而轻快，像一只弓背导电喃喃自怡的大猫。四年的日子就绕着这圆盘左右旋转，两万多英里的路程大半耗在马料水到尖沙咀的大埔路上。不记得，在巍巍的狮子山下，曾向深邃的税关投下多少枚买路钱了。朋友从台湾来，想眺望梦里的乡关，载他们去勒马洲"窥边"。去镜中饱饫青青的山脉，脉脉的青山，也不记得有多少回了。最赏心餍目的，是在秋晴的佳日，海色山岚如初拭之镜，驶去屏风的八仙岭下，沿着白净的长堤，一面散步，一面回顾中大的水塔和蜃楼。而如果游兴未央，也会载着思果，之藩，洪娴，深入缥缈的翠微，去探新娘潭，乌腾蛟，三门仔，鹿颈。

迄今驾过三辆车，前二辆高速驰骤，都在新大陆，这一辆的轮印却始终在老大陆的门口徘徊。之藩初到香港，有一次载他去大埔，我说"如果一直朝北开，一会儿就到广州了"，之藩大惊，连呼不可乱来。香港地狭，只有台北县大小，马力强劲的跑车和名牌轿车，在路警眈眈的监视之下，谁也不敢大开油门，突破四十英里的速限，就像一群身怀绝技的侠客，只能规行矩步，揖让而进，不敢使尽浑身解数。那辆绿玉得胜困在半岛多如蟹爪的新界，一百一十五匹马力施展不开来，在我的腕下最高时速只到过六十英里，那当然也只是在夜间，十几秒钟的事情罢了，比起在新大陆的旷野上那种持续而迅疾的滑游来，真是委屈了它了。有一次我晓发芝加哥，夜抵盖提斯堡，全程六百英里，在香港，我一个月也开不到这么多路。

中文大学在沙田东北的一座山上，地势略似东海大学，但波光潋滟，水色迎人，风景更具灵动之美。我住的第六苑在山的背面，高低约在山腰。开车出门，不是上坡便是下坡，引擎未热，便要仰攀陡坡，所有车辆莫不气喘咻咻，或闷闷而停，或嚣嚣而怨。山道起伏不定，转弯更频，须要不断换挡，而且猛扭方向盘，加以微微隆起的人工路障，须要不断煞车，那辆得胜在委屈之余更饱受折磨，真觉得对不起它。好在亚热带的气候，连霜都少见，它更不愁陷雪或溜冰，这一点却胜过以前的两车。

以前的那两架车，曾为我踹冰踏雪，抵御异国凛冽的长冬，而车厢却拥我如春温。都哪里去了呢？一九六五年产的"飞镖"，一九六九年出世的"鹿轩"，底特律一胎又一胎的漂亮孩子，在迎新汰旧的美国，怕早已肢体残缺，玻璃不全，枕尸叠骸地欹侧在公路边的废车坟场了吧？那挡风窗上变幻的美景，反光镜中的缩地术，雨刷子记录的风霜，电钟记录的昨日，方向盘后的乡愁，一切一切的记忆，都销蚀在埋而未埋的旧车、老车、古董车里了。谁还能想象，当初在底特律刚刚出厂，豪华的陈列室里，乳嫩的白漆，克罗米的银光，曾炫过多少惊羡的眼睛？

正如这辆绿比玉润的得胜，当初也炫过我，它新主的眼睛；坐在黑亮生光的绸面座位上，新皮的气味令人兴奋，平稳飞旋的四轮触地又似乎离地。四年下来，从前的光鲜已经收敛，虽然我一直善加保养，看去只有两岁的样子，毕竟时间的指纹和足印已触目可见，轮胎已换了三次了。明知它不过是一堆顽铁，几块玻璃，日后的归宿也只是累累的车冢，而肌肤之亲与日俱深。四年来，无论远征或近游，它总是默默地守在停车场一隅，像一匹忠实的坐骑。看新主接过钥匙，跨进了车去，砰的一响关上了车门，关我在外面。然后是引擎响了，多么熟悉的低吟；然后车头神气地转了过去，四灯炯炯探人；然后是夭矫的车身，伶俐的车尾，车尾的一排红灯；然后便没入了车潮之中。只留下了我，一个寂寞怅恨的秦琼，呆立在空虚的停车场上。

1980 年 9 月，台北

伐桂的前夕

最后,他在一块鼓形石上坐了下来。幽森森的月亮将满园子的荒芜浸在凉凉的回忆里。一切都过去了。曾经是"家"的一切(就叫它做"家"吧),只留下一堆瓦砾,木条,玻璃屑。曾经是黑压压的那幢日式古屋,平房特有的那种谦逊和亲切,夏午的风凉和冬日早晨户内一层比一层深的阴影,桧木高贵的品德,白蚂蚁多年的阴谋,以及泻下鸽灰色的温柔和忧郁的鳞鳞层瓦,这一切,经过拆屋队一星期的努力,都已经夷成平地了。曾经为他抵抗过十六季的台风和黄梅雨,那古屋,已经被肢解,被寸磔,被一片一片地鳞批,连尸体都不留下。可用的部分,也像换肾人的新肾一样,移植到别的躯体上去了。十六年!上面的一代在古屋的幽灵中老去,死去,落发,落牙,如落花;下面的一代,在其中,一个接一个诞生,生日蛋糕的红烛,一年比一年辉煌;而他,中间的一代,也在其中恋爱,结婚,做了爸爸,长出胡子,剃了再长,黑的变灰,灰的变白。生,老,病,死。

对于他,这古屋就是一个小型的世界。在他回忆中浮现的,不是单纯的一景,而是重重底片的叠影。悲剧喜喜剧悲悲喜剧亦悲亦喜。母亲的癌症。一位三轮车夫的溺毙,就在后面的河里。一位下女被南部的家人追踪,寻获。另一位,生下一个胖胖的私生子。交游满天下:旧的朋友去,新的朋友来,各式各样的鞋子将他的玄关泊成一种诗的海港。朝北的书斋里,曾经辉煌过好些侧面好些名字。好些名字,有一阵子,连下女都念得舌头发烫;另外的一些,光度渐渐弱下来,生冷得像拉丁文,在他学生们的眼中,激不起一丝反光。学生们也一样。一九六〇那一班,曾经泊平底鞋高跟鞋在玄关的小湖里的,大半越过远海,不再回来。于是又换了一九六一级后是一九六二、一九六三……

疑真疑幻的月光下,那古屋,为这一切作见证的鸽灰色的精灵,只留下了一片朦胧的废墟。他侧耳聆听,似乎只有蚯蚓在那边墙角下吟掘土之清歌,此外,万籁都歇,市声和蛙鸣两皆沉沉。十六年的种种,那些晴美的早晨和阴霾窒人的黄昏。不再留下任何见证,任何见证,除了后院子里这些美丽的树。除了那边的三株杜鹃,从岁末开到初夏,向韩国草上挥霍好几个月的缤缤纷纷。除了更远处的那丛月季和那树月桂,轮流维持半个后院的清芬。还有头顶的这棵枫树,修直挺拔,战胜过无数的毛虫和台风。他从冰屁股的鼓形石面上站起来,就着清朗的月色,企图寻找苍老多裂纹的树干上,他曾经刻过的英文字母。那是 YLM 三个字首,十五年前,在一阵激越而炽热的日子里,用一柄小刀虐待这枫树的结果。至于它们代表的是什么,他从来没有对人说过,包括那位 M。这是我们之间的一项秘密啊,他时常拍拍枫树,这么戏谑地说。南宋诗人的"鸥盟",他羡慕而无能分享,但是诗人与树之间,也可以订"枫盟"的,是不是?说着,他又拍了枫树一下。十几年来,他一直喜欢这枫树。秋天的大孩子,竟然流落在没有秋天的亚热带这岛上。而他,也是从北方来而且想秋天想得要死的一种灵魂啊。思秋症的患者,理应相怜。因此,对于这棵英俊散朗的枫树,他一直特别"照顾"。每年十一月,树上飘落几张勾勒锈红色的三瓣叶子,他总高兴得说不出话来,心里满是故土的温柔。

但刻字那件事毕竟很久很久了。冰冰的月色里,已经辨不出谁是字,谁是裂纹。

他抚摩了一会,终于放弃。一生的历史,是用许多小小的疯狂串成的,他想。在年轻的世界里,爱情是最流行的一种疯狂。YLM!幸好那种焚心的焦灼只维持了两年。当一切疯狂都痊愈,他的疯狂仍然是诗。像爱情一样,那里面也有狂喜和失意,成功的满足和妒忌的刺痛,但是那缪斯,她永远那样年轻而且惑人,今天,比起二十年前开始追逐的时候,更其如此。这样子的疯狂,毋宁是一种高度的清醒吧。

这么想着,他踏过瓦砾堆,向东边的围墙走去。月光从桂叶丛中泻下来,沾了他一身凉湿。现在他完全进入它的芬芳了。冰薄荷的夜空气中,他贪馋地吸了好一阵子。好遥好远的回忆啊,那嗅觉!因为那是大陆的泥香,古中国幽渺飘忽的品德,近时,浑然不觉,但愈远愈令人临风神往。秋天。多桥多水的江南。水上有月。月里有古代渺茫的箫声。舅舅的院子里。高高的桂树下,满地落花,泛起一层浮动的清香,像一张看不见躲不开的什么魔网。他便和表兄妹们一火柴匣又一火柴匣地拾起来,拿回房去。于是一整个秋季,他都浮在那种高贵的氛围里,像一个仙人。

但那是二十多年前的事了。眼前这树桂花,只有八尺多高,唯它的馥郁已足够使他回到舅舅的那个院子里。如果说，枫是秋的血，那桂就是秋的魂魄了。满园树木中，他最宝贝这棵小桂树，因为在他的迷信里，它形成了一个"情意结"，桂树，秋天，月亮，诗，四个意象交叠成形，丰富而清朗地象征着许多东西。譬如说，他叫它做秋之魂，王维却叫它做桂魄，西方人把它戴在诗人的头上，而秋天，是他的，也是它的生日。十六年来，他的笔锋愈挥愈利，他的名字在港湾之间颇有回声；在他的迷信里，这一切，都和他园子里这一片芬芳有关。第一次去新大陆，他曾站在旧大陆的这片芬芳里，面对青青的小树，默默祝福自己的家园，也祝福自己，和自己的诗。他的祝福没有落空。在爱荷华的河边，他颇得缪斯的垂青。第二年回归时，原来才到他眉毛的桂树竟已高过了他的头发。他高兴极了，说："你看，真的长大了呢！我的诗也该长高些才行。"第二次再从新大陆回来，他的鬓发怎么带回寒带的薄霜，但是这桂树依旧青青，竟比他高出一个半头了。可以说，他是看着它长大的，但在另一方面，它也是他的见证啊，见证他的希望和恐惧，光荣和空虚。

　　十六年的岁月，他是既渡的行人，过去种种，犹如隔岸的风景，倒影在水中。木讷而健忘的灰色老屋，曾经覆他载他在烈日中在寒流中蔽翼他的那老屋，终于死了，只留下满园子的树木，那些重碧交翠的灵魂，做他无言的见证。但你们也不能久留了啊，月光下，他对那桂树说。今晚，是你最后的一夕芬芳，在永恒的月辉中，徐徐呼吸。然后你们就死去，去那老屋刚去的地方。

　　白血飞溅白血飞溅啊白血。锯断绿色的灵魂流乳白的血，当钢齿咬进年轮无辜的年轮。明天早晨，伐木工人将全副武装涌至,一下子就占据这园子,展开屠杀。

顷刻间,这些和平的生命将集体死亡,而这花园,这绿色的共和国,将沦为一片水泥的平原,一寸绿色也不留下。于是重吨的巨兽将气呼呼在门口停下。他们将掘出一立方英尺又一立方英尺的泥土,种下永不开花一束又一束的钢筋和铁骨,阴郁的地下室,拼花地板,磨石子,嵌瓷,嵌瓷,最后,一幢不温柔更不美丽的怪物从地面上升起,到空中,去参加这都市的千百只现代恐龙。

因为凡有根的都必须连根拔起。他也是一柯桂一张枫叶,从旧大陆的肥沃中连根拔起。这岛屿,是海波镶边的一种乡愁。在新大陆无根的岁月里,他发现自己是一棵植物,乡土观念那么重那么深的一棵树。每一圈年轮都是江南的太阳。因为他最欣赏嘉木那种无言的谦逊,忍耐无争的美德,和不为谁而绿的蔼蔼清荫,戴一朵云,栖一只鸟,或是垂首聆一只蟋蟀的徐徐歌吟。他相信古印度一位先知的经验:只要你立得够久,够静,升入树顶的那种生命力,亦将从泥下透过你脚底而上升。这样出神地想着想着,在浸渍记忆的月光下,他觉得自己已经成为一棵树,绿其发而青其肢。大地的乳汁逆他的血管而上,直达于他的心脏。他是一棵青青的桂树,集秋天和月和诗于一身。但今晚是他最后的一次芬芳,因为现代的吴刚一点也不神话,因为不神话的吴刚执的是高速的链锯,一举手就招来机械的杀戮,因为锯断了的桂树不会在神话里再生。而且所谓月,只是一颗死了的顽石。种不活桂,养不活蟾蜍。于是一片霍霍飞旋的锋芒,向他热乎乎的喉核滚来,一瞬间,高速的痛苦自顶至踵,一切神经张紧如满弓,剖他成两半。凡有根的都躲不掉斧斤。

"月桂树啊,这是你最后的一次清芬!"他忽然有跪下去的冲动,跪下去,请求无辜者的饶恕。

一轮满月,牵动半个夜的冰冰清光,向那边人家的电视天线上落下。阴影在许多院落里延长。哪家厨房的洋铁皮屋顶,两只猫在捉对儿叫春。这都市已经陷在各式各样的梦或恶魔之中,许多灵魄在许多鼾声里扑翅飞起,各式的盆花在各层阳台上想家而且叹气。牧神的羊蹄声在远方的天桥上消逝……

五小时后东方将泛白。红通通的太阳将升起,自蓝森森自蓝浩浩的太平洋上,于是亚热带这城市,千门万户,将在朝霞里醒来。贪婪无餍,这膨胀的城市将吞噬摩肩接踵的行人和川流不绝的车群,像一只消化不良的巨食蚁兽。于是千贝百贝的嚣喊呼喝,真空管、汽笛、喇叭、引擎,不同的噪音自不同的喉中呕出吐出,符咒一般网住这城市。喷射机是一切的高潮,逆着百万人扭曲的神经,以一种撕去所有屋顶的声威迫害天使。同时另一面恢恢巨网,以这城市为直径,从八方四面冉冉升起,无声,无形。染毒你呼吸的每一口空气,且美其名曰红尘,滚滚十丈。于是在两张巨网的围袭下,一百五十万只毒蜘蛛展开大规模的集体屠杀,在天上,在地上,在地下。没有一只不中毒。

机器一占领这城市,牧歌就夐不可闻了。马达声代替了蛙声蝉声。到夜里,还剩下一些阴暗的角落还有些伶仃的纺织娘,蟋蟀,蚯蚓,企图负隅抵抗那市声。十六年前,在水源路的那一边在金门街在同安街迷宫似的小巷子里还可以作晚餐后的散步,在初夏勃然的蛙鸣中从容构思一首有韵的田园诗。但现在,那一带诗的走廊早已让给了计程车的红蟹队电单车的虾群去横行。所以一到黄昏,许多苍白的脸上许多饥饿的眼睛,从许多交通车流动的牢狱里向外饕餮,许多建筑物空隙里的一片晚云。

所以机器一占领这城市,牧神就死了。他们在高高的烟囱下屠宰牧歌,装成大大小小的罐头。他们在广告牌上写诗,在大大小小的围墙上张贴哲学。他们用钢铁,玻璃和铝把城市举到虹的旁边,然后从观光酒店从公寓顶上俯瞰延平祠和孔庙,清真寺和基督教堂。

所以机器一占领这城市,绿色的共和国就亡了。植物是一种少数民族,日趋毁灭。莲是一种羞赧的回忆,像南宋词选脱线的零页零叶,散在池上。柳是江南长长的头发飘起,在日式院子亚热带的风中,许多树许多古宅必须倒下,因为有更多的公寓,更多的人笼子必须升起。因为机器说,七十年代在那上面等待我们。

所以月亮就挂在电视的天线上。该有天使在高压线上呼救。再过三小时东方将泛白。手执机器的吴刚将来伐桂,而他,即使是一位诗人,也无力保卫。一只螳螂怎能抵抗一架开路机?最后的芬芳总是最感人。那样的嗅觉,从鼻孔一直达到他灵魂。秋天。成熟的江南。古典的庭院。月光。童时。诗。

他作了最后的一次深呼吸。他扫了好几簇桂瓣在掌心,用手帕小心翼翼地包起来。

"Good – bye, my laurel. Good – bye."

他转过身去,向高高挺挺的枫树看了一眼。

"再见了,我的枫。这里本来不是你故乡。"

说着,他踏过玻璃屑和断木条,踏过遍地的残残缺缺,向虚掩的大门走去。都已停歇,狗吠,蛙鸣,人语,车声。整个城市像一座荒坟。落月的昏朦中,树影屋影融成一片灰蓬蓬的温柔。

空气新酿地清新。他锁上木门,触到金属的坚与冷。

他走下厦门街的巷子。听自己的步履空洞的回声。水源路的河堤上似有人在喊谁的名字。他停下来,仔细听了好一阵。桂花的幽香从手帕里散出来。

"没有。没有谁在喊我。"

他继续向前走。

霍霍的链锯声在背后升起……

1969 年 5 月

山　盟

山，在那上面等他。从一切历书以前，峻峻然，巍巍然，从五行和八卦以前，就在那上面等他了。树，在那上面等他。从汉时云秦时月从战国的鼓声以前，就在那上面。就在那上面等他了，虬虬蟠蟠，那原始林。太阳，在那上面等他。赫赫洪洪荒荒。太阳就在玉山背后。新铸的古铜锣。当的一声轰响，天下就亮了。

这个约会太大，大得有点像宗教。一边是，山，森林，太阳，另一边，仅仅是他。山是岛的贵族，登岛而不朝山，是无礼。这山盟，一爽竟爽了二十年。其间他曾经屡次渡海，膜拜过太平洋和巴士海峡对岸，多少山。在科罗拉多那山国一闭就闭了两年，海拔一英里之上，高高晴晴冷冷，是六百多天的乡愁。一万四千英尺以上的不毛高峰，狼牙交错，白森森将他禁锢在里面，远望也不能当归，高歌也不能当泣。他成了世界上最高的浪子，石囚。只是山中的岁月，太长，太静了，连摇滚乐的电吉他也不能一声划破。那种高高在上的岑寂，令他不安。一场大劫正蹂躏着东方，多少族人在水里，火里，唯独他学桓景登高避难，过了两个重九还不下山。

春秋佳日,他常常带了四个小女孩去攀落矶山。心惊胆战,脚麻手酸,好不容易爬到峰巅。站在一丛丛一簇簇的白尖白顶之上,反而怅然若失了。爬啊爬啊爬到这上面来了又怎么样呢?四个小女孩在新大陆玩得很高兴。她们只晓得新大陆,不晓得旧大陆。"问君西游何时还?畏途巉岩不可攀。"忽然他觉得非常疲倦。体魄魁梧的昆仑山,在远方喊他。母亲喊孩子那样喊他回去,那昆仑山系,所有横的岭侧的峰,上面所有的神话和传说。落矶山美是美雄伟是雄伟,可惜没有回忆没有联想不神秘。要神秘就要峨嵋山五台山普陀山武当山青城山华山庐山泰山,多少寺多少塔多少高僧,隐士,豪侠。那一切固然令他神往,可是最最萦心的,是噶达素齐老峰。那是昆仑山之根,黄河之源。那不是朝山,是回家,回到一切的开始。有一天应该站在那上面,下面摊开整幅青海高原,看黄河,一条初生的脐带,向星宿海吮取生命。他的魂魄,就化成一只雕,向山下扑去。浩大圆浑的空间,旋,令他目眩。

那只是,想想过瘾罢了。山不转路转,路不转人转。747 才是一只越洋大鹏,把他载回海岛。一九七二年。昆仑山仍在神话和云里。黄河仍在诗经里流着。岛有岛神,就先朝岛上的名山吧。

上山那一天,正碰上寒流,气温很低。他们向冷上加冷的高处出发。朱红色的小火车冲破寒雾,在渐渐上升的轨道上奔驰起来,不久,嘉义城就落在背后的平原上了。两侧的甘蔗田和香蕉变成相思树和竹林。过了竹崎,地势渐高渐险,轨旁的林木也渐渐挺直起来，在已经够陡的坡上，将自己拔向更高的空中。最后，车窗外升起铁杉和扁柏，像十里苍苍的仪队，在路侧排开。也许怕风景不够柔媚，偶尔也亮起几树流霞一般明艳的樱花，只是惊喜的一瞥，还不够为车道镶一条花边。

路转峰回，小火车呜呜然在狭窄的高架桥上驰过。隔着车窗，山谷愈来愈深，空空茫茫的云气里，脚下远远地，只浮出几丛树尖，下临无地，好令人心悸。不久，黑黝黝的山洞一口接一口来吞噬他们的火车。他们咽进了山的盲肠里，汽笛的惊呼在山的内脏里回荡复回荡。阿里山把他们吞进去吞进去又吐出来，算是朝山之前的小小磨炼。后来才发现，山洞一共四十九条，窄桥一共八十九座。一关关闯上去，很有一点西游记的味道。

过了十字路，山势益险，饶它是身材窈窕的迷你红火车，到三千多英尺的高坡上，也回身乏术了。不过，难不倒它。行到绝处，车尾忽然变成车头，以退为进，潇潇洒洒，循着 Z 字形 Zigzagzig 那样倒溜冰一样倒上山去。同时森林愈见浓密，枝叶交叠的翠盖下，难得射进一隙阳光。浓影所及，车厢里的空气更觉得阴冷逼人。最后一个山洞把他们吐出来，洞外的天蓝得那样彻底，阿里山，已经在脚下了。

终于到了阿里山宾馆，坐在餐厅里。巨幅玻璃窗外，古木寒山，连绵不绝的风景匍匐在他的脚下。风景时时在变，白云怎样回合群峰就怎样浮浮沉沉像嬉戏的列岛。一队白鸽在谷口飞翔，有时退得远远的，有时浪沫一样地忽然卷回来。眺者自眺，飞者自飞。目光所及，横卧的风景手卷一般展过去展过去展开米家霭霭的烟云。他不知该餐脚下的翠微，或是，回过头来，满桌的人间烟火。山中清纯如酿的空气，才吸了几口，饥意便在腹中翻腾起来。他饿得可以餐赤松子之霞,饮麻姑之露。

"爸爸,不要再看了。"佩佩说。

"再不吃,獐肉就要冷了。"咪也在催。

回过头来,他开始大嚼山珍。

午后的阳光是一种黄澄澄的幸福,他和矗立的原始林和林中一切鸟一切虫自由分享。如果他有那样一把剪刀,他真想把山上的阳光剪一方带回去,挂在他们厦门街的窗上,那样,雨季就不能围困他了。金辉落在人肌肤上,干爽而温暖,可是四周的空气仍然十分寒冽,吸进肺去,使人神清意醒,有一种要飘飘升起的感觉。当然,他并没有就此飞逸,只是他的眼神随昂昂的杉柏从地面拔起,拔起百尺的尊贵和肃穆之上,翠纛青盖之上。是蓝空,像传说里要我们相信的那样酷蓝。

而且静。海拔七千英尺以上那样的,万籁沉淀到底,阒寂的隔音。值得歌颂的,听觉上全然透明的灵境。森林自由自在地行着深呼吸。柏子闲闲落在地上。绿鸠像隐士一样自管自地吟啸。所以耳神经啊你就像琴弦那么松一松吧今天轮到你休假。没有电铃会奇袭你的没有电话没有喇叭会施刑。没有车要躲灯要看没有繁复的号码要记没有钟表。就这么走在光洁的青板石道上,听自己清清楚楚的足音,也是一种悦耳的音乐。信步所之,要慢,要快,或者要停。或者让一只蚂蚁横过,再继续向前。或者停下来,读一块开裂的树皮。

或者用惊异的眼光,久久,向强毙的断树桩默然致敬。整座阿里山就是这么一所户外博物馆,到处暴露着古木的残骸。时间,已经把它们雕成神奇的艺术。虽死不朽,丑到极限竟美了起来。据说，大半是日治时代伐余的红桧巨树，高贵的躯干风中雨中不知矗立了千年百年，耉耉的斧斤过后，不知在什么怀乡的远方为栋为梁，或者凌迟寸磔，散作零零星星的家具器皿。留下这一盘盘一簇簇硕老无朋的树根，夭矫顽强，死而不仆，而日起月落秦风汉雨之后，虬蟠纠结，筋骨尽露的指爪，章鱼似的，犹紧紧抓住当日哺乳的后土不放。霜皮龙鳞，肌理纵横，顽比锈铜废铁，这些久僵的无头尸体早已风化为树精木怪。风高月黑之夜，可以想见满山蠢蠢而动，都是这些残缺的山魈。

幸好此刻太阳犹高，山路犹有人行。艳阳下，有的树桩削顶成台，宽大可坐十人。有的扭曲回旋，畸陋不成形状。有的枯木命大，身后春意不绝，树中之王一传而至二世，再传而至三世，发为三代同堂，不，同根的奇观。先主老死枯槁，蚀成一个巨可行牛的空洞；父王的僵尸上，却亭亭立着青翠的王子。有的昂然庞然，像一个象头，鼻牙嵯峨，神气俨然。更有一些断首缺肢的巨桧，狞然戟刺着半空，犹不甘忘却，谁知道几世纪前的那场暴风雨，劈空而来，横加于他的雷殛。

正嗟叹间，忽闻重物曳引之声，沉甸甸地，辗地而来。异声愈来愈近，在空山里激荡相磨，很是震耳。他外文系出身，自然而然想起凯兹奇尔的仙山中，隆隆滚球为戏的那群怪人。大家都很紧张。小女孩们不安地抬头看他。辗声更近了。隔着繁密的林木，看见有什么走过来。是——两个人。两个血色红润的山胞，气喘咻咻地拖着直径几约两英尺的一截木材，辗着青石板路跑来。怪不得一路上尽是细枝横道，每隔尺许便置一条。原来拉动木材，要靠它们的滑力。两个壮汉哼哼哈哈地曳木而过，脸上臂上，闪着亮油油的汗光。

姐妹潭一掬明澄的寒水，浅可见底。迷你小潭，传说着阿里山上两姐妹殉情的故事。管他是不是真的呢，总比取些道貌可憎的名字好吧。

"你们四姐妹都丢个铜板进去，许个愿吧。"

"看你做爸爸的，何必这么欧化？"

"看你做妈妈的，何必这么缺乏幻想。管它。山神有灵，会保佑她们的。"

珊珊、幼珊、佩珊，相继投入铜币。眼睛闭起，神色都很庄重，丢罢，都绽开满意的笑容。问她们许些什么大愿时，一个也不肯说。也罢。轮到最小的季珊，只会嬉笑，随随便便丢完了事。问她许的什么愿，她说，我不知道，姐姐丢了，我就要丢。

他把一枚铜币握在手边，走到潭边，面西而立，心中暗暗祷道："希望有一天能把这几个小姐妹带回家去，带回她们真正的家，去踩那一片博大的后土。新大陆，她们已经去过两次，玩过密歇根的雪，涉过落矶山的溪，但从未被长江的水所祝福。希望，有一天能回到后土上去朝山，站在全中国的屋脊上，说，看啊，黄河就从这里出发，长江就在这里吃奶。要是可能，给我七十岁或者六十五岁，给我一间草庐，在庐山，或是峨眉山上，给我一根藤杖，一卷七绝，一个琴僮，几位棋友，和许多猴子许多云许多鸟。不过这个愿许得太奢侈了。阿里山神啊，能为我接通海峡对面，五岳千峰的大小神明吗？"

姐妹潭一层笑靥，接去了他的铜币。

"爸爸许得最久了。"幼珊说。

"到了那一天，无论你们嫁到多远的地方去，也不关我的事了。"他说。

"什么意思吗?"

"只有猴子做我的邻居。"他说。

"哎呀好好玩!"

"最后,我也变成一只——千年老猿。像这样。"他做出欲攫季珊的姿态。

"你看爸爸又发神经了。"

慈云寺缺乏那种香火庄严禅房幽深的气氛。岛上的寺庙大半如此,不说也罢。倒是那所"阿里山森林博物馆",规模虽小,陈设也简陋单调,离国际水准很远,却朴拙天然,令人觉得可亲。他在那里面很低回了一阵。才一进馆,颈背上便吹来一股肃杀的冷风。昂过头去。高高的门楣上,一把比一把狞恶,排列着三把青锋逼人的大钢锯。森林的刽子手啊,铁杉与红桧都受害于你们的狼牙。堂下陈列着阿里山五木的平削标本,从浅黄到深灰,色泽不一,依次是铁杉、峦大杉、台湾杉、红桧、扁柏。露天走廊通向陈列室。阿里山上的飞禽走兽,从云豹、麂、山猫、野山羊、黄鼠狼到白头鼯鼠,从绿鸠、蛇鹰到黄鱼鸮,莫不展现它们生命的姿态。一个玻璃瓶里,浮着一具小小的桃花鹿胚胎,白色的胎衣里,鹿婴的眼睛还没有睁开。

令他低回的,不是这些,是沿着走廊出来,堂上庞然供立,比一面巨鼓还要硕大的,一截红桧木的横剖面。直径宽于一只大鹰的翼展,堂堂的木面竖在那里,比人还高。树木高贵的族长,它生于宋神宗熙宁十年,也就是公元一○七七年。中华民国元年,也就是明治四十五年,日本人采伐它,千里迢迢,运去东京修造神社。想行刑的那一天,须髯临风,倾天柱,倒地根,这长老长啸仆地的时候,已经有八百三十五岁的高龄了。一个生命,从北宋延续到清末，成为中国历史的证人。他伸出手去，抚摸那伟大的横断面。他的指尖溯帝王的朝代而入，止于八百多个同心圆的中心。多么神秘的一点，一个崇高的生命便从此开始。那时苏轼正是壮年，宋朝的文化正盛开，像牡丹盛开在汴梁，欧阳修墓上犹新，黄庭坚周邦彦的灵感犹畅。他的手指按在一个古老的春天上。美丽的年轮轮回着太阳的光圈，一圈一圈向外推开，推向元，推向明，推向清。太美了。太奇妙了。这些黄褐色的曲线，不是年轮，是中国脸上的皱纹。推出去，推向这海岛的历史。喏，也许是这一圈来了葡萄牙人的三桅战船。这一年春天，红毛鬼闯进了海峡。这一年，国姓爷的楼船渡海东来。大概是这一圈杀害了吴凤。有一年龙旗降下升起太阳旗。有一年他自己的海轮来泊在基……不对不对，那是最外的一圈之外了，喏，大约在这里。他从古代的梦中醒来，用手指划着虚空。

"爸爸，你在干什么呀？"季珊抬头看着他。

他抓住她的小手指，从外向内数，把她的指尖按在第十六圈上。

"公公就是这一年……"他说。

"公公这一年怎么啦？"她问。

走回宾馆，太阳就下山了。宋朝以前就是这样子，汉以前周以前就是这太阳，神农和燧人以前。在那尊巨红桧的心中，春来春去，画了八百圈年轮的长老，就是这太阳。在他眼中，那红桧，和岛上一切的神木，都像小孩子一样幼稚吧。后羿留给我们的，这太阳。

此刻他正向谷口落下去，像那巨红桧小时候看见的那样，缓缓落了下去。千树万树，在无风的岑寂中肃立西望，参加一幕壮丽无比的葬礼。火葬烧着半边天。宇宙在降旗。一轮橙红的火球降下去，降下去，圆得完美无憾的火球啊怪不得一切年轮都是他的模仿因为太阳造物以他自己的形象。

快要烧完了。日轮半陷在暗红的灰烬里，愈沉愈深。山口外，犹有殿后的霞光在抗拒四周的夜色，横陈在地平线上的，依次是惊红骇黄怅青惘绿和深不可泳的诡蓝渐渐沉溺于苍黛。怔望中，反托在空际的林影全黑了下来。

最后，一切都还给纵横的星斗。

但是太阳会收复世界的，在玉山之巅。在崦嵫山里这只火凤凰会铸冶新的光芒。高处不胜苦寒。他在两条厚毛毯里，瑟缩犹难入梦，盘盘旋旋的山路，还在腿上作麻。夜，太静了。毛黑茸茸的森林似乎有均匀的鼾息。不要错过日出不要，他一再提醒自己。我要亲眼看神怎样变戏法，那只火凤凰怎样突破蛋黄怎样飞起来，不要错过不要。他似乎枕在一座活火山上，有一种美丽的不安。梦是一床太短的被，无论如何也盖不完满。约会女友的前夕，从前，也有过这症状。无以名之，叫它做幸福症吧。睡吧睡吧不要真错过了不要。

走到祝山顶上，已经是六点半了。虽然是华氏四十度的气温，大家都喘着气，微有汗意。脸上都红通通的，"阿里山的姑娘"，他戏呼她们。天色透出鱼肚白，群峰睡意尚未消尽。雾气在下面的千壑中聚集。没有风。只有一只鸟，在新鲜的静寂中试投着它的清音。啾啾唧啾啾唧唪唪唧唧。屏息的期待中，东方的天壁已经炙红了一大片。"快起来了，快起来了。"他回过头去，观日楼下的广场上,已然聚集了百多位观众,在迎接太阳的诞生。已经冻红的脸上,更反映着熊熊的霞光。

"上来了!"

"上来了!"

"太阳上来了上来了!"

浩阔的空间引爆出一阵集体的欢呼。就在同时,巍峨的玉山背后,火山猝发一样迸出了日头,赤金晃晃,千臂投手向他们投过来密密集集的标枪。失声惊呼的同时,一阵刺痛,他的眼睛也中了一枪。簇簇的光,簇新簇新的光,刚刚在太阳的丹炉里炼成,猬集他一身。在清虚无尘的空中飞啊飞啊飞了八分钟,扑到他身上这簇光并未变冷。巨铜锣玉山上捶了又捶,神的噪音金熔熔的赞美诗火山熔浆一样滚滚而来,观礼的凡人全擎起双臂忘了这是一种无条件降服的仪式在海拔七千英尺以上。一座峰接一座峰在接受这样灿烂的祝福,许多绿发童子在接受那长老摩挲头颅。不久,福建和浙江也将天亮。然后是湖北和四川。庐山与衡山。秦岭与巴山。然后是漠漠的青海高原。溯长江溯黄河而上噫吁嚱危乎高哉天苍苍野茫茫的昆仑山天山帕米尔的屋顶。太阳抚摸的,有一天他要用脚踵去膜拜。

可是他不能永远这样许下去,这长愿。四个小女孩在那边喊他。小红火车在高高的站上喊他,因为嘉义在下面的平原上喊小红火车。该回家了,许多声音在下面那世界喊他。许多街许多巷子许多电话电铃许多开会的通知限时信。许多电梯许多电视天线在许多公寓的屋顶。许多许多表格在阴暗的许多抽屉等许多图章的打击。第二手的空气。第三流的水。无孔不入无坚不摧,文明的赞美诗,噪音。什么才是家呢?他属于下面那世界吗?

火车引吭高呼。他们下山了。六千英尺。五千五。五千。他的心降下去,四十九个洞。八十九座桥。煞车的声音起自铁轨,令人心烦。把阿里山还给云豹。还给鹰和鸠。还给太阳和那些森林。荷兰旗。日本旗。森林的绿旌绿帜是不降的旗。

　　四十九个洞。千年亿年。让太阳在上面画那些美丽的年轮。

1972 年 2 月 28 日

海　缘

1

曹操横槊赋诗，曾有"山不厌高，海不厌深"之句。这意思，李斯在《谏逐客书》里也说过。尽管如此，山高与海深还是有其极限的。世界上的最高峰，珠穆朗玛峰，海拔是二万九千零二十八英尺，但是最深的海沟，所谓马里亚纳海沟（Mariana Trench），却低陷三万六千二百零一英尺。把世上蟠蜿的山脉全部浸在海里，没有一座显赫的峰头，能出得了头。

其实也不必这么费事了。就算所有的横岭侧峰都穿云出雾，昂其孤高，在众神或太空人看来，也无非一钵蓝水里供了几簇青绿的假山而已。在我们这水陆大球的表面，陆地只得十分之三，而且四面是水，看开一点，也无非是几个岛罢了。当然，地球本身也只是一丸太空孤岛，注定要永久漂泊。

话说回来，在我们这仅有的硕果上，海洋，仍然是一片伟大非凡的空间，大得几乎有与天相匹的幻觉。害得曹操又说："日月之行，若出其中。星汉灿烂，若出其里。"也难怪《圣经》里的先知要叹道："千川万河都奔流入海，却没有注满海洋。"豪斯曼更说："滂沱雨入海，不改波涛咸。"

无论文明如何进步，迄今人类仍然只能安于陆栖，除了少数科学家之外，面对大海，我们仍然像古人一样，只能徒然叹其复辽，羡其博大，却无法学鱼类的摇鳍摆尾，深入湛蓝，去探海若的宝藏，更无缘迎风振翅，学海鸥的逐波巡浪。退而求其次，望洋兴叹也不失为一种安慰：不能入乎其中，又不能凌乎其上，那么，能观乎其旁也不错了。虽然世界上水多陆少，真能住在海边的人毕竟不多。就算住在水城港市的人也不见得就能举头见海，所以在高雄这样的城市，一到黄昏，西子湾头的石栏杆上，就倚满了坐满了看海的人。对于那一片汪洋而言，目光再犀利的人也不过是近视，但是望海的兴趣不因此稍减。全世界的码头、沙滩、岩岸，都是如此。

中国的海岸线颇长，非常可观。我们这民族，望海也不知望了多少年了，甚至出海、讨海，也不知多少代了。奇怪的是，海在我们的文学里并不占什么分量。虽然孔子在失望的时候总爱放出空气，说什么"道不行，乘桴浮于海"。害得子路空欢喜一场，结果师徒两人当然都没有浮过海去。庄子一开卷就说到南溟，用意也只是在寓言。中国文学里简直没有海洋。像曹操《观沧海》那样的短制已经罕见了，其他的作品多如李白所说："海客谈瀛洲，烟涛微茫信难求。"甚至《镜花缘》专写海外之游，真正写到海的地方，也都草草带过。

西方文学的情况大不相同，早如希腊罗马的史诗，晚至康拉德的小说，处处都听得见海涛的声音。英国文学一开始，就嗅得到咸水的气味,从《贝奥武夫》和《航海者》里面吹来。中国文学里,没有一首诗写海能像梅士菲尔的《拙画家》(*Dauber*)那么生动,更没有一部小说写海能比拟《白鲸记》那么壮观。这种差距,在绘画上也不例外。像日希柯(Theodore Gericault)、德拉克鲁瓦、窦纳等人作品中的壮阔海景,在中国画中根本不可思议。为什么我们的文艺在这方面只能望洋兴叹呢?

2

我这一生,不但与山投机,而且与海有缘,造化待我也可谓不薄了。我的少年时代,达七年之久在四川度过,住的地方在铁轨、公路、电话线以外,虽非桃源,也几乎是世外了。白居易的诗句"蜀江水碧蜀山青",七个字里容得下我当时的整个世界。蜀中天地是我梦里的青山,也是我记忆深处的"腹地"。没有那七年的山影,我的"自然教育"就失去了根基。可是当时那少年的心情却向往海洋,每次翻开地图,一看到海岸线就感到兴奋,更不论群岛与列屿。

海的呼唤终于由远而近。抗战结束,我从千叠百障的巴山里出来,回到南京。大陆剧变的前夕,我从金陵大学转学到厦门大学,读了一学期后,又随家庭迁去香港,在那海城足足做了一年难民。在厦门那半年,骑单车上学途中,有两三里路是沿着海边,黄沙碧水,飞轮而过,令我享受每一寸的风程。在香港那一年,住在陋隘的木屋里,并不好受,却幸近在海边,码头旁的大小船艇,高低桅樯,尽在望中。当时自然不会知道:这正是此生海缘的开始。隔着台湾海峡和南中国海的北域,厦门、香港、高雄，布成了我和海的三角关系。厦门，是过去式了。香港，已成了现在完成式，却保有视觉暂留的鲜明。高雄呢，正是现在进行式。

至于台北，住了几乎半辈子，却陷在四围山色里，与海无缘。住在台北的日子，偶因郊游去北海岸，或是乘火车途经海线，就算是打一个蓝汪汪的照面吧，也会令人激动半天。那水蓝的世界，自给自足，宏美博大而又起伏不休，每一次意外地出现，都令人猛吸一口气，一惊，一喜，若有天启，却又说不出究竟。

3

现在每出远门，都非乘飞机不可了。想起坐船的时代，水拍天涯，日月悠悠，不胜其老派旅行的风味。我一生的航海经验不多，至少不如我所希望的那么丰富。抗战的第二年，随母亲从上海乘船过香港而去安南。大陆剧变那年，先从上海去厦门，再从厦门去香港，也是乘船。从香港第一次来台湾，也是由水路在基隆登陆。最长的一程航行，是留美回国时横渡太平洋，从旧金山经日本、琉球，沿台湾东岸，绕过鹅銮鼻而抵达高雄，历时约为一月。在日本外海，我们的船，招商局的海健号，遇上了台风，在波上俯仰了三天。过鹅銮鼻的时候，正如水手所说，海水果然判分二色：太平洋的一面墨蓝而深，台湾海峡的一面柔蓝而浅。所谓海流，当真是各流各的。

那已是近三十年前的事，后来长途旅行，就多半靠飞而不靠浮了。记得只有从美国大陆去南太基岛，从香港去澳门，以及往返英法两国越过多佛尔海峡，是坐的渡船。

要是不赶时间，我宁坐火车而不坐飞机。要是更从容呢，就宁可坐船。一切交通工具里面，造型最美，最有气派的该是越洋的大船了，怪不得丁尼生要说 the stately ships。要是你不拘形貌，就会觉得一艘海船，尤其是漆得皎白的那种，凌波而来的闲稳神态，真是一只天鹅。

站在甲板上或倚着船舷看海，空阔无碍，四周的风景伸展成一幅无始无终的宏观壁画，却又比壁画更加壮丽、生动，云飞浪涌，顷刻间变化无休。海上看晚霞夕烧全部的历程，等于用颜色来写的抽象史诗。至于日月双球，升落相追，更令人怀疑有一只手在天外抛接。而无论有风或无风，迎面而来的海气，总是全世界最清纯可口的空气吧。海水咸腥的气味，被风浪抛起，会令人莫名其妙地兴奋。机房深处沿着全船筋骨传来的共振，也有点催眠的作用。而其实，船行波上，不论是左右摆动，或者是前后起伏，本身就是一只具体而巨的摇篮。

晕船，是最煞风景的事了。这是海神在开陆栖者的小小玩笑，其来有如水上的地震，虽然慢些，却要长些，真令海客无所遁于风浪之间。我曾把起浪的海叫做"多峰驼"，骑起来可不简单。有时候，浪间的船就像西部牛仔胯下的蛮牛顽马，腾跳不驯，要把人抛下背来。

4

海的呼唤愈远愈清晰。爱海的人，只要有机会，总想与海亲近。今年夏天，我在汉堡开会既毕，租了一辆车要游西德。当地的中国朋友异口同声,都说北部没有看头,要游,就要南下,只为莱茵河、黑森林之类都在低纬的方向。我在南游之前,却先转过车头去探北方,因为波罗的海吸引了我。当初不晓得是谁心血来潮,把 Baltic Sea 译成了波罗的海,真是妙绝。这名字令人想起林亨泰的名句:"然而海,以及波的罗列。"似乎真眺见了风吹浪起,海叠千层的美景。当晚果然投宿在路边的人家,次晨便去卡佩恩(Kappeln)的沙岸看海。当然什么也没有,只有蓝茫茫的一片,反晃着初日的金光,水平线上像是浮着两朵方蕈,白得影影绰绰的,该是钻油台吧。更远处,有几只船影疏疏地布在水面,像在下一盘玄妙的慢棋。近处泊着一艘渡轮,专通丹麦,船身白得令人艳羡。这,就是波罗的海吗?

去年五月,带了妻女从西雅图驶车南下去旧金山,不取内陆的坦途,却取沿海的曲道,为的也是观海。左面总是挺直的杉林张着翠屏,右面,就是一眼难尽的,啊,太平洋了。长风吹阔水,层浪千折又万折,要折多少折才到亚洲的海岸呢?中间是什么也没有,只有难以捉摸,唉,永远也近不了的水平线其实不平也不是线。那样空旷的水面,再大的越洋货柜轮,再密的船队也莫非可怜的小甲虫在疏疏的经纬网上蠕蠕地爬行,等暴风雨的黑蜘蛛扑过来一一捕杀。从此地到亚洲,好大的一弧凸镜鼓着半个地球,像眼球横剖面的水晶体与玻璃体,休要小觑了它,里面摆得下十九个中国。这么浩渺,令人不胜其,乡愁吗,不是的,不胜其惘惘。

第一夜我们投宿在俄勒冈州的林肯村。村小而长,我们找到那家汽车旅馆(motel),在风涛声里走下三段栈道似的梯级,才到我们那一层楼。原来小客栈的正面背海向陆,斜叠的层楼依坡而下，一直落到坡底的沙滩。开门进房，迎面一股又霉又潮的海气，赶快扭开暖气来驱寒。落地的长窗外，是空寂的沙，沙外，是更空寂的海，潮水一阵阵地向沙地卷过来，声撼十方。就这么，梦里梦外，听了一夜的海。全家四人像一窝寄生蟹，住在一只满是回音的海螺里。

第二夜进入加州，天已经暗下来了，就在边境的新月镇（Crescent City）歇了下来。那小镇只有三两条街，南北走向，与涛声平行。我们在一家有楼座的海鲜馆临窗而坐，一面嚼食蟹甲和海扇壳里剥出来的嫩肉，一面看海岸守卫队的巡逻艇驶回港来，桅灯在波上随势起伏。天上有毛边的月亮，淡淡地，在蓬松的灰云层里出没。海风吹到衣领里来，已经是初夏了，仍阴寒逼人。回到客栈，准备睡了，才发觉外面竟有蛙声，这在我的美国经验里，却是罕有，倒令人想起中国的水塘来了。远处的岬角有灯塔，那一道光间歇地向我们窗口激射过来，令人不安。最祟人的，却是深沉而悲凄的雾号，也是时作时歇，越过空阔的水面，一直传到海客的枕前。这新月镇不但孤悬在北加州的边境，距俄勒冈只有十英里，而且背负着巨人族参天的红木森林，面对着太平洋，正当海陆之交，可谓双重的边镇。这样的边陲感，加上轮转的塔光与升沉的雾号，使我梦魂惊扰，真的是"一宿行人自可愁"了。

次日清早被涛声撼起，开门出去，一条公路从南方绕过千重的湾岬伸来，把我们领出这小小的海驿。

5

仁者乐山，智者乐水，圣人曾经说过。爱水的人果真是智者吗？那么，爱海的人岂非大智？其实攀山与航海的人更是勇者，因为那都是冒险的探索，那种喜悦往往会以身殉。在爱海人里，我只是一个陆栖的旁观者，颇像西方人对猫的嘲笑："性爱戏水，却怕把脚爪弄潮。"水手和渔夫在咸风咸浪里讨生活，才是真正下水的爱海人。真正的爱海人吗？也许是爱恨交加吧？譬如爱情，也可分作两类：深入的一类该也是爱恨交加的，另一类虽未必深入，却不妨其为自作多情。我正是对海单相思的这一类。

十二年来我一直住在海边，前十一年在香港，这一年来在高雄。对于单恋海洋的陆栖者，也就是四川人嘲笑的旱鸭子而言，这真是至福与奇缘。世界上再繁华的内陆都市，比起就算是较次的什么海港来，总似乎少了一点退步，一点可供远望与遐思的空间。住在海边，就像做了无限（Infinity）的邻居，一切都会看得远些看得开些吧。海，是不计其宽的路，不闭之门，常开之窗。再小的港城，有了一整幅海天为背景，就算剧台本身小些，观众少些，也显得变化多姿，生动了起来，就像写诗和绘画都需要留点空白一样。有水，风景才显得灵活。所以中国画里，明明四围山色，眼看无计可施了，却凭空落下来一泻瀑布，于是群山解颜。巴黎之美，要是没有塞纳河一以贯之，萦回而变化之，也会逊色许多。台北本来有一条河可以串起市景，却不成其为河了。高雄幸而有海。

海是一大空间，一大体积，一个伟大的存在。海里的珍珠与珊瑚，水藻与水族，遗宝与沉舟，太奢富了，非陆栖者所能探取。单恋海的人能做一个"观于海者"，像孟轲所说的那样，也就不错了。不过所谓观于海当然也不限于观；海之为物，在感性上可以观、可以听、可以嗅、可以触，一步近似一步。

香港的地形百转千回，无非是岛与半岛，不要说地面上看不清楚了，就连在飞机上观者也应接不暇。最大的一块面积在新界，其状有如不规则的螃蟹，所有的半岛都是它伸爪入海的姿势。半岛既多，更有远岛近矶呼应之胜，海景自然大有可观。就这一点说来，香港的海景看不胜看，因为每转一个弯，山海洲矶的相对关系就变了，没有谁推开自己的窗子便能纵览香港的全貌。

钟玲在香港大学的宿舍面西朝海，阳台下面就是汪洋，远航南洋和西欧的巨舶，都在她门前路过。我在中文大学的楼居面对的却是内湾，叫吐露港，要从东北的峡口出去，才能汇入南中国海。所以我窗外的那一片潋滟水镜，虽然是海的婴孩，却更像湖的表亲。除非是起风的日子，吐露港上总是波平浪静，潮汐不惊。青山不断，把世界隔在外面，把满满的十里水光围在里面，自成一个天地。我就在那里看渡船来去，麻鹰飞回，北岸的小半岛蜿蜒入水，又冒出水面来浮成苍苍的四个岛丘，更远处是一线长堤，里面关着一潭水库。

6

去年九月，我从香港迁来高雄，幸而海缘未断，仍然是住在一个港城。开始的半年住在市区的太平洋大厦，距海岸还有两三公里，所以跟住在内陆都市并无不同。可是中山大学在西子湾的校园却海阔天空，日月无碍。文学院是红砖砌成的一座空心四方城，我的办公室在顶层的四楼，朝西的一整排长窗正对着台湾海峡，目光尽处只见一条渺渺的水平线，天和海就在那里交界，云和浪就在那里会合了。那水平线常因气候而变化。在阴天，灰云沉沉地压在海上，波涛的颜色黯浊，更无反光，根本指不出天和水在哪里接缝。要等大晴的日子，空气彻彻透明，碧海与青天之间才会判然划出一道界线，又横又长，极尽抽象之美，令人相信柏拉图所说的"天行几何之道"（God always geometrizes.）。其实水平线不过是海的轮廓，并没有那么一条线，要是你真去追逐，将永无接近的可能，更不提捉到手了。可是别小觑了那一道欺眼的幻线，因为远方的来船全是它无中生有变出来的，而出海的船只，无论是轩昂的货柜巨轮，或是匍行波上的舴艋小艇，也一一被它拐去而消磨于无形。

　　水平线太玄了，令人迷惑。也太远了，不如近观拍岸的海潮。孟子不就说过吗，"观水有术，必观其澜"。世界上所有的江河都奔流入海，而所有的海潮都扑向岸来，不知究竟要向大地索讨些什么。对于观海的人，惊涛拍岸是水陆之间千古不休的一场激辩，岸说："到此为止了，你回去吧。"浪说："即使粉身碎骨，我还是要回来！"于是一排排一列列的浪头昂然向岸上卷来，起起落落，一面长鬣翻白，口沫飞溅，最后是绝命的一撞之后喷成了半天的水花，转眼就落回了海里，重新归队而开始再次的轮回。这过程又像是单调而重复，又像是变化无穷，总之有一点催眠，所以看海的眼睛都含着几分玄想。

　　西子湾的海潮，从旗津北端的防波堤一直到柴山脚下的那一堆石矶,浪花相接,约莫有一里多长,十分壮观。起风的日子,汹涌的来势尤其可惊,满岸都是哗变的嚣嚣。外海的剧浪,捣打在防波堤上,碎沫飞花喷溅过堤来,像一株株旋生旋灭的水晶树,那是海神在放烟火吗?

7

西子湾的落日是海景的焦点。要观赏完整无缺的落日,必须有一条长而无阻的水平线,而且朝西。沙滩由南向北的西子湾,正好具备这条件。月有望朔,不能夜夜都见满月。但是只要天晴,一轮"满日"就会不偏不倚正对着我的西窗落下,从西斜到入海,整个壮烈的仪式都在我面前举行。先是白热的午日开始西斜,变成一只灿灿的金球,光威仍然不容人逼视,而海面迎日的方向,起伏的波涛已经摇晃着十里的碎金。这么一路西倾下来,到了仰角三十度的时候,金球就开始转红,火势大减,我们就可以定睛熟视了。那红,有时是橙红,有时是洋红,有时是赤红,要看天色而定。暮霭重时,那颓然的火球难施光焰,未及水面就渐渐褪色,变成一影迟滞的淡橙红色,再回头时,竟已隐身幕后。若是海气上下澄明,水平线平直如切,酡红的落日就毫不含糊地直掉入海,一寸接一寸被海的硬边切去。观者骇目而视,忽然,宇宙的大靶失去了红心。

我在沙田住了十一年,这样水遁而逝的落日却未见过,因为沙田山重水复,我楼居朝西的方向有巍然的山影横空,根本看不见水上的落日。西子湾的落日像是为美满的晴天下一个结论,不但盖了一颗赫赫红印,还用晚霞签了半边天的名。

半年后我们从市区的闹街迁来寿山，住进中山大学的学人宿舍。新居也在红砖楼房的四楼，书房朝着西南，窗外就是高雄港。我坐在窗内，举头便可见百码的坡下有街巷纵横，车辆来去。再出去便是高雄港的北端，可以眺览停泊港中的大小船舶，桅樯密举，锚链斜入水中。旗津长岛屏于港西，岛上的街沿着海岸从西北直伸东南，正与我的视线垂直而交，虽然远在两三里外，岛上的排楼和庙宇却历历可以指认。岛的外面，你看，就是淼淼的海峡了。

高雄之为海港，扼台湾海峡、巴士海峡和南中国海的要冲，吞吐量之大，也不必去翻统计数字，只要站在我四楼的阳台上，倚着白漆的栏杆，朝南一望就知道了。高雄港东纳爱河与前镇溪之水，西得长洲旗津之障，从旗津北头的第一港口到南尾的第二港口，波涵浪蓄，纵长在八公里以上。货柜进出此港，分量之重，已经居世界第四。从清晨到午夜，有时还更晚，万吨以上的货轮，扬着各种旗号，漆着各种颜色，各种文字的船名横排于舷身，不计其数，都在我阳台的栏杆外驶过。有时还有军舰，铁灰色的舷首有三位数的编号，横着炮管的侧影，扁长而剽悍，自然与众不同。不过都太远了，有时因为背光，或是雾霭低沉，加以空气污染的关系，无论是船形舰影，在茫茫的烟水里连桅梧的轮廓都浑沦了，更不说辨认船名。

甚至不必倚遍十二栏杆，甚至也无须抬头望远，只听水上传来的汽笛，此起彼落，间歇而作，就会意识到脚下那长港有多繁忙。而造船、拆船、修船、上货、卸货、领航、验关、缉私、走私……都绕着这无休无止的船来船去团团转。这水陆两个世界之间的港口自成一个天地，一方面忙乱而喧嚣，另一方面却又生气蓬勃，令码头上看海的人感到兴奋，因为这一片咸水通向全世界的波涛，在这一片咸水里下锚的舳舻巨舟曾经泊过各国的名港。高雄，正是当代的扬州。

每当我灯下夜读，孤醒于这世界同鼾的梦外，念天上地下只剩我一人，只剩下自己一人了，不是被逐于世界之梦外，而是自放于无寐之境。那许多知己都何处去了呢，此刻，也都成了梦的俘虏，还是各守着一盏灯呢？忽然从下面的港口一声汽笛传来，接着是满港的回声，渐荡渐远，似乎终于要沉寂了，却又再鸣一声。据说这是因为常有渔船在港里非法捕鱼，需要鸣笛示警，但是夜读人在孤寂里听来，却感到倍加温暖，体会到世界之大总还是有人陪他醒着，分担他自命的寂寞，体会到同样是醒着，有人是远从天涯，从风里浪里一路闯回来的，连夜读的遐思与玄想都不可能。我抬起头来，只见灯火零落的港上，桅灯通明，几排起重机的长臂斜斜举着，船首和船尾的灯号掠过两岸灯光的背景，保持不变的距离稳稳地向前滑行，又是一艘货柜巨轮进港了。

以前在香港，九广铁路就在我山居的坡底蜿蜒而过，深宵写诗，万籁都遗我而去，却有北上的列车轮声铿然，鸣笛而去。听惯了之后，已成为火车汽笛的知音，觉得世界虽大，万物却仍然有情，不管是谁的安排，总感激长夜的孤苦中那一声有意无意的招呼与慰问。当时曾经担忧，将来回去台湾，不再有深宵火车的那一声晚安，该怎样排遣独醒的寂寞呢？没想到冥冥中另有安排：火车的长啸，换了货轮的低鸣。

造化无私而山水有情，生命里注定有海。失去了香港而得到了高雄，回头依然是岸，依然是一所叫中大的大学，依然是背山面海的楼居。走下了吐露港的那座柔灰色迷楼，到此岸，又上了西子湾这座砖砌的红楼，依然是临风望海，登楼作赋。看来我的海缘还未绝，水蓝的世界依然认我。所以我的窗也都朝西或西南偏向，正对着海峡，而落日的方向正是香港，晚霞的下方正是大陆。

1986 年 10 月 13 日

听听那冷雨

惊蛰一过，春寒加剧。先是料料峭峭，继而雨季开始，时而淋淋漓漓，时而淅淅沥沥，天潮潮地湿湿，即连在梦里，也似乎把伞撑着。而就凭一把伞，躲过一阵潇潇的冷雨，也躲不过整个雨季。连思想也都是潮润润的。每天回家，曲折穿过金门街到厦门街迷宫式的长巷短巷，雨里风里，走入霏霏令人更想入非非。想这样子的台北凄凄切切完全是黑白片的味道，想整个中国整部中国的历史无非是一张黑白片子，片头到片尾，一直是这样下着雨的。这种感觉，不知道是不是从安东尼奥尼那里来的。不过那一块土地是久违了，二十五年，四分之一的世纪，即使有雨，也隔着千山万山，千伞万伞。二十五年，一切都断了，只有气候，只有气象报告还牵连在一起。大寒流从那块土地上弥天卷来，这种酷冷吾与古大陆分担。不能扑进她怀里，被她的裙边扫一扫吧也算是安慰孺慕之情。

这样想时，严寒里竟有一点温暖的感觉了。这样想时，他希望这些狭长的巷子永远延伸下去，他的思路也可以延伸下去，不是金门街到厦门街，而是金门到厦门。他是厦门人，至少是广义的厦门人，二十年来，不住在厦门，住在厦门街，算是嘲弄吧，也算是安慰。不过说到广义，他同样也是广义的江南人，常州人，南京人，川娃儿，五陵少年。杏花春雨江南，那是他的少年时代了。再过半个月就是清明。安东尼奥尼的镜头摇过去，摇过去又摇过来。残山剩水犹如是。皇天后土犹如是。纭纭黔首纷纷黎民从北到南犹如是。那里面是中国吗？那里面当然还是中国永远是中国。只是杏花春雨已不再，牧童遥指已不再，剑门细雨渭城轻尘也都已不再。然则他日思夜梦的那片土地，究竟在哪里呢？

在报纸的头条标题里吗？还是香港的谣言里？还是傅聪的黑键白键马思聪的跳弓拨弦？还是安东尼奥尼的镜底勒马洲的望中？还是呢，故宫博物院的壁头和玻璃橱内，京戏的锣鼓声中太白和东坡的韵里？

杏花。春雨。江南。六个方块字，或许那片土就在那里面。而无论赤县也好神州也好中国也好，变来变去，只要仓颉的灵感不灭美丽的中文不老，那形象，那磁石一般的向心力当必然长在。因为一个方块字是一个天地。太初有字，于是汉族的心灵他祖先的回忆和希望便有了寄托。譬如凭空写一个"雨"字，点点滴滴，滂滂沱沱，淅沥淅沥淅沥，一切云情雨意，就宛然其中了。视觉上的这种美感，岂是什么 rain 也好 pluie 也好所能满足？翻开一部《辞源》或《辞海》，金木水火土，各成世界，而一入"雨"部，古神州的天颜千变万化，便悉在望中，美丽的霜雪云霞，骇人的雷电霹雹，展露的无非是神的好脾气与坏脾气，气象台百读不厌门外汉百思不解的百科全书。

听听，那冷雨。看看，那冷雨。嗅嗅闻闻，那冷雨，舔舔吧那冷雨。雨在他的伞上这城市百万人的伞上雨衣上屋上天线上雨下在基隆港在防波堤在海峡的船上，清明这季雨。雨是女性，应该最富于感性。雨气空蒙而迷幻，细细嗅嗅，清清爽爽新新，有一点点薄荷的香味，浓的时候，竟发出草和树沐发后特有的淡淡土腥气，也许那竟是蚯蚓和蜗牛的腥气吧，毕竟是惊蛰了啊。也许地上的地下的生命也许古中国层层叠叠的记忆皆蠢蠢而蠕，也许是植物的潜意识和梦吧，那腥气。

　　第三次去美国，在高高的丹佛他山居了两年。美国的西部，多山多沙漠，千里干旱，天，蓝似安格罗·萨克逊人的眼睛，地，红如印地安人的肌肤，云，却是罕见的白鸟。落矶山簇簇耀目的雪峰上，很少飘云牵雾。一来高，二来干，三来森林线以上，杉柏也止步，中国诗词里"荡胸生层云"，或是"商略黄昏雨"的意趣，是落矶山上难睹的景象。落矶山岭之胜，在石，在雪。那些奇岩怪石，相叠互倚，砌一场惊心动魄的雕塑展览，给太阳和千里的风看。那雪，白得虚虚幻幻，冷得清清醒醒，那股皑皑不绝一仰难尽的气势，压得人呼吸困难，心寒眸酸。不过要领略"白云回望合，青霭入看无"的境界，仍须回来中国。台湾湿度很高，最饶云气氤氲雨意迷离的情调。两度夜宿溪头，树香沁鼻，宵寒袭肘，枕着润碧湿翠苍苍交叠的山影和万籁都歇的岑寂，仙人一样睡去。山中一夜饱雨，次晨醒来，在旭日未升的原始幽静中，冲着隔夜的寒气，踏着满地的断柯折枝和仍在流泻的细股雨水，一径探入森林的秘密，曲曲弯弯，步上山去。溪头的山，树密雾浓，蓊郁的水汽从谷底冉冉升起，时稠时稀，蒸腾多姿，幻化无定，只能从雾破云开的空处，窥见乍现即隐的一峰半壑，要纵览全貌，几乎是不可能的。至少入山两次，只能在白茫茫里和溪头诸峰玩捉迷藏的游戏，回到台北，世人问起，除了笑而不答心自闲，故作神秘之外，实际的印象，也无非山在虚无之间罢了。云缭烟绕，山隐水迢的中国风景，由来予人宋画的韵味。那天下也许是赵家的天下，那山水却是米家的山水。而究竟，是米氏父子下笔像中国的山水，还是中国的山水上纸像宋画。恐怕是谁也说不清楚了吧？

雨不但可嗅，可观，更可以听。听听那冷雨。听雨，只要不是石破天惊的台风暴雨，在听觉上总是一种美感。大陆上的秋天，无论是疏雨滴梧桐，或是骤雨打荷叶，听去总有一点凄凉，凄清，凄楚，于今在岛上回味，则在凄楚之外，更笼上一层凄迷了。饶你多少豪情侠气，怕也经不起三番五次的风吹雨打。一打少年听雨，红烛昏沉。两打中年听雨，客舟中，江阔云低。三打白头听雨在僧庐下，这便是亡宋之痛，一颗敏感心灵的一生：楼上，江上，庙里，用冷冷的雨珠子串成。十年前，他曾在一场摧心折骨的鬼雨中迷失了自己。雨，该是一滴湿漓漓的灵魂，窗外在喊谁。

雨打在树上和瓦上，韵律都清脆可听。尤其是铿铿敲在屋瓦上，那古老的音乐，属于中国。王禹偁在黄冈，破如椽的大竹为屋瓦。据说住在竹楼上面，急雨声如瀑布，密雪声比碎玉，而无论鼓琴，咏诗，下棋，投壶，共鸣的效果都特别好。这样岂不像住在竹筒里面，任何细脆的声响，怕都会加倍夸大，反而令人耳朵过敏吧。

雨天的屋瓦，浮漾湿湿的流光，灰而温柔，迎光则微明，背光则幽暗，对于视觉，是一种低沉的安慰。至于雨敲在鳞鳞千瓣的瓦上，由远而近，轻轻重重轻轻，夹着一股股的细流沿瓦漕与屋檐潺潺泻下，各种敲击音与滑音密织成网，谁的千指百指在按摩耳轮。"下雨了，"温柔的灰美人来了，她冰冰的纤手在屋顶拂弄着无数的黑键啊灰键，把晌午一下子奏成了黄昏。

在古老的大陆上，千屋万户是如此。二十多年前，初来这岛上，日式的瓦屋亦是如此。先是天暗了下来，城市像罩在一块巨幅的毛玻璃里，阴影在户内延长复加深。然后凉凉的水意弥漫在空间，风自每一个角落里旋起，感觉得到，每一个屋顶上呼吸沉重都覆着灰云。雨来了，最轻的敲打乐敲打这城市，苍茫的屋顶，远远近近，一张张敲过去，古老的琴，那细细密密的节奏，单调里自有一种柔婉与亲切，滴滴点点滴滴，似幻似真，若孩时在摇篮里，一曲耳熟的童谣摇摇欲睡，母亲吟哦鼻音与喉音。或是在江南的泽国水乡，一大筐绿油油的桑叶被啮于千百头蚕，细细琐琐屑屑，口器与口器咀咀嚼嚼。雨来了，雨来的时候瓦这么说，一片瓦说千亿片瓦说，说轻轻地奏吧沉沉地弹，徐徐地叩吧挞挞地打，间间歇歇敲一个雨季，即兴演奏从惊蛰到清明，在零落的坟上冷冷奏挽歌，一片瓦吟千亿片瓦吟。

在日式的古屋里听雨，听四月，霏霏不绝的黄梅雨，朝夕不断，旬月绵延，湿黏黏的苔藓从石阶下一直侵到他舌底，心底。到七月，听台风台雨在古屋顶上一夜盲奏，千呼海底的热浪沸沸被狂风挟来，掀翻整个太平洋只为向他的矮屋檐重重压下，整个海在他的蜗壳上哗哗泻过。不然便是雷雨夜，白烟一般的纱帐里听羯鼓一通又一通，滔天的暴雨滂滂沛沛扑来，强劲的电琵琶忐忐忑忑忐忐，弹动屋瓦的惊悸腾腾欲掀起。不然便是斜斜的西北雨斜斜，刷在窗玻璃上，鞭在墙上打在阔大的芭蕉叶上，一阵寒濑泻过，秋意便弥漫日式的庭院了。

在日式的古屋里听雨，春雨绵绵听到秋雨潇潇，从少年听到中年，听听那冷雨。雨是一种单调而耐听的音乐是室内乐是室外乐，户内听听，户外听听，冷冷，那音乐。雨是一种回忆的音乐，听听那冷雨，回忆江南的雨下得满地是江湖下在桥上和船上，也下在四川在秧田和蛙塘下肥了嘉陵江下湿布谷咕咕的啼声。雨是潮潮润润的音乐下在渴望的唇上舐舐那冷雨。

因为雨是最最原始的敲打乐从记忆的彼端敲起。瓦是最最低沉的乐器灰蒙蒙的温柔覆盖着听雨的人，瓦是音乐的雨伞撑起。但不久公寓的时代来临，台北你怎么一下子长高了，瓦的音乐竟成了绝响。千片万片的瓦翩翩，美丽的灰蝴蝶纷纷飞走，飞入历史的记忆。现在雨下下来下在水泥的屋顶和墙上，没有音韵的雨季。树也砍光了，那月桂，那枫树，柳树和擎天的巨椰，雨来的时候不再有丛叶嘈嘈切切，闪动湿湿的绿光迎接。鸟声减了啾啾，蛙声沉了咯咯，秋天的虫吟也减了唧唧。七十年代的台北不需要这些，一个乐队接一个乐队便遣散尽了。要听鸡叫，只有去诗经的韵里寻找。现在只剩下一张黑白片，黑白的默片。

正如马车的时代去后，三轮车的时代也去了。曾经在雨夜，三轮车的油布蓬挂起，送她回家的途中，蓬里的世界小得多可爱，而且躲在警察的辖区以外。雨衣的口袋越大越好，盛得下他的一只手里握一只纤纤的手。台湾的雨季这么长，该有人发明一种宽宽的双人雨衣，一人分穿一只袖子，此外的部分就不必分得太苛。而无论工业如何发达，一时似乎还废不了雨伞。只要雨不倾盆，风不横吹，撑一把伞在雨中仍不失古典的韵味。任雨点敲在黑布伞或是透明的塑胶伞上，将骨柄一旋，雨珠向四方喷溅，伞缘便旋成了一圈飞檐。跟女友共一把雨伞，该是一种美丽的合作吧。最好是初恋,有点兴奋,更有点不好意思,若即若离之间,雨不妨下大一点。真正初恋,恐怕是兴奋得不需要伞的,手牵手在雨中狂奔而去,把年轻的长发和肌肤交给漫天的淋淋漓漓,然后向对方的唇上颊上尝凉凉甜甜的雨水。不过那要非常年轻且激情,同时,也只能发生在法国的新潮片里吧。

  大多数的雨伞想不会为约会张开。上班下班,上学放学,菜市来回的途中,现实的伞,灰色的星期三。握着雨伞,他听那冷雨打在伞上。索性更冷一些就好了,他想。索性把湿湿的灰雨冻成干干爽爽的白雨,六角形的结晶体在无风的空中回回旋旋地降下来,等须眉和肩头白尽时,伸手一拂就落了。二十五年,没有受故乡白雨的祝福,或许发上下一点白霜是一种变相的自我补偿吧。一位英雄,经得起多少次雨季?他的额头是水成岩削成还是火成岩?他的心底究竟有多厚的苔藓?厦门街的雨巷走了二十年与记忆等长,一座无瓦的公寓在巷底等他,一盏灯在楼上的雨窗子里,等他回去,向晚餐后的沉思冥想去整理青苔深深的记忆。前尘隔海。古屋不再。听听那冷雨。

1974 年春分之夜

幽默的境界

据说秦始皇有一次想把他的苑囿扩大,大得东到函谷关,西到今天的凤翔和宝鸡。宫中的弄臣优旃说:"妙极了!多放些动物在里面吧。要是敌人从东边打过来,只要教麋鹿用角去抵抗,就够了。"秦始皇听了,就把这计划搁了下来。

这么看来,幽默实在是荒谬的解药。委婉的幽默,往往顺着荒谬的逻辑夸张下去,使人领悟荒谬的后果。优旃是这样,淳于髡、优孟是这样,包可华也是这样。西方有一句谚语,大意是说:解释是幽默的致命伤,正如幽默是浪漫的致命伤。虚张声势,故作姿态的浪漫,也是荒谬的一种。凡事过分不合情理,或是过分违背自然,都构成荒谬。荒谬的解药有二:第一是坦白指摘,第二是委婉讽喻,幽默属于后者。什么时候该用前者,什么时候该用后者,要看施者的心情和受者的悟性。心情好,婉说,心情坏,直说。对聪明人,婉说,对笨人只有直说。用幽默感来评人的等级,有三等。第一等有幽默的天赋,能在荒谬里觑见幽默。第二等虽不能创造幽默,却多少能领略别人的幽默。第三等连领略也无能力。第一等是先知先觉,第二等是后知后觉,第三等是不知不觉。如果幽默感是磁性，第一等便是吸铁石，第二等是铁，第三等便是一块木头了。这么看来，秦始皇还勉强可以归入第二等，至少他领略了优旃的幽默感。

第三等人虽然没有幽默感，对于幽默仍然很有贡献，因为他们虽然不能创造幽默，却能创造荒谬。这世界，如果没有妄人的荒谬表演，智者的幽默岂不失去依据？晋惠帝的一句"何不食肉糜"惹中国人嗤笑了一千多年。晋惠帝的荒谬引发了我们的幽默感：妄人往往在不自知的情况下，牺牲自己，成全别人，成全别人的幽默。

虚妄往往是一种膨胀作用，相当于螳臂当车，蛇欲吞象。幽默则是一种反膨胀（deflationary）作用，好像一帖泻药，把一个胖子泻成一个瘦子那样。可是幽默并不等于尖刻，因为幽默针对的不是荒谬的人，而是荒谬本身。高度的幽默往往源自高度的严肃，不能和杀气、怨气混为一谈。不少人误认尖酸刻薄为幽默，事实上，刀光血影中只有恨，并无幽默。幽默是一个心热手冷的开刀医生，他要杀的是病，不是病人。

把英文 humour 译成幽默，是神来之笔。幽默而太露骨太嚣张，就失去了"幽"和"默"。高度的幽默是一种讲究含蓄的艺术，暗示性愈强，艺术性也就愈高。不过暗示性强了，对于听者或读者的悟性，要求也自然增高。幽默也是一种天才，说幽默的人灵光一闪，绣口一开，听幽默的人反应也要敏捷，才能接个正着。这种场合，听者的悟性接近禅的"顿悟"；高度的幽默里面，应该隐隐含有禅机一类的东西。如果说者语妙天下，听者一脸茫然，竟要说者加以解释或者再说一遍，岂不是天下最扫兴的事情？所以说，"解释是幽默的致命伤。"世界上有两种话必须一听就懂，因为它们不堪重复：第一是幽默的话，第二是恭维的话。最理想也是最过瘾的配合，是前述"幽默境界"的第二等人围听第一等人的幽默：说的人说得精彩，听的人也听得尽兴，双方都很满足。其他的配合，效果就大不相同。换了第一等人面对第三等人，一定形成冷场，且令说者懊悔自己"枉抛珍珠付群猪"。不然便是第二等人面对第一等人而竟想语娱四座，结果因为自己的幽默境界一欠高，只赢得几张生硬的笑容。要是说者和听者都是第一等人呢？"顿悟"当然不成问题，只是语锋相对，机心竞起，很容易导致"幽默比赛"的紧张局面。万一自己舌翻谐趣，刚刚赢来一阵非常过瘾的笑声，忽然邻座的一语境界更高，利用你刚才效果的余势，飞腾直上，竟获得更加热烈的反应，和更为由衷的赞叹，则留给你的，岂不是一种"第二名"的苦涩之感？

幽默，可以说是一个敏锐的心灵，在精神饱满生趣洋溢时的自然流露。这种境界好像行云流水，不能做假，也不能苦心经营，事先筹备。世界上有的是荒谬的事，虚妄的人；诙谐天成的心灵，自然左右逢源，取用不尽。幽默最忌的便是公式化，譬如说到丈夫便怕太太，说到教授便缺乏常识，提起官吏，就一定要刮地皮。公式化的幽默很容易流入低级趣味，就像公式化的小说中那些人物一样，全是欠缺想象力和观察力的产品。我有一个远房的姨丈，远房的姨丈有几则公式化的笑话，那几则笑话有一个忠实的听众，他的太太。丈夫几十年来翻来覆去说的，总是那几则笑话，包括李鸿章吐痰韩复榘训话等等，可是太太每次听了，都像初听时那样好笑，令丈夫的发表欲得到充分的满足。夫妻两人显然都很健忘，也很快乐。

一个真正幽默的心灵，必定是富足，宽厚，开放，而且圆通的。反过来说,一个真正幽默的心灵,绝对不会固执成见,一味钻牛角尖,或是强词夺理,厉色疾言。幽默,恒在俯仰指顾之间,从从容容,潇潇洒洒,浑不自觉地完成。在一切艺术之中,幽默是距离宣传最远的一种。"舍我其谁"的英雄气概,和幽默是绝缘的。宁曳尾于涂中,不留骨于堂上;非梧桐之不止,岂腐鼠之必争?庄子的幽默是最清远最高洁的一种境界,和一般弄臣笑匠不能并提。真正幽默的心灵,绝不抱定一个角度去看人或看自己,他不但会幽默人,也会幽默自己,不但嘲笑人,也会释然自嘲,泰然自贬,甚至会在人我不分物我交融的忘我境界中,像钱默存所说的那样,欣然独笑。真具幽默感的高士,往往能损己娱人,参加别人来反躬自笑。创造幽默的人,竟能自备荒谬,岂不可爱?吴炳钟先生的语锋曾经伤人无算。有一次他对我表示,身后当嘱家人在自己的骨灰坛上刻"原谅我的骨灰"(Excuse my dust.)一行小字,抱去所有朋友的面前谢罪。这是吴先生二十年前的狂想,不知道他现在还要不要那样做?这种狂想,虽然有资格列入《世说新语》的任诞篇,可是在幽默的境界上,比起那些扬言愿捐骨灰做肥料的利他主义信徒来,毕竟要高一些吧。

其他的东西往往有竞争性,至少幽默是"水流心不竞"的。幽默而要竞争,岂不令人啼笑皆非?幽默不是一门三学分的学问,不能力学,只可自通,所以"幽默专家"或"幽默博士"是荒谬的。幽默不堪公式化,更不堪职业化,所以笑匠是悲哀的。一心一意要逗人发笑,别人的娱乐成了自己的责任,那有多么紧张?自生自发无为而为的一点谐趣,竟像一座发电厂那样日夜供电,天机沦为人工,有多乏味?就算姿势升高,幽默而为大师,也未免太不够幽默了吧。文坛常有论争,唯"谐坛"不可论争。

如果有一个"幽默协会",如果会员为了竞选"幽默理事"而打起架来,那将是世界上最大的荒唐,不,最大的幽默。

1972 年 6 月

猛虎和蔷薇

英国当代诗人西格夫里·萨松（Siegfried Sassoon, 1886—1967）曾写过一行不朽的警句："In me the tiger sniffs the rose."勉强把这译成中文，便是："我心里有猛虎在细嗅蔷薇。"

如果一行诗句可以代表一种诗派（有一本英国文学史曾举柯勒律治《忽必烈汗》中的诗句："好一处蛮荒的所在！如此的圣洁、鬼怪，／像在那残月之下，有一个女人在哭她幽冥的欢爱！"作为浪漫诗派的代表），我就愿举这行诗为象征诗派艺术的代表。每次念及，我不禁想起法国现代画家昂利·卢梭（Henri Rousseau, 1844—1910）的杰作《沉睡的吉卜赛人》。假使卢梭当日所画的不是雄狮逼视着梦中的浪子，而是猛虎在细嗅含苞的蔷薇，我相信，这幅画同样会成为杰作。惜乎卢梭逝世，而萨松尚未成名。

我说这行诗是象征诗派的代表，因为它具体而又微妙地表现出许多哲学家所无法说清的话；它表现出人性里两种相对的本质，但同时更表现出那两种相对的本质的调和。假使他把原诗写成了"我心里有猛虎雄踞在花旁"，那就会显得呆笨，死板，徒然加强了人性的内在矛盾。只有原诗才算恰到好处，因为猛虎象征人性的一方面，蔷薇象征人性的另一面，而"细嗅"刚刚象征着两者的关系，两者的调和与统一。

原来人性含有两面：其一是男性的，其一是女性的；其一如苍鹰，如飞瀑，如怒马；其一如夜莺，如静池，如驯羊。所谓雄伟和秀美，所谓外向和内向，所谓戏剧型的和图画型的，所谓戴奥尼苏斯艺术和阿波罗艺术，所谓"金刚怒目，菩萨低眉"，所谓"静如处女，动如脱兔"，所谓"骏马秋风冀北，杏花春雨江南"，所谓"杨柳岸，晓风残月"和"大江东去"，一句话，姚姬传所谓的阳刚和阴柔，都无非是这两种气质的注脚。两者粗看若相反，实则乃相成。实际上每个人多多少少都兼有这两种气质，只是比例不同而已。

东坡有幕士，尝谓柳永词只合十七八女郎，执红牙板，歌"杨柳岸，晓风残月"；东坡词须关西大汉，铜琵琶，铁绰板，唱"大江东去"。东坡为之"绝倒"。他显然因此种阳刚和阴柔之分而感到自豪。其实东坡之词何尝都是"大江东去"？"笑渐不闻声渐悄，多情却被无情恼"；"绣帘开，一点明月窥人"，这些词句，恐怕也只合十七八女郎曼声低唱吧？而柳永的词句："长安古道马迟迟，高柳乱蝉嘶"，以及"渡万壑千岩，越溪深处。怒涛渐息，樵风乍起，更闻商旅相呼。片帆高举。"又是何等境界！就是晓风残月的上半阕那一句"暮霭沉沉楚天阔"，谁能说它竟是阴柔？他如王维以清淡胜，却写过"一身转战三千里，一剑曾当百万师"的诗句；辛弃疾以沉雄胜，却写过"罗帐灯昏，呜咽梦中语"的词句。再如浪漫诗人济慈和雪莱，无疑地都是阴柔的了，可是清啭的夜莺也曾唱过："或是像精壮的科德慈，怒着鹰眼,凝视在太平洋上。"就是在那阴柔到了极点的《夜莺曲》里,也还有这样的句子:"同样的歌声时常——迷住了神怪的长窗——那荒僻妖土的长窗——俯临在惊险的海上。"至于那只云雀,他那《西风歌》里所蕴藏的力量,简直是排山倒海,雷霆万钧!还有那一首十四行诗《阿西曼地亚斯》("Ozymandias"),除了表现艺术不朽的思想不说,只其气象之伟大,魄力之雄浑,已可匹敌太白的"西风残照,汉家陵阙"。

也就是因为人性里面,多多少少地含有这相对的两种气质,许多人才能够欣赏和自己气质不尽相同,甚至大不相同的人。例如在英国,华兹华斯欣赏弥尔顿;拜伦欣赏颇普;夏洛蒂·勃朗特欣赏萨克瑞;史哥德欣赏简·奥斯丁;史云朋欣赏兰道;兰道欣赏勃朗宁。在我国,辛弃疾的欣赏李清照也是一个最好的例子。

但是平时为什么我们提起一个人,就觉得他是阳刚,而提起另一个人,又觉得他是阴柔呢?这是因为各人心里的猛虎和蔷薇所成的形势不同。有人的心原是虎穴,穴口的几朵蔷薇免不了猛虎的践踏;有人的心原是花园,园中的猛虎不免给那一片香潮醉倒。所以前者气质近于阳刚,而后者气质近于阴柔。然而踏碎了的蔷薇犹能盛开,醉倒了的猛虎有时醒来。所以霸王有时悲歌,弱女有时杀贼,梅村、子山晚作悲凉,萨松在第一次大战后出版了低调的《心旅》(*The Heart's Journey*)。

"我心里有猛虎在细嗅蔷薇。"人生原是战场,有猛虎才能在逆流里立定脚跟,在逆风里把握方向,做暴风雨中的海燕,做不改颜色的孤星。有猛虎,才能创造慷慨悲歌的英雄事业;涵蕴耿介拔俗的志士胸怀,才能做到孟郊所谓的"镜破不改光,兰死不改香"!同时人生又是幽谷,有蔷薇才能烛隐显幽,体贴入微;

有蔷薇才能看到苍蝇搓脚，蜘蛛吐丝，才能听到暮色潜动，春草萌芽，才能做到"一沙一世界，一花一天国"。在人性的国度里，一只真正的猛虎应该能充分地欣赏蔷薇，而一朵真正的蔷薇也应该能充分地尊敬猛虎；微蔷薇，猛虎变成了菲力斯丁（Philistine）；微猛虎，蔷薇变成了懦夫。韩黎诗："受尽了命运那巨棒的痛打，我的头在流血，但不曾垂下！"华兹华斯诗："最微小的花朵对于我，能激起非泪水所能表现的深思。"完整的人生应该兼有这两种至高的境界。一个人到了这种境界，他能动也能静，能屈也能伸，能微笑也能痛哭，能像二十世纪人一样复杂，也能像亚当夏娃一样纯真，一句话，他心里已有猛虎在细嗅蔷薇。

1952 年 10 月 24 日夜

塔

一放暑假。一千八百个男孩和女孩,像一蓬金发妙鬈的蒲公英,一吹,就散了。于是这座黝青色的四层铁塔,完全属他一人所有。永远,它矗立在此,等待他每天一度的临幸,等待他攀登绝顶,阅读这不能算小的王国。日落时分,他立在塔顶,端端在寂天寞地的圆心。一时暮色匍匐,万籁在下,塔无语,王亦无语,唯钢铁的纪律贯透虚空。太阳的火球,向马里兰的地平下降。黄昏是一只薄弱的耳朵,频震于乌鸦的不谐和音。鸦声在西,在琥珀的火堆里裂开。西望是艳红的熔岩,自太阳炉中喷出,正淹没当日南军断肠之处,今日艾森豪威尔的农庄。东望不背光,小圆丘上,北军森严的炮位,历历可数。华盛顿在南,白而直的是南下的州道。同一条公路,北驶三英里,便是盖提斯堡的市区了。这一切,这一圈连环不解的王国,完全属他一人所有。

盖提斯堡啊,盖提斯堡。他的目光抚玩着小城的轮廓。来这里半年,他已经熟悉每条街,每一座有历史的建筑。哪哪,刺入晚空的白塔尖,是路德教堂。风雨打黑的是文学院的钟楼,雉堞上栖着咕咕的野鸽。再过去,是黑阶白柱的"老宿舍",内战时,是北军骑兵秣马的营地。再过去,再过去该是他的七瓴古屋的绿顶了,虽然他的眼力已经不逮。就在那绿顶下,他度过寥落又忙碌的半年,读书、写诗,写长长的航空信,翻译公元前的古典文学,为了那些金鬟的、褐鬟的女弟子,那些洋水仙。那些洋水仙。纳伯克夫称美国的小女孩做 nymphet。他班上的女孩应该是 nymph,他想。就在那绿得不可能的绿顶下,那些洋水仙,那些牛奶灌溉的洋水仙,像一部翻译小说的女角那样,走进去,听他朗吟缠绵的"湘夫人",壮烈的"国殇",笑他太咸的鱼,太淡的黑莓子酒。他为她们都取了中国名字。金发是文葩。栗发是倪娃。金中带栗的是贾翠霞。她们一来,就翻出他的牙筷,每样东西都夹一下。最富侵略性的,是文葩,搜他的冰箱,戴他的雨帽,翻他的中文字典,皱起眉毛,寻找她仅识的半打象形文字。他戏呼她们为疯水仙,为希腊太妹,为 bacchanals。他始终不能把她们看清楚,因为她们动得太快,晃得太厉害。因为碧睛转时,金发便跟着飘扬。她们来时,说话如吟咏,子音爽脆,母音婉柔。她们走后,公寓里犹晃动水仙的影子。他总想教她们停下来,让他仔细阅读那些瞳中的碧色,究竟碧到什么程度。

但塔下只有碧草萋萋。晚风起处,脚下的新枫翻动绿荫。这是深邃的暑假,水仙们都已散了,有的随多毛的牧神,有的,当真回欧洲去了。翠霞要嫁南方的羊蹄人。文葩去德国读日尔曼文学。终于都散了,就这么莫名其妙地散了,正如当初,莫名其妙地聚拢来一样。偌大的一片校园,只留下几声知更,只留下,走不掉而又没人坐的靠背长椅,怔怔对着花后的木兰。牧神和水仙践过的芳草,青青如故。一觉醒来,怎么小城骤然老了三十岁?

第一次，他发现，这里的居民多么龙钟，满街是警察、店员、保险商、收税吏、战场向导、面目模糊的游客。闷得发慌的下午，暑气炎炎，蟠一条火龙在林肯广场的顶空。车祸频起，救护车的警笛凄厉地宰割一条大街。

所以水仙们就这么散了。警笛代替了牧歌。羊蹄踹过的草地上，只留下一些烟蒂。临行前夕，神与兽，纷纷来叩门。"我们会惦记你的。"柯多丽说。"愿你能回来，再教我们。"倪娃拿走他的底片。一下午，羊蹄不断踢他的公寓。虬髯如盗的霍豪华，金发童颜的贝伯纳，邀他去十英里外，方丈城的一家德国餐馆，叫 Hofbrauhaus 的，去大嚼德国熏肉和香肠，豪饮荷兰啤酒。熏肉和香肠他并不特别喜欢，但饮起啤酒来，他不醉不止。笨重而有柄的史泰因大陶杯，满得欲溢的醇醪，浮面酵起一层汤汤的白沫，一口芳冽，顿时有一股豪气，自胃中冲起，饮者欲哭欲笑，欲拔剑击案而歌。唱机上回旋着德意志的梦，舒伯特的梦，舒曼的梦。绞人肚肠的一段小提琴，令他想起以前同听的那人，那人慵懒的鼻音。他非常想家。他尖锐地感到，离家已经很久，很远了。公寓里的那张双人床，那未经女性的柔软和浑圆祝福过的，荒凉如不毛的沙漠。那夜他是醉了。昏黄的新月下，他开车回去，险险撞在一株老榆树上。

第二天，他起得很迟。坐在参天的老橡荫下，任南风拂动鬓发，宿醒中，听了一下午琐琐屑屑细细碎碎申申诉诉说说的鸟声。声在茂叶深处渗出漱出。他从来没有听过那样好听的鸣禽，也从未像那天那么想家。他说不出是知更还是画眉。鸣者自鸣。聆者欢喜赞叹地聆听。他坐在重重叠叠浓浓浅浅的绿思绿想中。他相信自己的发上淌得下沁凉的绿液。城春。城夏。草木何深深。泰山耸着。黄河流着。他想起,好久,好久没接触东方的温婉了。隐身的歌者仍在歌着。他幻想,自己在抚弄一只手,白得可以采莲的一只手。而且吟一首《念奴娇》,向一只娇小的耳朵,乌发下的耳朵。隐身的歌者仍在歌着。

第三天,停车场上空落落的,全部走光了。园是废园。城是死城。他缓缓走下无人的林荫道,感到空前的疲倦。只有他不能离开,七月间,他将走得更远。他将北上纽约,循传说中惧内猎人的足迹,越过凯茨基山,向空阔的加拿大。但在那之前,他必须像一个白发的老兵,独守一片古战场。小城四郊的墓碑,多于铜像,铜像多于行人。至少墓碑的那一面很热闹,自虐而自嘲地,他想道。至少夜间比昼间热闹。夜间,猫眼的月为鬼魂唱一整个通宵,连窗上的雏菊也失眠了。电影院门首的广告画,虚张声势,探手欲攫迟归的行人。只有逃不掉的邮筒,患得患失地伫立在街角。子夜后的班车,警铃叮叮,大惊小怪地蹿过市中心,小城的梦魇陷得更深。为何一切都透明得可怕?这里没有任何疆界。现在覆叠着将来。他走过神学院走过蜡像馆走过郁金香泣血的广场,但大半的时间,他走在梦里走在记忆的街上。这种完整而纯粹的寂寞,是享受,还是忍受,他无法分辨。冰箱充实的时候,他往往一星期不讲一句话。信箱空洞的时候,他似乎被整个世界所遗忘,且怀疑自己的存在。立在塔顶,立在钢铁架构的空中,前无古人,后无来者,时人亦冷漠而疏远。何以西方茫茫,东方茫茫?寂寞是国,我是王,自嘲兼自慰,他想。她来后,她来后便是后,和我同御这水晶的江山。她来后,一定带她来塔顶,接受寂寞国臣民的欢呼,铜像和石碑的欢呼,接受两军铁炮冥冥的致敬,鼓角齐奏,鬼雄悲壮的军歌。她来后,一定要带她去那张公园椅上,告诉她,他如何坐在那椅上,读她的信。也要她去抚摸街角的那个信箱,那是他所有航空信的起站。她来后,一定要带她去那家德国餐馆,要她也尝尝,那种冰人肺腑的芳冽,他想。

她来后。她来后。她来后。他的生命似乎是一场永远的期待,期待一个奇迹,期待一个蜃楼变成一座俨然的大殿堂。期待是一种半清醒半疯狂的燃烧,使焦灼的灵魂幻觉自己生活在未来。灵魂,不可能的印第安雷鸟①,不可能柔驯地伏在此时此刻的掌中,它的翅膀更喜欢过去的风,将来的云。他钦羡英雄和探险家,羡他们能高度集中地孤注一掷地生活在此时此地,在血的速度呼吸的节奏,不必,像他那样,经常病态地生活在回忆和期待。生死决斗的武士,八肢互绞的情人,与山争高的探险家,他钦羡的是这些。他更钦羡阿拉伯的劳伦斯,同一只手,能陷城,也能写诗,能测量沙漠,也能探索灵魂,征服自己,且征服敌人。

但此刻,天上地下,只剩下他一人。鸦已栖定。落日已灭亡。剩下他,孤悬于回忆和期待之间,像伽利略的钟摆,向虚无的两端逃遁,而又永远不能逸去。剩下他,血液闲着,精液闲着,泪腺汗腺闲着,愤怒的呐喊闲着。剩下他,在恐惧之后回顾恐惧,危险之前预期危险。对于他,这是过渡时期,渡船在两个岸间飘摆。这是大征伐中,一段枕剑的小小假寐。因为他的战场,他的床,他的沙漠在中国,在中国,在日落的方向,他的敌

---

① 雷鸟(thunderbird),印第安人传说中的巨鸟,两翼挟雷电风雨以俱来。美国一种高级轿车,以此命名。

人和情人和同伴同伴。自从他选择了笔,自从他选择了自己的武器,选择了蓝色的不是红色的血液,他很久没有享受过深邃安详如一座寺院的暑假,如他现在所享受的一样。暑假是时间的奢侈品,属于看云做梦的少年。他用单筒的记忆,回顾小时候的那些暑假,当夏季懒洋洋地长着,肥硕而迟钝如一只南瓜,而他,悠闲如一只蝉。那些椰荫下的,槐荫下的,黄桷树荫下的暑假。读童话,读神话,读天方夜谭的暑假。那时,母亲可靠如一株树,他是树上唯一的叶子。那时,他有许多"重要"的同学,上课同桌,睡觉同床,记过时,同一张布告,诅咒时,以彼此的母亲为对象。那些暑假呢?那些母亲呢?那些重要的伙伴呢?

至少他的母亲已经死了,好客的伯母死了,在另一座塔下。那里,时间毫无意义地流着,空间寄托在宗教的租界。是处梵呗如吽,香火在神龛里伸着懒腰。他来自塔的国度。古老的上国已经陆沉,只留下那些塔,兀自顽强地自尊地零零落落地立着,像一个英雄部落的遗族。第二次世界大战后,他和母亲乘汽船,顺长江东下。蚁泊安庆。母与子同登佛寺的高塔①,俯瞰江面的密樯和城中的万户灰甍。塔高风烈。迷蒙的空间眩晕的空间在脚下,令他感觉塔尖晃动如巨桅,而他是一只鹰,一展翅一切云都得让路。十九岁的男孩,厌倦古国的破落与苍老。外国地理是他最喜欢的一门课。暑假的下午,半亩的黄桷树荫下,他会对着诱人的地图出神,怔怔望不厌意大利在地中海濯足,多龙的北欧欲噬丹麦,望不厌象牙海岸,尼罗河口,江湖满地的加拿大,岛屿满海的澳洲。从一本日历上,他看到一张风景照片,一列火车,

---

① 事隔二十年,已忘塔名。倘有多情的读者见示,当于印书时注明。

盘旋而上庞伟的落矶山，袅袅的黑烟曳在空中。他幻想自己坐在这车上，向芝加哥，向纽约，一路阅览雪峰和连嶂。去异国。去异国。去遥远的异国，永远离开平凡的中国。

安庆到盖提斯堡，两座塔隔了二十年。立在这座钢筋的瞭望塔上，立在二十年的这一边，他抚摸二十年前的自己，自己的头发，自己的幼稚，带着同情与责备。世界上最可爱最神秘最伟大的土地，是中国。踏不到的泥土是最香的泥土。远望岂能当归，岂能当归？就如此刻，山外是平原，平原之外是青山是青山。俄亥俄之外是印第安纳之外是爱荷华是内布拉斯卡是内华达，乌鸦之西仍是乌鸦是归巢的乌鸦。唯他的归途是无涯是无涯是无涯。半世纪来，多少异乡人曾如此眺望？胡适之曾如此眺望。闻一多如此眺望。梁实秋如此眺望。五四以来，多少留学生曾如此眺望？珊瑚色渐渐吸入加稠的怅青，西南仍有一派依恋的余光。盖提斯堡的方向，灯火零零落落地亮起。值得怀念的小城啊，他想，百年前的战场，百年后的公园，盖提氏之堡，林肯的自由的殿堂。一列火车正迤迤逦逦驶过市中心。当日林肯便乘这种火车，来这里向阵亡将士致敬，且发表那篇演说。他预感得到，将来有人会怀念这里，在中国，怀念这一段水仙的日子，寂寞又自由的日子，在另一个战场，另一种战争之中。这次回去，他将再度加入他的同伴，他将投身历史滔滔的浊流，泳向漩涡啊大漩涡的中心。因为那也是一种内战。文化的内战，精神的内战，我与自己的决斗，为了攻打中国人偏见的巴士底狱，解放孔子后裔的想象力和创造的生命。也许他成功。也许他失败。但未来的历史将因之改向。

但在回去之前，他必须独自保持清醒的燃烧。就如那边的北极星,冷静地亮着,不失自己的方向,且为其他的光,守住一个定点。夜色部署得很快,顷刻间,恫吓已呈多面,从鼠灰到黝青到墨黑。但黑暗只有加强星的光芒。星的阵图部署得更快,在夜之上,在万籁之上之上,各种姓名的光,从殉道的红到先知的皎白透青,一一宣布自己的方位。他仰面向北,发现大熊和小熊开阔而灿明,如一面光之大纛,永不下半旗,抓住冻手的栏杆,他感到金属上升的意志和不可动摇的力量。他感到,钢铁的生命,从他的掌心、脚心上升,如忠于温度的水银,逆流而且上升,达于他的四肢,他的心脏。在一个疯狂的黟然的顷刻,他幻觉自己与塔合为一体,立足在坚实的地面,探首于未知的空间,似欲窃听星的谜语,宇宙大脑微妙的运行。一刹那,他欲引吭长啸。但塔的沉默震慑住他。挺直的脊椎,纵横的筋骨,回旋梯的螺形回肠,挣扎时振起一种有秩序的超音乐。寂寞啊寂寞是一座透明的堡,冷冷的高,可以俯览一切,但离一切都那么遥远。鸟与风,太阳与霓虹,都从他架空的胸肋间飞逝,留下他,留下塔,留下塔和他,在超人的高纬气候里,留下一座骄傲的水晶牢,一座形而上的玻璃建筑,任他自囚、自毁、自拯、或自卫。

1965 年 6 月 17 日,盖提斯堡

编者附记:

谢谢周弃子先生,本文在《文星》第九十三期发表的次日,他就写来这样一封信:

白帆老棣:

光申兄大作《塔》附注的问题解决了。安庆江边的那座寺和塔叫迎江寺振风塔。这是我的朋友廖寿泉告诉我的。他是安徽望

江县人,在安庆住了很久。他现在是"总统府"的科长,古典诗作得极好。

  请写信便中告诉光中,并代致想念!

弃子
1965 年 7 月 2 日

第三辑

登高

自豪与自幸

——我的国文启蒙

每个人的童年未必都像童话,但是至少该像童年。若是在都市的红尘里长大,不得亲近草木虫鱼,且又饱受考试的威胁,就不得纵情于杂学闲书,更不得看云、听雨,发一整个下午的呆。我的中学时代在四川的乡下度过,正是抗战,尽管贫于物质,却富于自然,裕于时光,稚小的我乃得以亲近山水,且涵泳中国的文学。所以每次忆起童年,我都心存感慰。

我相信一个人的中文根底,必须深固于中学时代。若是等到大学才来补救,就太晚了,所以大一国文之类的课程不过虚设。我的幸运在于中学时代是在纯朴的乡间度过,而家庭背景和学校教育也宜于学习中文。

一九四〇年秋天,我进入南京青年会中学,成为初一的学生。那家中学在四川江北县悦来场,靠近嘉陵江边,因为抗战,才从南京迁去了当时所谓的"大后方"。不能算是什么名校,但是教学认真。我的中文跟英文底子,都是在那几年打结实的。尤其是英文老师孙良骥先生,严谨而又关切,对我的教益最多。当初若非他教我英文,日后我是否进外文系大有问题。

至于国文老师,则前后换了好几位。川大毕业的陈梦家先生,兼授国文和历史,虽然深度近视,戴着厚如酱油瓶底的眼镜,却非目光如豆,学问和口才都颇出众。另有一位国文老师,已忘其名,只记得仪容儒雅,身材高大,不像陈老师那么不修边幅,甚至有点邋遢。更记得他是北师大出身,师承自多名士耆宿,就有些看不起陈先生,甚至溢于言表。

高一那年,一位前清的拔贡来教我们国文。他是戴伯琼先生,年已古稀,十足是川人惯称的"老夫子"。依清制科举,每十二年由各省学政考选品学兼优的生员,保送入京,也就是贡入国子监,谓之拔贡。再经朝考及格,可充京官、知县或教职。如此考选拔贡,每县只取一人,真是高才生了。戴老夫子应该就是巴县(即江北县)的拔贡,旧学之好可以想见。冬天他来上课,步履缓慢,意态从容,常着长衫,戴黑帽,坐着讲书。至今我还记得他教周敦颐的《爱莲说》,如何摇头晃脑,用川腔吟诵,有金石之声。这种老派的吟诵,随情转腔,一咏三叹,无论是当众朗诵或者独自低吟,对于体味古文或诗词的意境,最具感性的功效。现在的学生,甚至主修中文系的,也往往只会默读而不会吟诵,与古典文学不免隔了一层。

为了戴老夫子的耆宿背景,我们交作文时,就试写文言。凭我们这一手稚嫩的文言,怎能入夫子的法眼呢?幸而他颇客气,遇到交文言的,他一律给六十分。后来我们死了心,改写白话,结果反而获得七八十分,真是出人意料。

有一次和同班的吴显恕读了孔稚珪的《北山移文》,佩服其文采之余,对纷繁的典故似懂非懂,乃持以请教戴老夫子,也带点好奇,有意考他一考。不料夫子一瞥题目,便把书合上,滔滔不绝，不但我们问的典故他如数家珍地详予解答，就连没有问的，他也一并加以讲解，令我们佩服之至。

国文班上，限于课本，所读毕竟有限，课外研修的师承则来自家庭。我的父母都算不上什么学者，但他们出身旧式家庭，文言底子照例不弱，至少文理是晓畅通达的。我一进中学，他们就认为我应该读点古文了，父亲便开始教我魏征的《谏太宗十思疏》，母亲也在一旁帮腔。我不太喜欢这种文章，但感于双亲的谆谆指点，也就十分认真地学习。接下来是读《留侯论》，虽然也是以知性为主的议论文，却淋漓恣肆，兼具生动而铿锵的感性，令我非常感动。再下来便是《春夜宴桃李园序》《吊古战场文》《与韩荆州书》《陋室铭》等几篇。我领悟渐深，兴趣渐浓，甚至倒过来央求他们多教一些美文。起初他们不很愿意，认为我应该多读一些载道的文章，但见我颇有进步，也真有兴趣，便又教了《为徐敬业讨武曌檄》《滕王阁序》《阿房宫赋》。

父母教我这些，每在讲解之余，各以自己的乡音吟哦给我听。父亲诵的是闽南调，母亲吟的是常州腔，古典的情操从乡音深处召唤着我，我都感到异常亲切。就这么，每晚就着摇曳的桐油灯光，一遍又一遍，有时低回，有时高亢，我习诵着这些古文，忘情地赞叹骈文的工整典丽，散文的开阖自如。这样的反复吟咏，潜心体会，对于真正进入古人的感情，去呼吸历史，涵泳文化，最为深刻、委婉。日后我在诗文之中展现的古典风格，正以桐油灯下的夜读为其源头。为此，我永远感激父母当日的启发。

不过那时为我启蒙的，还应该一提二舅父孙有孚先生。那时我们是在悦来场的乡下，住在一座朱氏宗祠里，山下是南去的嘉陵江，涛声日夜不断，入夜尤其撼耳。二舅父家就在附近的另一个山头，和朱家祠堂隔谷相望。父亲经常在重庆城里办公，只有母亲带我住在乡下，教授古文这件事就由二舅父来接手。他比父亲要闲，旧学造诣也似较高，而且更加喜欢美文，正合我的抒情倾向。

他为我讲了前后《赤壁赋》和《秋声赋》，一面捧着水烟筒，不时滋滋地抽吸，一面为我娓娓释义，哦哦诵读。他的乡音同于母亲，近于吴侬软语，纤秀之中透出儒雅。他家中藏书不少，最吸引我的是一部插图动人的线装《聊斋志异》。二舅父和父亲那一代，认为这种书轻佻侧艳，只宜偶尔消遣，当然不会鼓励子弟去读。好在二舅父也不怎么反对，课余任我取阅，纵容我神游于人鬼之间。

后来父亲又找来《古文笔法百篇》和《幼学琼林》《东莱博议》之类，抽教了一些。长夏的午后，吃罢绿豆汤，父亲便躺在竹睡椅上，一卷接一卷地细览他的《纲鉴易知录》，一面叹息盛衰之理，我则畅读旧小说，尤其耽看《三国演义》《西游记》《水浒传》，甚至《封神榜》《东周列国志》《七侠五义》《包公案》《平山冷燕》等等也在闲观之列，但看得最入神也最仔细的，是《三国演义》，连草船借箭那一段的《大雾迷江赋》也读了好几遍。至于《儒林外史》和《红楼梦》，则要到进了大学才认真阅读。当时初看《红楼梦》，只觉其婆婆妈妈，很不耐烦，竟半途而废。早在高中时代，我的英文已经颇有进境，可以自修《莎氏乐府本事》(*Tales from Shakespeare* by Charles Lamb)，甚至试译拜伦《海罗德公子游记》(*Childe Harold's Pilgrimage*)的片段。只怪我野心太大，头绪太多，所以读中国作品也未能全力以赴。

我一直认为，不读旧小说难谓中国的读书人。"高眉"（high‑brow）的古典文学固然是在诗文与史哲，但"低眉"（low‑brow）的旧小说与民谣、地方戏之类，却为市井与江湖的文化所寄，上至骚人墨客，下至走卒贩夫，广为雅俗共赏。身为中国人而不识关公、包公、武松、薛仁贵、孙悟空、林黛玉，是不可思议的。如果说庄、骚、李、杜、韩、柳、欧、苏是古典之葩，则西游、水浒、三国、红楼正是民俗之根，有如圆规，缺其一脚必难成其圆。

读中国的旧小说，至少有两大好处。一是可以认识旧社会的民情风土、市井江湖，为儒道释俗化的三教文化作一注脚；另一则是在文言与白话之间搭一桥梁，俾在两岸自由来往。当代学者慨叹学子中文程度日低，开出来的药方常是"多读古书"。其实目前学生中文之病已近膏肓，勉强吞咽几丸《孟子》或《史记》，实在是杯水车薪，无济于事，根底太弱，虚不受补。倒是旧小说融贯文白，不但语言生动，句法自然，而且平仄妥帖，词汇丰富；用白话写的，有口语的流畅，无西化之夹生，可谓旧社会白话文的"原汤正味"，而用文话写的，如《三国演义》《聊斋志异》与唐人传奇之类，亦属浅近文言，便于白话过渡。加以故事引人入胜，这些小说最能使青年读者潜化于无形，耽读之余，不知不觉就把中文摸熟弄通，虽不足从事什么声韵训诂，至少可以做到文从字顺，达意通情。

我那一代的中学生，非但没有电视，也难得看到电影，甚至广播也不普及。声色之娱，恐怕只有靠话剧了，所以那是话剧的黄金时代。一位穷乡僻壤的少年要享受故事，最方便的方式就是读旧小说。加以考试压力不大，都市娱乐的诱惑不多而且太远，而长夏午寐之余，隆冬雪窗之内，常与诸葛亮、秦叔宝为伍，其乐何输今日的磁碟、录影带、卡拉OK？而更幸运的，是在"且听下回分解"之余，我们那一代的小"看官"们竟把中文读通了。

同学之间互勉的风气也很重要。巴蜀文风颇盛，民间素来重视旧学，可谓弦歌不辍。我的四川同学家里常见线装藏书，有的可能还是珍本，不免拿来校中炫耀，乃得奇书共赏。当时中学生之间，流行的课外读物分为三类：古典文学，尤其是旧小说；新文学，尤其是三十年代白话小说；翻译文学，尤其是帝俄与苏联的小说。三类之中，我对后面两类并不太热衷，一来因为我勤读英文，进步很快，准备日后直接欣赏原文，至少可读英译本，二来我对当时西化而生硬的新文学文体，多无好感，对一般新诗，尤其是普罗八股，实在看不上眼。同班的吴显恕是蜀人，家多古典藏书，常携来与我共赏，每遇奇文妙句，辄同声啧啧。有一次我们迷上了《西厢记》，爱不释手，甚至会趁下课的十分钟展卷共读，碰上空堂，更并坐在校园的石阶上，膝头摊开张生的苦恋，你一节，我一段，吟咏什么"颠不剌的见了万千，似这般可喜娘的庞儿罕曾见。"后来发现了苏曼殊的《断鸿零雁记》，也激赏了一阵，并传观彼此抄下的佳句。

至于诗词，则除了课本里的少量作品以外，老师和长辈并未着意为我启蒙，倒是性之相近，习以为常，可谓无师自通。当然起初不是真通，只是感性上觉得美，觉得亲切而已。遇到典故多而背景曲折的作品，就感到隔了一层，纷繁的附注也不暇细读。不过热爱却是真的，从初中起就喜欢唐诗，到了高中更兼好五代与宋之词，历大学时代而不衰。

最奇怪的，是我吟咏古诗的方式，虽得闽腔吴调的口授启蒙，兼采二舅父哦叹之音，日后竟然发展成唯我独有的曼吟回唱，一波三折，余韵不绝，跟长辈比较单调的诵法全然相异。五十年来，每逢独处寂寞，例如异国的风朝雪夜，或是高速长途独自驾车，便纵情朗吟"弃我去者昨日之日不可留，乱我心者今日之日多烦忧！"或是"长洪斗落生跳波，轻舟南下如投梭，水师绝叫凫雁起，乱石一线争磋磨！"顿觉太白、东坡就在肘边，一股豪气上通唐宋。若是吟起更高古的"老骥伏枥，志在千里。烈士暮年，壮心不已"，意兴就更加苍凉了。

《晋书》王敦传说王敦酒后，辄咏曹操这四句古诗，一边用玉如意敲打唾壶作节拍，壶边尽缺。清朝的名诗人龚自珍有这么一首七绝："回肠荡气感精灵，座客苍凉酒半醒。自别吴郎高咏减，珊瑚击碎有谁听？"说的正是这种酒酣耳热，纵情朗吟，而四座共鸣的豪兴。这也正是中国古典诗感性的生命所在。只用今日的国语来读古诗或者默念，只恐永远难以和李杜呼吸相通，太可惜了。

前年十月，我在英国六个城市巡回诵诗。每次在朗诵自己作品六七首的英译之后，我一定选一两首中国古诗，先读其英译，然后朗吟原文。吟声一断，掌声立起，反应之热烈，从无例外。足见诗之朗诵具有超乎意义的感染性，不幸这种感性教育今已荡然无存，与书法同一式微。

去年十二月，我在"第二届中国文学翻译国际研讨会"上，对各国的汉学家报告我中译王尔德喜剧《温夫人的扇子》的经验，说王尔德的文字好炫才气，每令译者"望洋兴叹"而难以下笔，但是有些地方碰巧，我的译文也会胜过他的原文。众多学者吃了一惊,一起抬头等待下文。我说:"有些地方,例如对仗,英文根本比不上中文。在这种地方,原文不如译文,不是王尔德不如我,而是他捞过了界,竟以英文的弱点来碰中文的强势。"

我以身为中国人自豪,更以能使用中文为幸。

1993 年 1 月

论民初的游记

山水游记的成就,清人不如明人,民国初年的作家更不如清。民初作家里有许多留学生,或去日本,或去美欧,不但长征万里,而且久客经年,只要把所历描述出来,就是一部部"西游记"或"东游记"了。何况现代的交通比起古代来大为便捷,舟车劳顿减轻了许多,不像陆游在八百年前从山阴(今之绍兴)去夔州赴任,途中跋涉了七个多月。空间扩大,时间减少,在观光成为"事业"的现代,照理游记应该眼界一宽,佳作更多才对。实际却不然。

一个原因,是现代人的缩地术虽然快了,不幸在工业时代生活的节奏也快了,忙人怎能领略闲山水呢?加以交通方式一快,"途中"所见就少而又草,不能像陆游那么从容欣赏。那么多留学生去了那么多国家,在旅游文学的成绩上反而不如古代的读书人在赴试、上任、贬谪之余的表现。

另一个原因,是现代人的文笔不如古人。早期新文学的白话文正是青黄不接,在作家的笔下稚气未除,一般散文都欠精炼,游记当然也不例外。当时的许多作家写起散文来,误把草率当成自由，不但风格芜杂，结构散漫，甚至造句分段都有问题。这样子写成的游记并不在少数，所以要指望当时的游记能追上明人，未免太奢。何况再美的风景，再热闹的街市，都可以交给照相机去记录，不必像古人那样要写进文章画进图画里去，所以今人就更懒得写什么游记了。幸好徐霞客没有照相机，否则他的游记里图多文少，文学价值必然大减。

李白诗云："海客谈瀛洲，烟涛微茫信难求。越人语天姥，云霞明灭或可睹。"古人要去外国旅行谈何容易，所以《佛国记》《真腊风土记》一类的大游记为世所珍。可是今人旅览外国的游记，从《欧游心影录》到现在，却多不胜数。这一点当然是今胜于古，可是这些域外游记里真正的佳作不多，能像《我所知道的康桥》，已经罕见。徐志摩的这篇名作众口交誉，其实不是一篇无懈可击的平衡之作①。《我所知道的康桥》共分四段，一段比一段好，可谓渐入佳境。第三段和第四段写康桥的景色，感性十足，是此文精华所在。第一段的叙事平平；第二段的议论不太警策，文字则西化而拖沓。如果细加分析，就会发现第四段中还发了一番议论，同样不够练达。徐志摩是一位感性很强的浪漫诗人，但是议论，即使是抒情文章中的议论，却并非所长。这一点表示他的知性不足，至少不足以撑持感性文章的逻辑骨架，也表示他在感性和知性的调和上，不能像苏轼那一等级的散文家那样收发自如。《巴黎的鳞爪》是徐志摩颇用气力的一篇万字长文，如果结构得好，再用适度的知性提挈筋脉，当能成为更可观的游记。然而我们见到的《巴黎的鳞爪》却是一篇庞杂纷繁的文章，既非游记，也非小说，甚至也不是脉络明畅的美文：感性十足的部分颇有妙思与佳句，但一涉及说理，便露出松软稚嫩的弱点，尤其摆不脱直接对读者闲聊的烂漫语气。杜牧的散文同样是诗人的散文,可是《阿房宫赋》的逻辑张力就十分之强:此文前半段经营感性,浓烈迷人,诚然是十足的美文;后半段自"嗟乎!一人之心,千万人之心也"起,感性不衰,知性却逐渐加强,议论纵横而不失之抽象,真是能感能议的杰作。许多感性泛滥的美文作家忽略了一件事情:那就是鞭辟入里的逻辑张力,也是一种美。如果散文是一把秤,感性的秤盘里不妨加重,但知性的秤锤应该维持平衡。

民初散文有种种缺点,语言不精纯是其一端。当时的作家,有的从文言里刚放出来,对白话有点手足无措;有的却立刻掉进西化里去,对西文句法不知化解。前者形成文白夹杂,后者则中西相牴。下面是从域外游记里摘出来的两例,说明了高明如任公也难逃时代的通病。

> 凡尔登市是怎么一个光景呢?我这枝拙笔竟苦不能形容。诸君若有游过意大利的人,将那二千年前罗马的"佛林"和维苏威火山底下的邦俾拿来联想比较,或可仿佛一二。但比起破坏的程度来,反觉得自然界的暴力,远不及人类,野蛮人的暴力,又远不及文明人哩!
>
> (梁启超:《凡尔登》)

> 当高君说要领我们去吃中国饭的时候,我立刻就跳起来赞成。我真料不到这里会有中国饭馆,在这中国人很不占势的巴黎。我是多么想吃故乡的东西啊,在吃了三四十天西餐之后。
>
> (徐霞村:《第一天到巴黎》)

徐霞村在同一篇文章里描述火车在塞纳河谷驶过，写景也平平无甚可观。也许域外游记写域外景色，不便和古人写的华山夏水比较，但是同样是写本土之景，民初的游记，甚至今日许多名作家的游记，却不如古人。

> 太阳落山了。它底分外红的强光从树梢头喷射出来，将白云染成血色，将青山也染成血色。在这血色中，它渐渐向山后落下，忽而变成一个红球，浮在山腰里，这时它底光已不耀眼了，山也暗淡了，云也暗淡了，树也暗淡了。这红球原来是太阳底影子。
>
> （徐蔚南：《山阴道上》）

这一篇山阴道上的游记，写景平庸，并不令人应接不暇。山阴，就是今日的绍兴。同样是写浙江的落日，徐蔚南的这一段怎么能跟晚明王思任写夕照的美文《小洋》相比呢？王思任的色感丰富而有层次，光是红就有"胭脂初从火出""猩红云""赤玛瑙""出炉银红"等层次，徐蔚南的红只有"血色"；王思任的山呈现"鹦绿、鸦背青、老瓜皮色"三种独特的色调，徐蔚南的山只是"青山"。在同一文中，徐蔚南笔下的云，论形论色，都不可观；后面接着的"知性句"也没有什么高见：

> 白云确有使人欣赏的价值，一团一团地如棉花，一卷一卷地如波涛，连山一般地拥在那儿，野兽一般地站在这里：万千状态，无奇不有。这一幅最神秘最美丽最复杂的画片，只有睁开我们底心灵的眼睛来，才能看见其间的意义和

幽妙。

山阴的云在徐氏笔下如此,庐山的云在丰子恺的笔下也不太动人。丰子恺游庐山十天,写了一篇《庐山面目》,重点仍在他散文中常见的淡淡抒情和娓娓叙事,但对名山之美却很少着笔,偶尔写景,也少感性。山上十日,他的兴趣却在人物,四分之一的篇幅用来叙述一位绰号济公活佛的游客。"我只记得他(济公活佛)说有一次独自走到一个古塔的顶上,那里面跳出一只黄鼠狼来,他打湖州白说:'渠被偌吓了一吓,偌也被渠吓了一吓!'我觉得这简直是诗,不过没有押韵。"像这样充满情趣的叙事,是游记中最动人的片段。但是遇到写景的时候,丰子恺却显得有点敷衍,只用成语来充想象:"山光照槛,云树满窗,尘嚣绝迹,凉生枕簟,倒是真正的避暑。"庐山的云无端而来,忽然而去,最是奇观,但到了丰氏笔下,却有点令人失望:

> 凭窗远眺,但见近处古木参天,绿阴蔽日;远处岗峦起伏,白云出没。有时一带树林忽然不见,变成了一片云海;有时一片一片白云忽然消散,变成了许多楼台。正在凝望之间,一朵白云冉冉而来,钻进我们的房间里。倘是幽人雅士,一定大开窗户,欢迎它进来共住;但我犹未免为俗人,连忙关窗谢客。
>
> (丰子恺:《庐山面目》)

同样的云,一到了清朝散文家恽敬的笔端,便神态飞扬起来:

云过，道旁草木罗罗然，而涧声清越相和答……石势秀伟不可状，其高峰皆浮天际，而云忽起足下，渐浮渐满，峰尽没。闻云中歌声，华婉动心，近在隔涧，不知为谁者。云散，则一石皆有一云缭之。忽峰顶有云飞下数百丈，如有人乘之行，散为千百，渐消至无一缕，盖须臾之间已如是。径天池口，至天池寺。寺有石池，水不竭。东出为聚仙亭、文殊岩。岩上俯视，石峰苍碧，自下矗立，云拥之，忽拥起至岩上，尽天地为绡纨色，五尺之外，无他物可见，已尽卷去，日融融然……东至佛手岩，行沉云中，大风自后推排，云气吹为雨，洒衣袂。

(恽敬：《游庐山后记》)

郁达夫在民初的作家里，是擅写古典诗的高手，照理写起游记来，应该长于写景，在《山水及自然景物的欣赏》一文中，他畅论大自然对人性的提升之功，认为欣赏艺术有待修养，但大自然之美人人都会领略。他说："大抵山水佳处，总是自然景物的美点发挥得最完美，最深刻的地方；孔夫子到了川上，就觉悟到了他的栖栖一代，猎官求仕之非；太史公游览了名山大川，然后才死心塌地，去发愤而著书。可知我们平时所感受不到的自然的威力，到了山高水长的风景聚处，就会同得电光石火一样，闪耀到我们的性灵上来……所以要想欣赏自然的人，我想第一着还是先上山水优秀的地方训练耳目，最为适当。"在同一文中，他甚至认为"中国贪官污吏的辈出，以及一切政治施设都弄不好的原因，一大半也许是在于为政者的昧了良心，忽略了自然之所致。"

郁达夫的这一番话我们未必同意，例如太史公发愤著书，是因为受刑之辱，而不是游够了名山大川。司马迁准备做史官，当然要了解地理，考察史迹，所以著书的动机是因，旅游是果，到了后来，旅游的印象又助长了他的文气。至于"发愤"著书，则是政治上挫折肉体上受创的关系。而把政治的弊病归因于权贵的远违自然，更是可爱然而天真的说法。尽管如此，郁达夫十分着重自然之美对性灵的诱导，是显然的。他的散文里有不少写景之作，更有游记多篇；其中《钓台的春昼》长五千余字，写景、抒情、议论三者并胜，文中虽然屡见冗句败笔，但前段夜游桐君山道观，后段昼游钓台，均有佳妙，一结颇有余音。但另一篇《仙霞记险》就差得多，不但冗句常见，而且写景平庸，所经所历也称不上题目所标的"险"字：

> 转一个弯，变一番景色，上一条岭，辟一个天地，上上下下，去去回回，我们在仙霞山中，龙溪岸上，自北去南，汽车足足走了有一个多钟头的山路。山的高，水的深，与夫弯的多，路的险，不折不扣的说将出来，比杭州的九溪十八涧，起码总要超过三百多倍。要看山水的曲折，要试车路的崎岖，要将性命和运命去拼拼，想尝一尝生死关头，千钧一发的冒险异味的人，仙霞岭不可不到……
>
> （郁达夫：《仙霞记险》）

这实在是平面的写法：排比的句法并没有提供什么生动的形象和突兀的音调，把当时的感性传给我们。那么多险弯，为什么不举一个实例来看看呢？再引徐霞客登仙霞岭的一段以资比较：

冒雨为龙洞游。同导僧砍木通道，攀乱碛而上。雾瀚棘铦，苔石笼崖，狞恶如奇鬼。穿簇透峡，窈窕者，益之诡而藏其险；屼嵲者，益之险而敛其高……洞既束肩，石复当胸，无可攀践，逾之甚艰。再入，两壁愈夹，肩不能容，侧身而进，又有石片如前，阻其隘口，高更倍之。余不能登，导僧援之。既登，僧复不能下，脱衣宛转，久之乃下。余犹侧伫石上，亦脱衣奋力，僧从石下掖之，遂得入……挑灯遍瞩而出。石隘处，上逼下碍。入时自上悬身而坠，其势犹顺。出则自下侧身以透，胸与背既贴切于两壁，而膝复不能屈伸，石质刺肤，前后莫可悬接。每度一人，急之愈固，几恐其与石为一也。既出，欢若更生。

（徐霞客：《闽游日记后》）

比起徐霞客来，大半的游记作者都只能算是公子游春而已。这一段比起郁达夫来，无论在经验或文字上，都胜出许多，显得民初的作家行文草率，感性贫弱，逊于古人[②]。我们应该记得，徐霞客的日记是每天在跋涉之余才执笔的，既限于体力，又迫于时间，更不是在什么明窗净几的书斋。其毅力与天才，令人钦佩。民初的游记，写景的感性不如古人，叙事的条理也似乎较逊。俞平伯写了好几篇游记，其中《西湖的六月十八夜》长达三千多字，也曾收入一些散文选里。此文前面的三分之一，解释杭州人何以要在那一夜挤去西湖，条清理畅，娓娓可诵。不幸后文一入俞平伯游湖的亲身叙事，文章便散漫而零碎，游程既乱，游伴也似乎出没无常，中间还夹上英文代名的什么 H 君啦，Y 小姐啦，

L小姐啦,令人读来吃力而乏味。最奇怪的是,到了文末又出现了一位L君,也不知道是不是前面那位L小姐变的。但是同一题材的游记,例如袁宏道的《晚游六桥待月记》和张岱的《西湖七月半》,叙事的条理就清楚多了。袁宏道的游记,于季节为春,于一日为朝夕,时间交代得十分清楚。张岱的一篇,先把游客分成五类,逐一刻画,再依时间顺序描写俗人如何已出酉归,挤成一团,雅人又如何从容欣赏月色:人物、景色、时间、地点,无不明确。

> 秦淮河里的船,比北京万生园、颐和园的船好,比西湖的船好,比扬子瘦西湖的船也好。这几处的船不是觉着笨,就是觉着简陋,局促;都不能引起乘客们的情韵,如秦淮河的船一样。
>
> (朱自清:《桨声灯影里的秦淮河》)③

这是朱自清长篇游记接近开头的一段,叙事就不够精彩,欠缺波澜。"甲比乙、丙好,比丁好,比戊也好";这是平铺直叙的流水账,句法太随便了。"都不能引起乘客们的情韵,如秦淮河的船一样";这种西化句法把弱句放在强句之后,不但气疲,而且还易引起误会。"如秦淮河的船一样"是指"不能引起乘客们的情韵"呢?还是"能引起乘客们的情韵"呢?如果改成"都不能像秦淮河的船这样引起乘客的情韵",就明白得多。

> 白门游,多在水。矶之可游者,曰燕子,然而远;湖之可游者,曰莫愁,曰玄武,然而城外;河之可游者,曰秦淮,然而朝夕至;唯潭之可游者,曰乌龙,在城内,举异即

造,士女非实有事于其地者不至,故三患免焉。

(谭元春:《初游乌龙潭记》)

白门,就是今之南京,所以谭元春的游记和朱自清的,是同一题材;可是谭文的叙事,句法紧凑,条理分明,远胜朱文。谭文也有多项比较,但在分析之中富于变化,起伏开阖,大有可观。谭文的结构呈辐射状,比朱文的直串多姿:他先提圆心的毂(水),然后举半径的辐(矶、湖、河、潭),然后就地点之远近分析圆周上各点(燕子矶、莫愁湖、玄武湖、秦淮河、乌龙潭)的优劣,一气呵成,文势畅捷之中有顿挫。

还有一类民初的游记,文字倒也稳妥平实,只因所游名胜历来题咏已多,于是连篇累牍大引前人诗文,务使一景一物皆得印证;其结果是整篇游记晃动着古人的影子,好像不是自己在登山览水。试看明清的好游记,有多少是这么东引西录的呢?像钟敬文的《太湖游记》和周瘦鹃的《新西湖》,都有这个毛病。

新文学运动以来,不但废止了文言,改用白话来创作,连古典文学也受到冷落,甚至受到否定,不是说文字已经僵化,就是说内容封建有毒。一般新作者贸贸然抛弃了古典的传统,却又无力吸收并消化外国文学的菁华,往往就在前无古人旁无西人的真空地带,只凭几本不太可靠不太可读的译文,和时人所谓的名家之作,来充取法的典范;才高思敏的少数,或许可望青出于蓝,但是一般起步的作者,恐怕就会终身陷在其中。要写好散文,只读二三十年代的所谓范文名篇,绝对不够。坊间的散文选所收的作品,水准不齐,大致而言,平庸之作颇多,甚至也有中下之品,而佳作之中多为瑜不掩瑕,要求条理明畅,文采动人,气势磅礴或韵味深永如古典大家的杰作，十不得一。还有一些类书选集，草草辑成，竟然声称可供青年写景、叙事、抒情等等效法，真是幼稚。

新文学的散文真能胜过古文吗？在议论文、杂文，和人情世故生活趣味的小品文上，也许接近古人；但在写景叙事的感性上，还罕见能追古典文学的水准。至少民初的散文家不能在这方面跟唐宋大家甚至明清的名家较量；至少以感性为重的游记，到民初是退步了。现代人在自然科学上是进步了，但对于大自然本身，亦即古人所谓的造化，却日渐疏远了。像徐霞客、潘耒那样饕山饕水餐烟宿霞的癖好，已经不可能求之于今人。而在另一方面，新文学的散文家，尤其是民初的一些，口头鄙古却又摆不脱古人的影响，奢言师西却又得不到西方的真谛，加以下笔轻易，既不推敲文字，又不经营结构，要求他们在感性艺术上有所建树，也是奢望了吧。

1982 年 8 月

附注：

①徐氏此文的一些疵句，我在《早期作家笔下的西化中文》一文中曾有分析，文见拙著《分水岭上》第 123–134 页（九歌版）。

②郁达夫的文字颇多瑕疵。《钓台的春昼》里有这样的劣句："尤其要使旅客感到萧条的，却是桐君山脚下的那一队花船的失去了踪影。"郁氏原意该是："桐君山脚下的那一队花船失去了踪影，尤其使旅客感到萧条。"同文中还有这种词意犯重的句子："船到桐庐，已经是灯火微明的黄昏时候了，不得已就只得在码

头近边的一家旅馆高楼上借了一宵宿。"又一例为"倘使我若能在这样的地方结屋读书,以养天年,那还要什么的高官厚禄……"在《仙霞纪险》一文中,又有这样累赘拙笨的句子:"搜寻了好几处,才找到了一所基干队驻扎在那里的处所。"另有一段文字更加冗赘:"重回到小竿岭的那个隘口的时候,几刻钟前曾经盘问我们过,幸亏有了陈万里先生的那个徽章证明,才安然放我们过去的,那个捧大刀的守卫兵,却笑着对我们说:'你们就回去了么?'回来一过此口,已经入了安全地带,我们的胆子也大起来了……打算爬上山去,亲眼去看一看那座也可以说是一夫当关,万夫莫开,宋史浩方把石路铺起来的仙霞关口。"毛病十分刺眼:"守卫兵"前面堆砌了四十二字的形容词;"仙霞关口"前面则堆了二十六字。这种种毛病,在早期新文学名家笔下,多不胜数。

③朱自清此文毛病亦多,文首就有这么一个累赘句:"于是桨声汩——汩,我们开始领略那晃荡着蔷薇色的历史的秦淮河的滋味了。"我有长文《论朱自清的散文》,收在拙著《青青边愁》里,可以参阅。

楚歌四面谈文学

> 襄阳小儿齐拍手,拦街争唱白铜鞮。
> 傍人借问笑何事,笑杀山翁醉似泥。

黄梅雨的季节。黄梅调的季节。麻将牌的雀噪第一次显得低沉了。盖过它的,是流行的黄梅调,是"楚歌"。当然不是令人警惕的国际局势的四面楚歌,请放心,只是泛滥在台北街头的四面楚歌罢了。而在这弥天漫地的楚歌声中,还可以听见另一种声音,初嘘唏以呜咽,继号啕而滂沱。这一次,不但小市民们齐声一哭,即连许多大学者,许多已经到了"人生开始"的老教授,也涕泗阑干起来。这真是黄梅雨的季节。

通俗文学,民间艺术,被小市民们狂热地喜爱,原是非常合理的现象。大学者们,走下高高的讲坛,与民同乐,甚至与民同哭,也是他们的自由;不失童心,毋宁是可爱的举动。哭之不足,继而发表一些哭后感,也很有趣。可是老泪纵横之余,他们竟然有点老眼昏花起来,把一切不肯陪哭的人都归入"高等华人"之列，并且硬派给别人一顶"没有民族自尊心"的帽子，就未免太小市民了。这又回到了"文学大众化"的老问题。大学者的权威，仅限于他的本行。超过本行，他就暴露"虎落平阳"的窘态。文学和政治至少有一点不同：即政治可以民主，文学不可以。文学作品的欣赏，和文学作品的评价，往往不能仅恃教育的程度。此所以大学者的品味能力，很奇怪地，往往与小市民相去无几。这种贫弱的品味能力，加上用非其所的爱国情绪，遂使文学批评丧失客观的标准。

那部香港影片，和大多数的小市民一样，我也看过。但是我只看过一遍，因为该看的，和该听的，都在一遍之中了。在国产片中，我认为这已是上品，但就世界水准而言，还有很大的距离。问题恐怕不在演员，而在编导。我不拟在这里讨论它的得失，因为我毫无兴趣，也不是影评专家。我的注意力集中在因此片而引起的某些文学问题。像一位医师一样，我只看见病，看不见病人。如果有人觉得我"目中无人"，那是因为我目中只有细菌的缘故。我的第一个诊断是：

眼泪并非文学

或者可以更广泛地说，感情并非文学。这一点，小市民们是很难了解的。我们常说，嬉笑怒骂，皆成文章。我们也常说，大块假我以文章。因此我们常有一个幻觉，即感情本身或自然本身就等于文学，同时，愈强烈的感情或者愈美丽的自然，等于愈动人的文学。

这是非常错误的。嬉笑怒骂是人性，大块是自然，它们都是文学要处理的对象,但是不等于文学本身。原封不动的感情,只是原料性的第一经验,必须经过艺术的选择和加工,始能蜕变为成品性的第二经验。现实的经验和艺术的经验之间的距离,正如桑叶和丝绢,燃料和火焰之间的距离。我们常听人说:"你是诗人,应该热情奔放才对!"现在我们必须弄明白:诗人之所以成为诗人,与其说是因为他热情奔放,不如说是因为他,正好相反,比常人更能保持冷静,并且在一个恰好的距离外,反躬自省,将那份热情(就算是热情吧)间接地,含蓄地,变形地,点化成可供孤立观赏的艺术品。我说诗人比常人冷静,并不意味着诗人比常人寡情;只是想指出,诗人对于感情,既能深入,又能复出。在感受现实的经验时,他可能和常人一样沉浸其中,不胜低回,可是在处理这些经验时,他必须身外分身,痛定思痛,不能泪眼模糊,以致妨碍视线。

诗人不必热情倍于常人。论热情,他恐怕远逊于许多社会新闻的人物。桃色案件的主角,当真是热情奔放,就是因为既奔且放,不知含蓄,才会出事。诗人的事,只出在作品中。他也许也有非非之想,想自杀,想杀人,想私奔,可是这些现实生活的冲动,幸而都蜕化,都升华为艺术创造的冲动。这种过程好像氧化,将腐朽的木叶变成火焰。

这里要再三强调的是:嬉笑怒骂不成文章,大块烟景也不就是文章。喜极而歌,怒极而诟,悲极而泣,都不等于作品本身;也就是说,寿贤者,骂国贼,哭考妣,并不一定就成为艺术品,尽管贤者应寿,国贼应骂,考妣应哭。艺术是表现的完成,不是发泄感情的工具。举国皆哭,不能把一篇作品哭成杰作。文学史上,这种"眼泪文学"多的是,从塞缪尔・理查森(Samuel

Richardson）的书信体小说到苏曼殊的《断鸿零雁记》，无一不是被眼泪浸湿了的哭文学。《少年维特的烦恼》是歌德最出名的作品，恐怕也是他最脆弱的作品。浪漫主义比较幼稚的一面，便是自怜，且诉诸读者的自怜。浪漫主义的作家莫不耽于悲哀，而喜爱浪漫主义的读者，亦有一种"为悲哀而悲哀"的嗜好。这类读者以少年居多数；他们的感情很容易就达到饱和点，泪腺立刻开始工作了。"少年不识愁滋味"，而偏爱说愁；真正识得愁滋味的，才"欲说还休"。最深刻的艺术，不是"刺激"读者，使之流泪，而是要赋读者以一种新的宇宙性的观照能力；它予读者以"悲剧观"（tragic vision），而不是一手绢一手绢的眼泪。

同样，自然本身也不等于文学。自然界的美并非文学中的美——一片月光，一朵蔷薇，一座森林，一只蝴蝶，可能"美得像一首诗"，但是，在未经艺术处理之前，并不等于诗；正如自然界的天籁，鸟鸣虫吟，不等于音乐一样。一般读者以为把"可歌可泣"的情操写入诗中，再衬以"如诗如画"的背景，便成功一篇杰作，是非常错误的。我的第二个诊断是：

大众不懂文学

大众不懂文学，或者可以说，大众根本不在乎文学，是一种无可争论的现象。每逢三流演员（即俗称"明星"）过境，松山机场上必然蚁聚蜂拥，挤满了"大众"。世界性的艺术家，如名见音乐史的钢琴家塞尔金（Rudolf Serkin）来台时，欢迎的寥寥无几。巴黎的贵妇在沙龙里捧萧邦；台北的阔太太们在戏院里捧——谁呢？对于大众而言，毛公鼎何如钢蒸锅，敦煌石窟何如防空洞？对于大众而言，周邦彦何如周蓝萍，盖大众只解"顾周郎曲"，并非"顾曲周郎"。

把文学艺术交给大众，必然演成无政府状态。可是这正是一个将一切诉之群众的时代。当文艺批评尚未建立起学术的权威，当学术界太迂而新闻界太油，一切都丧失标准，除了市场的销路和票房价值。古代的情形似乎好些。欧洲的古典文艺，或操纵在僧侣之手，或盛行于宫廷之中。斯宾塞的诗，莫扎特的音乐，狄兴的画，都是在贵族扶植（patronage）下的产物。贵族之中，当然也有许多愚妄之徒，但就一般而言，他们的品味能力比现代的大官僚，大学者高得多了。在中国，由于宫廷的重视文学，更由于考试制度的奖励，文学亦曾享一时之盛。在这种浓厚的文学气氛中，请注意，旗亭上的歌妓唱的是"黄河远上白云间"，不是"棒打鸳鸯两头飞"。我们常听人说，新诗如何如何不发达。那是因为唐代考试科目之中有诗一项，才有《省试湘灵鼓瑟》那样的好诗。如果今日的大专联考也要考写新诗，你看新诗会不会发达吧。当然，我绝不赞成那么做。

这种教育大众，建立批评的任务，应由大学的中文系和外文系来担当。可是事实上，它们是很少闻问这件事的。那么多的中文系，十几年来做了多少社会教育的工作呢？本行的传道授业有之，解惑则未必。国故整理了多少，我不得而知；对于五四以来的文学的批评，至少可说是交了白卷。在英美，英文系的教授研究当代作家如艾略特、海明威者，比比皆是。外文系当然也不尽如理想，可是只要我们开一张台湾青年作家的名单，便不难发现，其中出身于外文系者，恐怕十倍于中文系的毕业生。这还不值得我们反省吗？

一般读者有一个幻觉,即文学不是一门学问,因而每个人都可以任意批评文学作品。他们说:"文学处理的既然是人性,我也是人,也具有永恒而普遍的人性,难道我不能决定某篇文学作品在这方面的成败吗?"当然能够的,亲爱的读者们。每个人都有喜怒哀乐的经验,甚至还有不可名状的神秘感觉。这些经验和感觉,是普遍的,也是个人的,因此每个人多少都懂得那是怎么一回事。但是并非每个人都知道如何去表现它们,也不是每个人都能决定表现的成败。反过来说,每个人都具有肉体,自知痛痒,可是当他要知道自己是否有肺病或沙眼时,虽然肺在他自己的胸腔里,眼在自己的脸上,他并不自知,他只好去看医生。像肉体这么具体落实的东西,他自己都没有把握,那么,像精神、像灵魂这么虚无缥缈的东西,他凭什么一定有把握呢?关于后者,他必须去看文学,看文学家,看文学批评家。

明白晓畅,是文学的风格之一,但并非文学的至高美德。这也是一种事实,没有什么可争辩的。柳永是大众化的,但是"有井水处,皆歌柳词"的现象,不能证明柳永高于苏轼。同样,老妪都解的白居易,显然比不上无字无来历的杜甫。即在老杜自己的作品之中,也有大学者们如胡适者欣赏他浅俗的《九日》,而低估他精妙深婉的《秋兴八首》。即以清真为贵的李白,他的作品也互见高下;"床前明月光"可以说是他最平凡的作品,比起他的《梁甫吟》《襄阳歌》就逊色了。作家总应该走在读者的前面几步,不断地予读者以层楼更上的惊喜。艺术毕竟不是装得整整齐齐的一盒巧克力糖,一掀开糖盒子,就可以捡一颗往嘴里送。它毋宁更像一颗胡桃,需要读者层层敲剥,而渐入佳境。人类的惰性是文学创作的,同时也是文学欣赏的致命伤。欣赏的过程，往往就是克服惰性，超越偏见，征服新疆的过程。拜伦见不得华兹华斯的诗，柴可夫斯基听不得瓦格纳的音乐。艺术家自己都看不清楚，何况是外行的大众。文学不能大众化，但大众经教育后可以文学化；到大众文学化时，文学当然也就大众化了。

大众，大众，多少低级趣味假汝以行！许多人"挟大众以令作家"，可是大众只是一个界说含混的名词，究竟谁是大众呢？如果大众是指未受教育的文盲，则文学永远不可能大众化。所谓"引车卖浆者流"之中，在今日的台湾，已经有不少并非文盲。我常看见三轮车夫们，悠然自得地坐在自己的车上，读《联合报》。今日台湾的教育，已臻空前普遍的程度。谁要是以为"大众"都是文盲，或者仅仅略识之无，那就大错特错了。其次，如果"大众"是指一般小市民而言，则他们的文学趣味之低，文学胃口之弱，是一种无可争辩的现象，虽然在民主政治的意义下，他们的人格与任何高等知识分子相等。（政治和文学不同：在政治上，一张选票是一张选票；但是在文学上，一张戏票并不等于一张选票。）那么，只剩下知识分子。受了多年教育（任何高中生都读过六年国文，任何大学生都读过大一的国文和英文，其中不乏文学杰作），如果还不能培养出一点纯正的趣味，至少也应该懂得如何去尊重纯正的作品。身为高等知识分子，就应该向更高的心灵看齐，不应该被自己的惰性牵着鼻子走。穆罕默德应该去就山，登山乃可一览天下；山是不可能化成平原来俯就穆罕默德的。文学大众化，因此，只是懒人的妄语。如果我们的大学者都和小市民一般见识，则"大众"更振振有词了。我的第三个诊断是：

自尊无补文学

盲目的自尊,夜郎的自大,只是自欺。自欺无补于文学,亦无补于文化。如果自己确实置身于文化沙漠,那就得承认这是文化沙漠,而且努力把沙漠耕耘成吐鲁番盆地。如果在沙漠上瞥见了什么海市蜃楼,就误以为那真是"汉家陵阙",误以为中国的文艺复兴已然在望,只是自欺罢了。在沙漠之中,我们需要的是骆驼,不是鸵鸟。

如果我们说,中国的古典诗可以雄视世界诗坛,我们的自豪确是有根据的。中国的文字,由于欠缺系统井然的文法,本不宜于科学的思考,但有利于文学的创造。但是中国古典诗的优越,恐怕比较局限于抒情诗,而不及于史诗和叙事诗。从楚辞的传统发展下来,中国本来可能出现伟大的史诗,但是儒家的伦理讳言"鬼神",乃使本来就不发达的神话更趋式微。如果我们说,儒家"阉"掉了汉族的想象力,恐怕也不为过。因此,尽管我们有足以自豪的抒情诗,却缺乏《伊利亚特》《奥德赛》《埃涅阿斯记》《神曲》《失乐园》等史诗巨构。

即以田园诗而论,我们的陶靖节也比希腊的忒奥克里托斯(Theocritus)晚了七个世纪。我们素爱自诩一切比别人为早,但是不善表情不屑叙事的中华民族,在戏剧艺术上,无可争辩地比希腊晚了一千多年。当希腊第一位大悲剧家爱斯基勒斯写《波斯人》(*The Persians*, 472 B. C.)时,我们的屈原连影子还不见,遑论关马郑白了。

在绘画方面,我们的悠久传统和卓越成就是可以自豪的。所以我们的古艺术品在美国五大都市的艺术馆展出，受到异常热烈的欢迎和评价。可是我们却很难想象，中国的音乐（以目前屡闻的国乐为例）如在卡内基厅演奏，会有相等的成功。音乐本是时间的艺术；所谓高山流水，所谓阳春白雪，都笼罩在传说的雾中，谁也没有听过。一定要说中国的丝竹如何胜过西方的交响曲，那真是要"笑杀山公"了。即以交响曲本身而言，也还有（大学者所谓的）"暴露"与"潜在"之分。柏辽兹的《幻想交响曲》固然钟鼓齐鸣，"聒耳欲聋"，弗朗克的《D小调交响曲》(Symphony in D Minor, Cesar Franck) 却回旋高雅，有如圣乐，非常"潜在"。

说西方文化是"暴露"的，是一种十分武断的假设。西方文化，反映在文学和艺术上面，本来就可以分成"暴露"和"潜在"的两种风格。事实上，这就是浪漫与古典，戴奥耐塞斯与阿波罗之分；米开朗基罗与拉菲尔，戴拉克鲁瓦与安格尔，瓦格纳与德彪西，托马斯与艾略特，几乎每个时代都有这两种对照的精神。

鸵鸟们只看见自己的"潜在"，却看不见他人的"潜在"。于是他们只看见希腊和罗马的断柱，看不见自己的西风残照。于是他们嚷嚷：希腊垮了！罗马垮了！法兰西垮了！英吉利垮了！君不见，夷狄之国不长存？结论当然是：唯我炎黄世胄犹"屹立"于宇内！壮哉此论，气派倒不小，只是上述诸民族的所以式微，与其说是因为"暴露"，还不如说是因为太"潜在"，因为那种文化类型已经"逾龄"了。说希腊的文化是"暴露"的，简直可以说是无知。古希腊人在文艺之神阿波罗的德尔菲庙中刻着的"自省"（Know Thyself）与"中庸"（Nothing in Excess）两大原则，后来也就成为苏格拉底、柏拉图、亚里斯多德三大哲人的基本思想。含蓄与自律,原是希腊古典文艺的精神。罗马的塞内加(Seneca),法国的布瓦洛(Boileau),英国的颇普、约翰逊和安诺德,莫不师承古希腊的这种遗风。这些民族的没落,恐怕关系"潜在"者多,而关系"暴露"者少。

希腊文化也有它"暴露"的一面,那便是对酒神戴奥耐塞斯的崇拜。戴奥耐塞斯象征的是本能的解放,阿波罗象征的是理性的自律。说得浅些,希腊的太妹们,那些耽于逸乐的米娜德(Maenads),都是酒神的信徒;说得深些,苏格拉底在狱中弹奏的音乐,尤利比底斯的最后一本戏剧,都是戴奥耐塞斯型的艺术。意大利和法兰西承受的,是希腊文化中属于阿波罗的部分;日尔曼民族承受的,则为戴奥耐塞斯的遗风,从巴赫到贝多芬到瓦格纳的德国音乐,是最好的表现。成为浪漫主义运动之先驱的"狂飙运动"发生在德国。自从马丁·路德以来,日尔曼民族不乏主张解放本能的大师:尼采、瓦格纳、斯特劳斯(Richard Strauss)、佛洛伊德等等,都是现成的例子。即以现代艺术而言,着重形式安排的立体主义肇始于法国,而着重内容表现的表现主义却大盛于德国。法兰西是"潜在"的,德意志是"暴露"的,可是今日的法兰西积弱不振,德意志却仍是一个强国。

据说中华民族仍然"屹立"在地球上,可是这样子的"屹立"多少有点辛酸。我们的汉唐盛世,到现在,早已是西风残照中的海市蜃楼。现代中国对于世界的文化有什么贡献呢?要造就一个杨传广,一个吴健雄,或是一个赵无极,都得把人往西方送。当堂堂的台北市在篮球架下听音乐时,大学者们竟认为周蓝萍的音乐是如何美妙的艺术。周蓝萍的流行歌曲只能满足小市民和这样子的大学者。这位"大众音乐家",曾将我十年前的一首诗谱成不伦不类的流行歌曲,而四海出版社也未经我的同意,就将它制成了唱片。像这种歌曲,不中不西,连复古和崇洋都谈不上,怎么能算音乐?

站在中西文化相互激荡的十字街头,浪子们高呼要打倒传统,孝子们则高呼传统万岁。这种文学的进化论和退化论都是不能成立的,因为文学既不进化也不退化,而是回旋式的变化,是所谓"隔代遗传"(atavism),而不是"优生学"(eugenics)。

激进派误以为文学是进化的。他们有一个幻觉的现代优越感,幻想十九世纪是"落伍"的,十八世纪当然更"落伍",依此类推。可是某种文学形态往往有它独立的生命,从青年至老年而至于死亡,原是很自然的现象。诗至晚唐,词到南宋,都呈衰老的现象,同时也就被另一形态的文学所取代,再从年轻时期开始生发下去。我们不能否认,从杜甫到李商隐再到西昆体诸子,确是在走下坡路。文学上如果也有进步的现象,那往往是偏于技巧,而不是精神。同为大艺术家,以技巧、以表现方式见长的作者,往往吸引许多追随的时人或后人,而形成派别。例如李白和杜甫,同为盛唐诗宗,但杜甫可学,而李白不可学,因为杜甫似乎更"技巧化"。可是学杜甫的人,往往也只能学他的技巧;没有他那种先忧后乐的胸襟,怎能攀登他的境界呢?梵高和塞尚是另一个例子。梵高不能学,如果你没有他那种宗教的狂热;塞尚可学,因为他是一个大技巧家。几千年来,"进步"的只是这些可学的技巧,但是在气质上,在境界上,我们敢说自己比屈原、比杜甫、比贝多芬和米开朗基罗"进步"了吗？文学作品有时代性，也有永恒性，而后者是无法"进化"的。文学毕竟不是科学，无法保证后来必定居上。

当然，文学更不是"退化"的。否则我们可以把建安以来或天宝以降的作品，全部交给燧人氏去处理。杜甫以后固然不再有杜甫，但杜甫以前亦未闻有曹雪芹。同样的，米开朗基罗以后固然不会有米开朗基罗，但他以前又何尝有毕加索？时间往往把一位作家笼罩在神秘的雾中，并为他加上一圈光轮。如果司马相如就在你隔壁的餐馆里洗碟子，你会把他当成文豪么？我们固然缺乏汉唐的社会环境，但古人尤缺乏我们的生活经验。有新经验便有新精神，有新精神便产生新的表现形式。除了现代生活之外，新的艺术，新的音乐，无一不在提供我们新的技巧，而这些，是古人绝对梦想不到的。

自尊和自卑，均无补于文学。不卑不亢，不偏不颇，是欣赏文学和创造文学的健康的态度。谏迎佛骨，焚烧教士的时代过去了。身为大学者，就应该走在青年的中间，如果不是前面的话，何必尽把一些海市蜃楼说成摩天大厦，而陷青年于无视现实的绝境。某种学问的权威，在另一种学问面前，可能只是个学童。在这一行可以杖国杖朝，在另一行也许只够青梅竹马。

以上所说，可能只是一病的三态——敏于观己，便知道眼泪并非文学；敏于观人，便知道大众不懂文学；多加比较，便可以免于盲目的自尊或自卑。文学是给睁开眼睛的人读的。

我很明白，这篇《楚歌四面谈文学》发表后，很可能自陷于"四面楚歌"的境地。可是眼看缪思蒙尘，我又何惧乎垓下一战？阔太太们，大学者们，别唱了，别哭了，别"拦街争唱白铜鞮"

了。眼泪不是文学。听听莎老胡子的劝告吧：

> 别再叹气了，太太们，别再叹气；
> 别再哼小调了，别再哼哼又唧唧！

1963 年 6 月 10 日

剪掉散文的辫子

英国当代名诗人格雷夫斯（Robert Graves）曾经说过，他用左手写散文，取悦大众，但用右手写诗，取悦自己。对于一位大诗人而言，要写散文，仅用左手就够了。许多诗人用左手写出来的散文，比散文家用右手写出来的更漂亮。一位诗人对于文字的敏感，当然远胜于散文家。理论上来说，诗人不必兼工散文，正如善飞的鸟不必善于走路，而邓肯也不必参加马拉松赛跑。可是，在实践上，我总有一个偏见，认为写不好（更不论写不通）散文的诗人，一定不是一位出色的诗人。我总觉得，舞蹈家的步态应该特别悦目，而声乐家的谈吐应该特别悦耳。

可是我们生活于一个散文的世界，而且往往是二三流的散文。我们用二三流的散文谈天，用四五流的散文演说，复用七八流的散文训话。偶尔，我们也用诗，不过那往往是不堪的诗，例如歌颂上司，或追求情人。

通常我们总把散文和诗对比。事实上这是不很恰当的。散文的反义字有时是韵文（verse），而不是诗。韵文是形式，而诗是本质。可惜在散文的范围，没有专用的名词可以区别形式与本质。有些散文，本质上原是诗，例如《祭石曼卿文》。有些诗，本质上却是散文，例如颇普的"An Essay on Criticism"。这篇名作虽以"英雄式偶句"的诗的形式出现，但说理而不抒情，仍属批评的范围，所以颇普称它为"论文"。

在通常的情形下，诗与散文截然可分，前者是美感的，后者是实用的。非但如此，两者的形容词更形成了一对反义字。在英文中，正如在法文和意大利文中一样，散文的形容词（prosaic，prosaïque，prosaico）皆有"平庸乏味"的意思。诗像女人，美丽，矛盾，而不可解。无论在针叶树下或阔叶林中，用毛笔或用钢笔，那么多的诗人和学者曾经尝试为诗下一定义，结果都不能令人完全满意。诗流动如风，变化如云，无法制成标本，正如女人无法化验为多少脂肪和钙一样。至于散文呢？散文就是散文，谁都知道散文是什么，没有谁为它的定义烦心。

在一切文体之中，最可厌的莫过于所谓"散文诗"了。这是一种高不成低不就，非驴非马的东西。它是一匹不名誉的骡子，一个阴阳人，一只半人半羊的faun。往往，它缺乏两者的美德，但兼具两者的弱点。往往，它没有诗的紧凑和散文的从容，却留下前者的空洞和后者的松散。此地我要讨论的，是另一种散文——超越实用而进入美感的，可以供独立欣赏的，创造性的散文（creative prose）。

据说，自五四以来，中国的新文学中，最贫乏的是诗，最丰富的是散文。这种似是而非的论断，好像已经变成批评家的口头禅，不再需要经过大脑了。未来的文学史必然否定这种看法。事实上，不必等那么久。如果文学的价值都要待时间来决定，那么当代的批评家干什么去了？即在今日，在较少数的敏感的心灵之间，大家都已认为，走在最前面的是现代诗，落在最后面的是文学批评。以散文闻名的聂华苓女士，曾向我表示过，她常在读台湾的现代诗时，得到丰盛的灵感。现代诗、现代音乐，甚至现代小说，大多数的文艺形式和精神都在接受现代化的洗礼，作脱胎换骨的蜕变之际，散文，创造的散文（俗称"抒情的散文"）似乎仍是相当保守的一个小妹妹，迄今还不肯剪掉她那根小辫子。

原则上说来，一切文学形式，皆接受诗的启示和领导。对于西方，中国古典文学的代表，不是文起八代之衰的韩愈，而是诗人李白。英国文学之父，是"英诗之父"乔叟，而不是"英散文之父"威克利夫。在文学史上，大批评家往往是诗人，例如英国的柯尔律治和艾略特，我国的王渔洋、袁子才和王观堂。在《简明剑桥英国文学史》(*The Concise Cambridge History of English Literature*) 中，自一九二〇年至一九六〇年的四十年间，被称为"艾略特的时代"。在现代文学中，为大小说家海明威改作品的，也是诗人庞德。最奇怪的一点是：传统的观念总认为诗人比其他类别的文学作家多情（passionate），却忽略了，他同时也比其他类别的文学作家多智（intellectual）。文学史上的运动，往往由诗人发起或领导。九缪思之中，未闻有司散文的女神。要把散文变成一种艺术，散文家们还得向现代诗人们学习。

现在，让我们来分析分析目前中国散文的诸态，及其得失。我们不妨指出，目前中国的散文，可以分成下列的四型：

（一）学者的散文（scholar's prose）：这一型的散文限于较少数的作者。它包括抒情小品、幽默小品、游记、传记、序文、书评、论文等等，尤以融合情趣、智慧和学问的文章为主。它反映一个有深厚的文化背景的心灵，往往令读者心旷神怡，既羡且敬。面对这种散文，我们好像变成面对歌德的艾克尔曼（J. P. Eckermann），或是恭聆约翰逊博士的鲍斯威尔（James Boswell）。有时候，这个智慧的声音变得犀利而辛辣像斯威夫特，例如钱钟书；有时候，它变得诙谐而亲切像兰姆，例如梁实秋；有时候，它变得清醒而明快像罗素，例如李敖。许多优秀的"方块文章"的作者，都是这一型的散文家。

这种散文，功力深厚，且为性格、修养和才情的自然流露，完全无法作伪。学得不到家，往往沦幽默为滑稽，讽刺为骂街，博学为炫耀。并不是每个学者都能达到这样美好的境界。我们不妨把不幸的一类，再分成洋学者的散文和国学者的散文。洋学者的散文往往介绍一些西方的学术和理论，某些新文艺的批评家属于这类洋学者。乍读之下，我们疑惑那是翻译，不是写作。内容往往是未经消化的什么什么主义，什么什么派别，形式往往是情人的喃喃，愚人的喋喋。对于他们，含糊等于神秘，啰唆等于强调，枯燥等于严肃。"作为一个伟大的喋喋主义的作家，我们的诗人，现在刚庆祝过他六十七岁生日的莫名其米奥夫斯基，他，在出版了他那后来成为喋喋主义后期的重要文献的大著《一个穿花格子布裤的流浪汉》和给予后期的喋喋派年轻诗人群以更大的影响力的那本很有深度的《一个戴七百七十七度眼镜的近视患者》之后，忽然做了一个令人惊讶不已的新的努力和尝试，朝二十世纪九十年代的期期主义和二十一世纪初期的艾艾主义大踏步地向前勇敢迈进了呢！"读者们觉得好笑吗？这正是目前某些半生不熟的洋学者的散文风格。只有十分愚蠢的读者，才会忍气吞声地读完这类文章。

国学者的散文呢？自然没有这么冗长，可是不文不白，不痛不痒，同样地夹缠难读。一些继往开来俨若新理学家的国学者的论文，是这类散文的最佳样品。对于他们鼓吹的什么什么文化精神，我无能置喙。只是他们的文章，令人读了，恍若置身白鹿洞中，听朱老夫子的训话，产生一种时间的幻觉。下面是两个真实的例句："再如曹雪芹之写《红楼梦》，是涉猎了多少学问智识，洞察了多少世故人情？此中所涵人类之共性，人世间之共相，人心之所同然处，又岂非具有博学通识，而徒读若干文学书，纯为文学而文学者所能达此境域？是故为学，格物，真积力久，感而遂通天下之故，乃为中国学者与文学家所共遵循之途辙。""吾人以上所说之发展智慧之道或功夫，我们皆名之为一种道德之实践，此乃自吾人于此皆须加以力行而非意在增加知识而说。然此诸道或诸功夫，乃属于广义之道德实践。此种种实践，唯是种种如何保养其心之虚灵，而不为名言之习气所缚，不形成知识习气之实践。"

我实在没有胃口再抄下去了。这些哲学家或伦理学家终日学究天人，却忘记了把雕虫末技的散文写通，对自己，对读者都很不便。罗素劝年轻的教授们把第一本著作写得晦涩难解，只让少数的饱学之士看懂；等莫测高深的权威已经树立，他们才可以从心所欲，开始"用'张三李四都懂'的文字"（in a language "understanded of the people"）来写书。罗素的文字素来清畅有力，他深恶那些咬文嚼字弯来绕去的散文。有一次，他举了一个例子，说虽是杜撰，却可以代表某些社会科学论文的文体：

Human beings are completely exempt from undesirable be-

> havior pattern only when certain prerequisites, not satisfied except in a small percentage of actual cases, have, through some fortuitous concourse of favorable circumstances, whether congenital or environmental, chanced to combine in producing an individual in whom many factors deviate from the norm in a socially advantageous manner.

这真把我们考住了。究其原意,罗素说,不过是:

> All men are scoundrels, or at any rate almost all. The men who are not must have had unusual luck, both in their birth and in their upbringing.

(二) 花花公子的散文(coxcomb's prose):学者的散文到底限于少数的作者,再不济事,总还剩下一点学问的渣滓,思想的原料。花花公子的散文则到处都是。翻开任何刊物,我们立刻可以拾到这种华而不实的纸花。这类作者,上自名作家,下至初中女生,简直车载斗量,可以开十个虚荣市,一百个化装舞会!

这类散文,是纸业公会最大的恩人。它帮助消耗纸张的速度是惊人的。千篇一律,它歌颂自然的美丽,慨叹人生的无常,惊异于小动物或孩子的善良和纯真,并且惭愧于自己的愚昧和渺小。不论作者年纪有多大,他会常常怀念在老祖母膝上吮手指的金黄色的童年。不论作者年纪有多小,他会说出有白胡子的格言来。这类散文像一袋包装俗艳的廉价的糖果,一味死甜。有时袋里也会摸到一粒维他命丸,那总不外是一些"记得有一位老哲人说过,人生……"等等的金玉良言。至于那位老哲人到底是萧伯纳、苏格拉底或者泰戈尔,他也许根本不记得,也绝对不会告诉你。中国的散文随"漂鸟"漂得太远,也漂得太白了。几乎每一位花花公子都会攀在泰戈尔的白髯上,荡秋千、唱童歌、说梦话。

花花公子的散文已经泛滥了整个文坛。除了成为"抒情散文"的主流之外,它更装饰了许多不很高明的小说和诗。这些喜欢大排场的公子哥儿们,用起形容词来,简直挥金如土。事实上,他们的金都是赝品,其值如土。他们绝大多数是全盘西化的时代青年,大多数只知道罗密欧与朱丽叶而不知道梁山伯与祝英台,大多数看过蒙娜丽莎的微笑,听过《流浪者之歌》,大多数都富于骑士的精神,不忘记男女两性的平等地位,所以他们的散文里充满了"他(她)们都笑了"的句子。

伤感,加上说教,是这些花花公子的致命伤。他们最乐意讨论"真善美"的问题。他们热心劝善,结果挺身出来说教;更醉心求美,结果每转一个弯伤感一次。可惜他们忽略"真"的自然流露了,遂使他们的天使沦为玩具娃娃,他们的眼泪沦为冒充的珍珠。学者的散文,不高明的时候,失之酸腐。花花公子的散文,即使高明些的,也失之做作。

(三) **浣衣妇的散文**(washerwoman's prose):花花公子的散文,毛病是太浓、太花;浣衣妇的散文,毛病却在太淡、太素。后者的人数当然比前者少。这一类作者像有"洁癖"的老太婆。她们把自己的衣服洗了又洗,结果污秽当然向肥皂投降,可是衣服上的花纹,刺绣,连带着别针等等,也一股脑儿统统洗掉了。

这些浣衣妇对于散文的要求,是消极的,不是积极的。她们但求无过，不求有功。对于她们，散文只是传达的工具，不是艺术的创造，只许踏踏实实刻刻板板地走路，不许跳跃、舞蹈、飞翔。她们的散文洗得干干净净的，毫无毛病，也毫无引人入胜的地方。由于太干净，这类散文既无变化多姿起伏有致的节奏，也无独创的句法和新颖的字汇，更没有左右逢源曲折成趣的意象。

这些作者都是散文世界的"清教徒"。她们都是"白话文学"的善男信女，她们的朴素是教会聚会所式的朴素。喝白话文的白开水，她们都会十分沉醉。本来，用很纯粹的白话文来写一般性的应用文，例如演说辞、广播稿、宣传品、新闻报道等等，是应该也是必要的。我不但不反对，而且无条件地赞成。可是创造性的散文（更不论现代诗了）并不在这范围之内。由于过分热心推行国语运动，或长期教授中小学的国语或国文，这类作者竟幻觉一切读者都是国语教学的对象，更进一步，要一切作家（包括诗人）只写清汤挂面式的白话文。根据他们的理想，最好删去《会真记》和《长恨歌传》，只留下《错斩崔宁》和《拗相公》；最好删去杜甫和李商隐的七律，只留下寒山和拾得的白话诗。

在别人的散文里看到一个文言，这类作者会像在饭碗里发现一粒砂，不，一只苍蝇，那么难过。她们幻想这种"文白不分"是散文的致命伤。我绝不赞成，更无意提倡"文白不分"的散文，但是所谓"文白不分"的散文有好几种，有的是坏散文，有的却是好散文。将文白的比例作适当的安排，使文融于白，如鱼之相忘于江湖，而仍维持流畅可读的白话节奏，是"文白佳偶"，不是"文白冤家"。《雅舍小品》《鸡尾酒会及其他》《文路》等属于这一种。至于我在前面举例的国学者的"语录体"，非文非白，文得不雅，白得不畅，文白不睦，同床异梦的情形，才是

"文白怨偶"，才算文白不分。所以，浣衣妇所奉行的主义，只是"独身主义"，不，只是"老处女主义"。她们自以为是在推行"纯净主义"（purism），事实上那只是"赤贫主义"（penurism）。

（四）**现代散文**（modern prose）：对于中国古典文学的修养，眼看着一代不如一代；熟谙旧文学兼擅新文学，能写一手漂亮的散文的学者，已成凤毛麟角。退而求其次，我们似乎又不能寄厚望于呢呢喃喃的花花公子，和本本分分的浣衣妇人。比较注意中国现代文学运动的读者，当会发现，近数年来又出现了第四种散文——讲究弹性、密度和质料的一种新散文。在此我们且援现代诗之例，称之为现代散文。

所谓"弹性"，是指这种散文对于各种文体各种语气能够兼容并包融和无间的高度适应能力。文体和语气愈变化多姿，散文的弹性当然愈大；弹性愈大，则发展的可能性愈大，不至于迅趋僵化。现代散文当然以现代人的口语为节奏的基础。但是，只要不是洋学者生涩的翻译腔，它可以斟酌采用一些欧化的句法，使句法活泼些，新颖些；只要不是国学者迂腐的语录体，它也不妨容纳一些文言的句法，使句法简洁些，浑成些。有时候，在美学的范围内，选用一些音调悦耳表情十足的方言或俚语，反衬在常用的文字背景上，会更显得生动而突出。

所谓"密度"，是指这种散文在一定的篇幅中（或一定的字数内）满足读者对于美感要求的分量；分量愈重，当然密度愈大。一般的散文作者，或因懒惰，或因平庸，往往不能维持足够的密度。这种稀稀松松汤汤水水的散文，读了半天，既无奇句，又无新意，完全不能满足我们的美感，只能算是有声的呼吸罢了。然而在平庸的心灵之间，这种贫嘴被认为"流畅"。事实上，那是一泻千里，既无涟漪，亦无回澜的单调而已。这样的贫嘴，在许多流水账的游记和瞎三话四的书评里，最为流行。真正丰富的心灵，在自然流露之中，必定左右逢源，五步一楼，十步一阁，步步莲花，字字珠玉，绝无冷场。

所谓"质料"，更是一般散文作者从不考虑的因素。它是指构成全篇散文的个别的字或词的品质。这种品质几乎在先天上就决定了一篇散文的趣味甚至境界的高低。譬如岩石，有的是高贵的大理石，有的是普通的砂石，优劣立判。同样写一双眼睛，有的作家说"她的瞳中溢出一颗哀怨"，有的作家说"她的秋波暗弹一滴珠泪"。意思差不多，但是文字的触觉有细腻和粗俗之分。一件制成品，无论做工多细，如果质地低劣，总不值钱。对于文字特别敏感的作家，必然有他自己专用的字汇；他的衣服是定做的，不是现成的。

现代散文的年纪还很轻，她只是现代诗和现代小说的一个幺妹，但是一心一意要学两个姐姐。事实上，在现代小说之中，那散文就是现代散文，司马中原的作品便是一个例子。专写现代散文的作者还很少，成就自然还不够，可是在两位姐姐的诱导之下，她会渐渐成熟起来的。

1963 年 5 月 20 日

中西文学之比较

中西文学浩如烟海，任取一端，即穷毕生精力，也不过略窥梗概而已。要将这么悠久而繁富的精神领域，去芜存菁，提纲挈领，作一个简明的比较，真是谈何容易！比较文学，在西方已经是一门晚近的学问，在中国，由于数千年来大半处于单元的文化环境之中，更是在五四以后才渐渐受人注意的事情。要作这么一个比较，在精神上必然牵涉中西全面的文化背景，在形式上也不能不牵涉中西各殊的语文特质，结果怎不令人望洋兴叹？一般人所能做的，恐怕都只是管中窥豹，甚至盲人摸象而已。面对这么重大的一个问题，我只能凭借诗人的直觉，不敢奢望学者的分析，也就是说，我只能把自己一些尚未成熟的印象，作一个综合性的报告罢了。

造成中西文学相异的因素，可以分为内在的和外在的两种：内在的属于思想，属于文化背景；外在的属于语言和文字。首先，我想尝试从思想的内涵，将中西文学作一个比较。西方文化的三大因素——希腊神话、基督教义、近代科学——之中，前二者决定了欧洲的古典文学。无论是古典的神话，或是中世纪的宗教，都令人明确地意识到自己在宇宙的地位，与神的关系，身后的出处等等。无论是希腊的多神教，或是基督的一神教，都令人感觉，主宰这宇宙的，是高高在上的万能的神，而不是凡人；而人所关心的，不但是他和旁人的关系，更是他和神的关系，不但是此生，更是身后。在西方文学之中，神的惩罚和人的受难，往往是动人心魄的主题：以肝食鹰的普洛米修斯，推石上山的薛西弗司，流亡海上的犹力西斯，堕落地狱的浮士德等等，都是很有名的例子。相形之下，中国文学由于欠缺神话或宗教的背景，在本质上可以说是人间的文学，英文所谓 secular literature，它的主题是个人的，社会的，历史的，而非"天人之际"的。

这当然不是说，中国文学里没有神话的成分。后羿射日、嫦娥奔月、女娲补天、共工触山，本来都是我国神话的雏形。燧人氏相当于西方的普洛米修斯，羲和接近西方的阿波罗。然而这些毕竟未能像希腊神话那样蔚为大观，因为第一，这些传说大半东零西碎，不成格局，加起来也不成其为井然有序互相关联的神话（mythology），只能说是散漫的传说（scattered myths），不像希腊神话中奥林帕斯山上诸神，可以表列为宙斯的家谱。第二，这些散漫的传说，在故事上过于简单，在意义上也未经大作家予以较深的引申发挥，作道德的诠释，结果在文学的传统中，不能激发民族的想象，而赢得重要的地位。《楚辞》之中是提到不少神话，但是故事性很弱，装饰性很浓，道德的意义也不确定。也许是受了儒家不言鬼神注重人伦的人世精神所影响，《楚辞》的这种超自然的次要传统（minor tradition of supernaturalism）在后来的中国文学中，并未发挥作用，只在部分汉赋、嵇康郭璞的游仙诗和唐代李贺卢仝等的作品中，传其断续的命脉而已。在儒家的影响下,中国正统的古典文学——诗和散文,不包括戏剧和小说——始终未曾好好利用神话。例如杜甫的"羲和鞭白日,少昊行清秋",只是一种装饰。例如李贺的"女娲炼石补天处,石破天惊逗秋雨",只是一闪简短的想象。至于《古诗十九首》中所说"仙人王子乔,难可与等期",简直是讽刺了。

至于宗教,在中国古典文学之中,更没有什么地位可言。儒家常被称为儒教。事实上儒家的宗教成分很轻。祭祀先人或有虔敬之心(不过"祭如在"而已),行礼如仪也有 ritual 的味道;可是重死而不重生,无所谓浸洗,重今生而不言来世,无所谓天国地狱之奖惩,亦无所谓末日之审判。最重要的是:我们的先人根本没有所谓"原罪"的观念,而西方文学中最有趣最动人也最出风头的撒旦(Satan, Lucifer, Mephistopheles or the Devil),也是中国式的想象中所不存在的。看过《浮士德》《失乐园》,看过白雷克、拜伦、爱伦·坡、波德莱尔、霍桑、麦尔维尔、史蒂文森、杜思托也夫斯基等十九世纪大家的作品之后,我们几乎可以说,魔鬼是西方近代文学中最流行的主角。中国古典文学里也有鬼怪,从《楚辞》到李贺到《聊斋志异》,那些鬼,或有诗意,或有恶意,或亦阴森可怖,但大多没有道德意义,也没有心理上的或灵魂上的象征作用。总之,西方的诱惑、谴罚、拯救等等观念,在佛教输入之前,并不存在于中国的想象之中;即使在佛教输入之后,这些观念也只流行于俗文学里而已。在西方,文学中的伟大冲突,往往是人性中魔鬼与神的斗争。如果神胜了,那人就成为圣徒;如果魔鬼胜了,那人就成为魔鬼的门徒;如果神与魔鬼互有胜负,难分成败,那人就是一个十足的凡人了。不要小看了魔鬼的门徒,其中大有非凡的人物:浮士德、唐璜、阿哈布、亚伯拉德，都是杰出的例子。中国文学中人物的冲突，往往只是人伦的，只是君臣（屈原），母子（焦仲卿），兄弟（曹植）之间的冲突。西方固然也有君臣之间的冲突，不过像汤默斯·贝凯特（Thomas Becket）之忤亨利第二和汤默斯·莫尔（Thomas More）之忤亨利第八，虽说以臣忤君，毕竟是天人交战，臣子站在神的那一边，反而振振有词，虽死不悔，虽败犹荣。屈原固然也说"虽九死其犹未悔"，毕竟在"神高驰"与"陟升皇"之际，仍要临睨旧乡，恋恋于人间，最后所期望的，也只是"彭咸之所居"，而不是天国。

西方文学的最高境界，往往是宗教或神话的，其主题，往往是人与神的冲突。中国文学的最高境界，往往是人与自然的默契（陶潜），但更常见的是人间的主题：个人的（杜甫《月夜》），时代的（《兵车行》）和历史的（《古柏行》）主题。咏史诗在中国文学中的地位，几乎可与西方的宗教诗相比。中国式的悲剧，往往是屈原、贾谊的悲剧，往往是"江流石不转，遗恨失吞吴"，是"华亭鹤唳讵可闻？上蔡苍鹰何足道"；像《长恨歌》那样咏史而终至超越时空，可说是少而又少了。偶尔，中国诗人也会超越历史，像陈子昂在"念天地之悠悠，独怆然而涕下"，像李白在"古来圣贤皆寂寞，唯有饮者留其名"中那样，表现出一种莫可奈何的虚无之感。这种虚无之感，在西方，只有进化论既兴基督教动摇之后，在现代文学中才常有表现。

中西文学因有无宗教而产生的差别，在爱情之中最为显著。中国文学中的情人，虽欲相信爱情之不朽而不可得，因为中国人对于超死亡的存在本身，原来就没有信心。情人死后，也就与草木同朽，说什么相待于来世，实在是渺不可期的事情。《长恨歌》

虽有超越时空的想象，但对于马嵬坡以后的事情，仍然无法自圆其说，显然白居易自己也只是在敷衍传说而已。方士既已"升天入地"，碧落黄泉，两皆不见，乃"忽闻海上有仙山，山在虚无飘渺间"。可见这里所谓仙山，既不在天上，又不在地下，应该是在天涯海角的人间了。诗末乃又出现"回头下望人寰处，不见长安见尘雾"的句子，这实在是说不通的。所以尽管作者借太真这口说"但教心似金钿坚，天上人间会相见"，数十年后，写咏史诗的李商隐却说："海外徒闻更九州，他生未卜此生休"。大致上说来，中国作家对于另一个世界的存在，既不完全肯定，也不完全否定，而是感情上宁信其有，理智上又疑其无，倒有点近于西方的"不可知论"（agnosticism）。我国悼亡之诗，晋有潘岳，唐有元稹。潘岳说："落叶委埏侧，枯荄带坟隅。孤魂独茕茕，安知灵与无。"元稹说得更清楚："同穴窅冥何所望，他生缘会更难期。"话虽这么说，他还是不放弃"与君营奠复营斋"。

在西方，情人们对于死后的结合，是极为确定的。米尔顿在《悼亡妻》之中，白朗宁在《展望》之中，都坚信身后会与亡妻在天国见面。而他们所谓的天国，几乎具有地理的真实性，不尽是精神上象征性的存在，也不是《长恨歌》中虚无缥缈的仙山。罗赛蒂（D. G. Rossetti）在《幸福的女郎》中，设想他死去的情人倚在天国边境的金栏杆上，下瞰地面，等待下一班的天使群携他的灵魂升天，与她相会。诗中所描绘的天国，从少女的服饰，到至圣堂中的七盏灯和生之树上的圣灵之鸽，悉据但丁《神曲》中的蓝图，给人的感觉，简直是地理性的存在。也因为有这种天国的信仰支持着，西方人的爱情趋于理想主义，易将爱情的对象神化，不然便是以为情人是神施恩宠的媒介（见兰尼尔的诗

《我的双泉》)。中国的情诗则不然，往往只见一往情深，并不奉若神明。

我的初步结论是：由于对超自然世界的观念互异，中国文学似乎敏于观察、富于感情，但在驰骋想象、运用思想两方面，似乎不及西方文学；是以中国古典文学长于短篇的抒情诗和小品文，但除了少数的例外，并未产生若何宏大的史诗或叙事诗，文学批评则散漫而无系统，戏剧的创造也比西方迟了几乎两千年。

可是中国文学有一个极为有利的条件：富于弹性与持久性的文字。中国方言异常分歧，幸好文字统一，乃能保存悠久的文学，成为一个活的传统。今日的中学生，读四百年前的《西游记》，或一千多年前的唐诗，可以说毫无问题。甚至两千年前的《史记》，或更古老的《诗经》的部分作品，借注解之助，也不难了解。这种历久而弥新的活传统，真是可惊。在欧美各国，成为文言的拉丁文已经是死文字了，除了学者、专家和僧侣以外，已经无人了解。在文艺复兴初期，欧洲各国尚有作家用拉丁文写书：例如一五一六年汤默斯·莫尔出版的《乌托邦》和十七世纪初米尔顿所写的一些挽诗，仍是用拉丁文写的。可是用古英文写的《贝奥武夫》，今日英美的大学生也不能懂。即使六百年前乔叟用中世纪英文写的《康城故事集》，也必须译成现代英文，才能供人欣赏。甚至三百多年前莎士比亚的英文，也要附加注解，才能研读。

是什么使得中文这样历久不变，千古长新的呢？第一，中国的文字，虽历经变迁，仍较欧洲各国文字为纯。中国文化，不但素来比近邻各国文化为高，抑且影响四邻的文化，因此中国文字之中，外来语成分极小。欧洲文化则交流甚频，因此各国的文字很难保持纯粹性。以英国为例，历经罗马、盎格鲁-萨克逊、丹麦和诺尔曼各民族入侵并同化的英国人，其文字也异常庞杂，大致上可分为拉丁（部分由法文输入），法文和古英文（盎格鲁-萨克逊）三种来源。所以在现代英文里，声音刚强含义朴拙的单音字往往源自古英文，而发音柔和意义文雅的复音字往往源自拉丁文。例如同是"亲戚"的意思，kith and kin 便是头韵很重的刚直的盎格鲁-萨克逊语，consanguinity，便是柔和文雅的拉丁语了。哈姆雷特临终前对赖尔提斯说：

> If thou didst ever hold me in thy heart,
> Absent thee from felicity a while,
> And in this harsh world draw thy breath in pain,
> To tell my story.

历来为人所称道，便是因为第二行的典雅和第三行的粗糙形成了文义所需要的对照，因为赖尔提斯要去的地方，无论是天国或死亡之乡，比起"这苛严的世界"，在哈姆雷特看来，实在是幸福得多了。在文字上，所以形成这种对照的，是第二行中的那个拉丁语系的复音字 felicity 和第三行那些盎格鲁-萨克逊语系的单音字。这种对照——不同语系的字汇在同一民族的语文中形成的戏剧性的对照——是中国读者难于欣赏的。

其次，中国文字在文法上弹性非常之大，不像西方的文法，好处固然是思考缜密，缺点也就在过分烦琐。中文绝少因文法而引起的字形变化，可以说是 inflection-free 或者 non-inflectional。中文的文法中，没有西方文字在数量（number）、时态（tense）、语态（voice）和性别（gender）各方面的字形变化；例如英文中的ox, oxen; see, saw, seen; understanding, understood; songster, songstress 等等的变化，在中文里是不会发生的。单音的中文字，在变换词性的时候，并不需要改变字形。例如一个简单的"喜"字，至少可以派四种不同的用场：

（一）名词：喜怒哀乐（cheer）；
（二）形容词：面有喜色（cheerful）；
（三）动词：问何物能令公喜（cheer up）；
（四）副词：王大喜曰（cheerfully）。

又因为中文不是拼音文字，所以发音的变化并不影响字形。例如"降"字，可以读成"绛、祥、洪"三个音，但是写起来还只是一个"降"字。又如今日国语中的一些音（白、雪、绝），在古音中原是入声，但是声调变易之后，并不改变字形。英文则不然。姑不论苏格兰、爱尔兰、威尔士等地的方言拼法全异，即使是英文本身，从乔叟到现在，不过六百年，许多字形，便因发音的变化影响到拼法，而大大地改变了。据说莎士比亚自己的签名，便有好几种拼法，甚至和他父亲的姓，拼法也不相同。

中国文法的弹性，在文学作品，尤其是诗中，表现得最为显明。英文文法中不可或缺的主词与动词，在中国古典诗中，往往可以省去。缀系动词（linking verb）在诗和散文中往往是不必要的。"方山子，光黄间隐人也"，就够了，什么"是、为、系、乃"等等缀系动词都是多余。又如"细草微风岸，危樯独夜舟"，两句没有一个动词。贾岛的《寻隐者不遇》：

> 松下问童子,言师采药去。
> 只在此山中,云深不知处。

四句没有一个主词。究竟是谁在问,谁在言,谁在此山中,谁不知其处呢?虽然诗中没有明白交代,但是中国的读者一看就知道了;从上下文的关系他立刻知道那是诗人在问,童子在答,师父虽在山中,童子难知其处。换了西洋诗,就必须像下列这样,把这些主词一一交代清楚了:

> Beneath the pines look I for the recluse.
> His page replies: "Gathering herbs my master's away.
> You'll find him nowhere, as close are the clouds,
> Though he must be on the hill, I dare say."

中文本来就没有冠词,在古典文学之中,往往也省去了前置词、连接词,以及(受格与所有格的)代名词。以华兹华斯名诗《水仙》首段为例:

> I wandered lonely as a cloud
> That floats on high o'er vales and hills,
> When all at once I saw a crowd,
> A host of golden daffodils;
> Beside the lake, beneath the trees,
> Fluttering and dancing in the breeze.

如果要陶潜来表达同样的意境,结果中文里惯于省略的词都省去了，可能相当于下列的情形：

> wander lonely as a cloud
> float high over dale hill
> all at once see a crowd
> a host golden daffodil
> beside lake beneath tree
> flutter dance in breeze

中国文学的特质，在面临翻译的时候，最容易显现出来。翻译实在是比较文学的一个有效工具，因为译者必须兼顾两种文学的对照性的特质。例如"日暮东风怨啼鸟，落花犹似坠楼人"，其中的鸟和花，究竟是单数还是多数？在中文里本来不成其为问题，在英文里就不能不讲究了。又如"三日入厨下，洗手作羹汤。未谙姑食性，先遣小姑尝"一诗，译成英文时，主词应该是第一人称呢，还是第三人称？应该是"我"下厨房呢，还是"她"下厨房？至于时态，应该是过去呢，还是现在？这些都需要译者自己决定，而他的抉择同时也就决定了作品与读者之间的关系：譬如在第一人称现在式的情形下，那关系便极为迫切，因为读者成了演出人；在第三人称过去式的情形下，那关系便淡得多，因为读者已退为观察人了。李白两首七绝，用英文翻译时，最应注意时态的变化：

苏台览古
旧苑荒台杨柳新，菱歌清唱不胜春。
只今唯有西江月，曾照吴王宫里人。

越中览古

越王勾践破吴归,义士还乡尽锦衣。
宫女如花满春殿,只今唯有鹧鸪飞。

两首诗在时态上的突变,恰恰相反。前者始于现代式,到末句忽然推远到古代,变成过去式;后者始于过去式,到末句忽然拉回眼前,变成现在式。尤其是后者,简直有电影蒙太奇的味道。可是中文文法之妙,就妙在朦胧而富弹性。《越中览古》一首,尽管英译时前三句应作过去式,末句应作现在式,但在中文原文中,前三句的动词本无所谓过去现在,一直到第二句结尾,读者只觉得如道眼前之事,不暇分别古今;到了"只今唯有鹧鸪飞",读者才会修正前三句所得的印象,于是刹那之间,古者归古,今者归今,平面的时间忽然立体化起来,有了层次的感觉。如果在中文原文里,一开始就从文法上看出那是过去式,一切过于分明,到诗末就没有突变的感觉了。

中国诗和西洋诗,在音律上最大的不同,是前者恒唱,后者亦唱亦说,寓说于唱。我们都知道,中国古典诗的节奏,有两个因素:一是平仄的交错,一是句法的对照。像杜甫的《咏怀古迹》:

支离东北风尘际,漂泊西南天地间。
三峡楼台淹日月,五溪衣服共云山。
羯胡事主终无赖,词客哀时且未还。
庾信平生最萧瑟,暮年诗赋动江关。

一句之中，平仄对照，两句之中，平仄对仗。第三句开始时，平仄的安排沿袭第二句，可是结尾时却变了调，和第四句对仗。到了第五句，又沿袭第四句而于结尾时加以变化，复与第六句对仗，依此类推。这种格式，一呼一应，异而复同，同而复异，因句生句，以至终篇，可说是天衣无缝，尽善尽美。另外一个因素，使节奏流动，且使八句产生共鸣的，是句法，或者句型。中国古典诗的句型，四言则上二下二，五言则上二下三，七言则上四下三，而上四之中又可分为二二；大致上说来，都是甚为规则的。前引七律句法，大致上就是这种上四下三的安排。变化不是没有，例如前两句，与其读成"支离东北/风尘际，漂泊西南/天地间"，何如读成"支离/东北风尘际，漂泊/西南天地间"。不过这种小小的变调，实在并不显著，也不致破坏全诗的谐和感。

西洋诗就大异其趣了。在西洋诗中，节奏的形成，或赖重音，或赖长短音，或赖定量之音节，在盎格鲁-萨克逊的古英文音律中，每行音节的数量不等，但所含重音数量相同，谓之"重读诗"（accentual verse）。在希腊罗马的古典诗中，一个长音节在诵读时所耗的时间，等于短音节的两倍，例如荷马的史诗，便是每行六组音节，每组三音，一长二短。这种音律称为"计量诗"（quantitative verse）。至于法文诗，因为语言本身的重音并不显明，所注重的却是每行要有一定数量的音节，例如古法文诗的"亚历山大体"（Alexandrine）便是每行含有十二个音节。这种音律称为"音节诗"（syllabic verse）。古典英诗的音律，兼有"重读诗"和"音节诗"的特质，既要定量的重音，又要定量的音节。最流行的所谓"抑扬五步格"（iambic pentameter），便规定要含有十个音节，其中偶数的音节必须为重音。下面是济慈一首商籁的前八行：

> To one who has been long in city pent,
> 'Tis very sweet to look into the fair
> And open face of heaven,——to breathe a prayer
> Full in the smile of the blue firmament.
> Who is more happy, when, with heart's content,
> Fatigued he sinks into some pleasant lair
> Of wavy grass, and reads a debonair
> And gentle tale of love and languishment?

这种音律和中国诗很不相同。第一，中国字无论是平是仄，都是一字一音，仄声字也许比平声字短，但不见得比平声字轻，所以七言就是七个重音。英文字十个音节中只有五个是重读，五个重音之中，有的更重，有的较轻，例如第一行中，has 实在不能算怎么重读，所以 Who has been long 四个音节可以一口气读下去。因此英诗在规则之中有不规则，音乐效果接近"滑音"，中国诗则接近"断音"。第二，中国诗一行就是一句，行末句完意亦尽，在西洋诗的术语上，都是所谓"煞尾句"。英诗则不然，英诗的一行可能是"煞尾句"，也可能是"待续句"。所谓"待续句"，就是一行诗到了行末，无论在文法上或文意上都没有结束，必须到下一行或下数行才告完成。前引济慈八行中，第二、三、五、六、七诸行都是"待续句"。第三，中国诗的句型既甚规则，行中的"顿"（caesura）的位置也较为固定。例如七言诗的顿总在第四字的后面，五言诗则在第二字后。在早期的中国诗中，例如楚辞，顿的地位倒是比较活动的。英诗句中的顿，可以少也可以多，可以移前也可以移后，这样自由的挪动当然增加了节奏的变化。例如在济慈的诗中，第三行的顿在第七音节之后，其后数行的顿则依次在第四、第五、第二、第四音节之后，到了第八行又似乎滑不留舌，没有顿了。这些顿，又可以分为"阴顿"（feminine caesura）和"阳顿"（masculine caesura）两类，前者在轻音之后，后者在重音之后，对于节奏的起伏，更有微妙的作用。第四，中国诗的句型既甚规则，又没有未完成的"待续句"，所以唱的成分很浓。西洋诗的句型因顿的前后挪动而活泼不拘，"煞尾句"和"待续句"又相互调剂，因此诗的格律和语言自然的节奏之间，既相迎合，又相排拒，遂造成一种戏剧化的对照。霍普金斯称这种情形为"对位"。事实上，不同速度的节奏交汇在一起时，谓之"切分法"（syncopation）。我说西洋诗兼唱兼说，正是这个意思。而不论切分也好，对位也好，都似乎是中国古典诗中所没有的。中国的现代诗，受了西洋诗的影响，似乎也有意试验这种对位手法，在唱的格式中说话，但是成功与否，尚难断言。

当然中国文学也有西方不及之处。因为文法富于弹性，单音的方块字天造地设地宜于对仗。虽然英文也有讲究对称的所谓 Euphuism，天衣无缝的对仗仍是西洋文学所无能为力的。中国的古典诗有一种圆融浑成，无始无终，无涯无际，超乎时空的存在。由于不拘人称且省略主词，任何读者都恍然有置身其间，躬逢其事之感。由于不拘时态，更使事事都逼眼前，历久常新。像不拘晨昏无分光影的中国画一样，中国诗的意境是普遍而又永恒的。至于它是否宜于表现现代人的情思与生活，那又是另一个问题了。

1967 年 10 月 24 日

附注：1967 年 11 月 6 日，应中国广播公司之邀，在亚洲广播公会的座谈会上，主讲"中西文学之比较"。本文即据讲稿写成。

第四辑

少一人

假如我有九条命

假如我有九条命，就好了。

一条命，就可以专门应付现实的生活。苦命的丹麦王子说过：既有肉身，就注定要承受与生俱来的千般惊扰。现代人最烦的一件事，莫过于办手续；办手续最烦的一面莫过于填表格。表格愈大愈好填，但要整理和收存，却愈小愈方便。表格是机关发的，当然力求其小，于是申请人得在四根牙签就塞满了的细长格子里，填下自己的地址。许多人的地址都是节外生枝，街外有巷，巷中有弄，门牌还有几号之几，不知怎么填得进去。这时填表人真希望自己是神，能把须弥纳入芥子，或者只要在格中填上两个字："天堂"。一张表填完，又来一张，上面还有密密麻麻的各条说明，必须皱眉细阅。至于照片、印章，以及各种证件的号码，更是缺一不可。于是半条命已去了，剩下的半条勉强可以用来回信和开会，假如你找得到相关的来信，受得了邻座的烟熏。

一条命，有心留在台北的老宅，陪伴父亲和岳母。父亲年逾九十，右眼失明，左眼不清。他原是最外倾好动的人，喜欢与乡亲契阔谈宴，现在却坐困在半昧不明的寂寞世界里，出不得门，只能追忆冥隔了二十七年的亡妻,怀念分散在外地的子媳和孙女。岳母也已过了八十,五年前断腿至今,步履不再稳便,却能勉力以蹒跚之身,照顾旁边的朦胧之人。她原是我的姨母,家母亡故以来,她便迁来同住,主持失去了主妇之家的琐务,对我的殷殷照拂,情如半母,使我常常感念天无绝人之路,我失去了母亲,神却补我一个。

一条命,用来做丈夫和爸爸。世界上大概很少全职的丈夫,男人忙于外务,做这件事不过是兼差。女人做妻子,往往却是专职。女人填表,可以自称"主妇"（housewife）,却从未见过男人自称"主夫"（househusband）。一个人有好太太,必定是天意,这样的神恩应该细加体会,切勿视为当然。我觉得自己做丈夫比做爸爸要称职一点,原因正是有个好太太。做母亲的既然那么能干而又负责,做父亲的也就乐得"垂拱而治"了。所以我家实行的是总理制,我只是合照上那位俨然的元首。四个女儿天各一方,负责通信、打电话的是母亲,做父亲的总是在忙别的事情,只在心底默默怀念着她们。

一条命,用来做朋友。中国的"旧男人"做丈夫虽然只是兼职,但是做起朋友来却是专任。妻子如果成全丈夫,让他仗义疏财,去做一个漂亮的朋友,"江湖人称小孟尝",便能赢得贤名。这种有友无妻的作风,"新男人"当然不取。不过新男人也不能遗世独立,不交朋友。要表现得"够朋友",就得有闲、有钱,才能近悦远来。穷忙的人怎敢放手去交游?我不算太穷,却穷于时间,在"够朋友"上面只敢维持低姿态,大半仅是应战。跟身边的朋友打完消耗战,再无余力和远方的朋友隔海越洲,维持庞大的通讯网了。演成近交而不远攻的局面,虽云目光如豆,却也由于鞭长莫及。

一条命,用来读书。世界上的书太多了,古人的书尚未读通三卷两帙,今人的书又汹涌而来,将人淹没。谁要是能把朋友题赠的大著通通读完,在斯文圈里就称得上是圣人了。有人读书,是纵情任性地乱读,只读自己喜欢的书,也能成为名士。有人呢是苦心孤诣地精读,只读名门正派的书,立志成为通儒。我呢,论狂放不敢做名士,论修养不够做通儒,有点不上不下。要是我不写作,就可以规规矩矩地治学;或者不教书,就可以痛痛快快地读书。假如有一条命专供读书,当然就无所谓了。

书要教得好,也要全力以赴,不能随便。老师考学生,毕竟范围有限,题目有形。学生考老师,往往无限又无形。上课之前要备课,下课之后要阅卷,这一切都还有限。倒是在教室以外和学生闲谈问答之间,更能发挥"人师"之功,在"教"外施"化"。常言"名师出高徒",未必尽然。老师太有名了,便忙于外务,席不暇暖,怎能即之也温?倒是有一些老师"博学而无所成名",能经常与学生接触,产生实效。

另一条命应该完全用来写作。台湾的作家极少是专业,大半另有正职。我的正职是教书,幸而所教与所写颇有相通之处,不至于互相排斥。以前在台湾,我日间教英文,夜间写中文,颇能并行不悖。后来在香港,我日间教三十年代文学,夜间写八十年代文学,也可以各行其是。不过艺术是需要全神投入的活动,没有一位兼职然而认真的艺术家不把艺术放在主位。鲁本斯任荷兰驻西班牙大使,每天下午在御花园里作画。一位侍臣在园中走过,说道:"哟,外交家有时也画几张画消遣呢。"鲁本斯答道:"错了,艺术家有时为了消遣,也办点外交。"陆游诗云:"看渠胸次隘宇宙，惜哉千万不一施。空回英概入笔墨，生民清庙非唐诗。向令天开太宗业，马周遇合非公谁？后世但作诗人看，使我抚几空嗟咨。"陆游认为杜甫之才应立功，而不应仅仅立言，看法和鲁本斯正好相反。我赞成鲁本斯的看法，认为立言已足自豪。鲁本斯所以传后，是由于他的艺术，不是他的外交。

一条命，专门用来旅行。我认为没有人不喜欢到处去看看：多看他人，多阅他乡，不但可以认识世界，亦可以认识自己。有人旅行是乘豪华邮轮，谢灵运再世大概也会如此。有人背负行囊，翻山越岭。有人骑自行车环游天下。这些都令我羡慕。我所优为的，却是驾车长征，去看天涯海角。我的太太比我更爱旅行，所以夫妻两人正好互作旅伴，这一点只怕徐霞客也要艳羡。不过徐霞客是大旅行家、大探险家，我们，只是浅游而已。

最后还剩一条命，用来从从容容地过日子，看花开花谢，人往人来，并不特别要追求什么，也不被"截止日期"所追迫。

1985 年 7 月 7 日

失帽记

二〇〇八年的世界有不少重大的变化,其间有得有失。这一年我自己年届八十,其间也得失互见:得者不少,难以细表,失者不多,却有一件难过至今。我失去了一顶帽子。

去年十二月中旬,香港中文大学图书馆为我八秩庆生,举办了书刊手稿展览,并邀我重回沙田去签书、演讲。现场相当热闹,用媒体流行的说法,就是所谓人气颇旺。联合书院更编印了一册精美的场刊,图文并茂地呈现我香港时期的十一年,在学府与文坛的各种活动,题名《香港相思——余光中的文学生命》,在现场送给观众。典礼由黄国彬教授代表文学院致辞,除了联合书院冯国培院长、图书馆潘明珠副馆长、中文系陈雄根主任等主办人之外,与会者更包括了昔日的同事卢玮銮、张双庆、杨钟基等,令我深感温馨。放眼台下,昔日的高足如黄坤尧、黄秀莲、樊善标、何杏枫等,如今也已做了老师,各有成就,令人欣慰。

演讲的听众多为学生,由中学老师带领而来。讲毕照例要签书,为了促使长龙蠕动得较快,签名也必须加速。不过今日的"粉丝"不比往年,索签的要求高得多了:不但要你签书、签笔记本、签便条、签书包、签学生证，还要题上他的名字、他女友的名字，或者一句赠言，当然，日期也不能少。那些名字往往由索签人即兴口述，偏偏中文同音字最多。"什么 Whay？恩惠的惠吗？""不是的，是智慧的慧。""也不是，是恩惠的惠加草字头。"乱军之中，常常被这么乱喊口令。不仅如此，一粉丝在桌前索签，另一粉丝却在你椅后催你抬头、停笔、对准众多相机里的某一镜头，与他合影。笑容尚未收起，而夹缝之中又有第三只手伸来，要你放下一切，跟他"交手"。

这时你必须全神贯注，以免出错。你的手上，忽然是握着自己的笔，忽然是他人递过来的，所以常会掉笔。你想喝茶，却鞭长莫及。你想脱衣，却匀不出手。你内急已久，早应泄洪，却不容你抽身疾退。这时，你真难身外分身，来护笔、护表、护稿、扶杯。主办人焦待于漩涡之外，不知该纵容或呵止炒热了的"粉丝"。

去年底在中文大学演讲的那一次，听众的盛况不能算怎么拥挤，但也足以令我穷于应付，心神难专。等到曲终人散，又急于赶赴晚宴，不遑检视手提包及背袋，代提的主人又川流不息，始终无法定神查看。餐后走到户外，准备上车，天寒风起，需要戴帽，连忙逐袋寻找。这才发现，我的帽子不见了。

事后几位主人回去现场，又向接送的车中寻找，都不见帽子踪影。我存和我，夫妻俩像侦探，合力苦思，最后确见那帽子是在何时，何地，所以应该排除在某地，某时失去的可能，诸如此类过程。机场话别时，我仍不死心，还谆谆嘱咐孙明珠、樊善标，如果寻获，务必寄回高雄给我。半个月后，他们把我因"积重难返"而留下的奖牌、赠书、礼品等等寄到台湾。包裹层层解开,真相揭晓,那顶可怜的帽子,终于是丢定了。

仅仅为了一顶帽子,无论有多贵或是多罕见,本来也不会令我如此大惊小怪。但是那顶帽子不是我买来的,也不是他人送的,而是我身为人子继承得来的。那是我父亲生前戴过的,后来成了他身后的遗物。我存整理时所发现,不忍径弃,就说动我且戴起来。果然正合我头,而且款式潇洒,毛色可亲,就一直戴下去了。

那顶帽子呈扁楔形,前低后高,戴在头上,由后脑斜压在前额,有优雅的缓缓坡度,大致上可称贝瑞软帽(beret),常覆在法国人头顶。至于毛色,则圆顶部分呈浅陶土色,看来温暖体贴。四周部分则前窄后宽,织成细密的十字花纹,为淡米黄色。戴在我的头上,倜傥,有欧洲名士的超逸,不止一次赢得研究所女弟子的青睐。

但帽内的乾坤,只有我自知冷暖,天气越寒,尤其风大,帽内就越加温暖,仿佛父亲的手掌正护在我头上,掌心对着脑门。毕竟,同样的这一顶温暖曾经覆盖着父亲,如今移爱到我的头上,恩佑两代,不愧是父子相传的忠厚家臣。

回顾自己的前半生,有幸集双亲之爱,才有今日之我。当年父亲爱我,应该不逊于母亲。但小时我不常在他身边,始终呵护着我庇佑着我的,甚至在抗战沦陷区逃难,生死同命的,是母亲。肌肤之亲,操作之劳,用心之苦,凡她力之所及,哪一件没有为我做过?反之,记忆中父亲从来没打过我,甚至也从未对我疾言厉色,所以绝非什么严父。

不过父子之间始终也不亲热。小时他倒是常对我讲论圣贤之道,勉励我要立志立功。

长夏的蝉声里,倒是有好几次父子俩坐在一起看书:他靠在躺椅上看《纲鉴易知录》,我坐在小竹凳上看《三国演义》。冬夜的桐油灯下,他更多次为我启蒙,苦口婆心引领我进入古文的世界,点醒了我的汉魄唐魂。张良啦,魏征啦,太史公啦,韩愈啦,都是他介绍我初识的。

后来做父亲的渐渐老了,做儿子的长大了,各忙各的。他宦游在外,或是长期出差数下南洋,或担任同乡会理事长,投入乡情侨务;我则学府文坛,烛烧两头,不但三度旅美,而且十年居港,父子交集不多。

自中年起他就因关节病苦于脚痛,时发时歇,晚年更因青光眼近于失明。廿三年前,我接中山大学之聘,由香港来高雄定居。

我存即毅然卖掉台北的故居,把我的父亲、她的母亲一起接来高雄安顿。

许多年来,父亲的病情与日常起居,幸有我存悉心照顾,并得我岳母操劳陪伴。身为他亲生的独子,我却未能经常省视侍疾,想到五十年前在台大医院的加护病房,母亲临终时的泪眼,谆谆叮嘱"爸爸你要好好照顾",实在愧疚无已。父亲和母亲鹣鲽情深,是我前半生的幸福所赖。

只记得他们大吵过一次,却几乎不曾小吵。母亲逝于五十三岁,长他十岁的父亲,尽管亲友屡来劝婚,却终不再娶,鳏夫的寂寞守了三十四年,享年,还是忍年,九十七岁。

可怜的老人,以风烛之年独承失明与痛风之苦,又不能看报看电视以遣忧,只有一架古董收音机喋喋为伴。暗淡的孤寂中,他能想些什么呢?除了亡妻和历历的或是渺渺的往事。除了独子为什么不常在身边。

而即使在身边时,也从未陪他久聊一会儿,更从未握他的手或紧紧拥抱他的病躯。更别提四个可爱的孙女,都长大了吧,但除了幼珊之外,又能听得见谁的声音?长寿的代价,是沧桑。

所以在遗物之中竟还保有他长戴的帽子,无异于继承了最重要的遗产。父亲在世,我对他爱得不够,而孺慕耿耿也始终未能充分表达。想必他深心一定感到遗憾,而自他去后,我遗憾更多。幸而还留下这一顶帽子,未随碑石俱冷,尚有余温,让我戴上,幻觉未尽的父子之情,并未告终。

幻觉依靠这灵媒之介,犹可贯通阴阳,串联两代,一时还不至径将上一个戴帽人完全淡忘。这一份与父共戴帽的心情,说得高些,是感恩,说得重些,是赎罪。不幸,连最后的一点凭借竟也都失去,令人悔恨。

寒流来时,风势助威,我站在岁末的风中,倍加畏冷。对不起,父亲。对不起,母亲。

我的四个假想敌

二女幼珊在港参加侨生联考,以第一志愿分发台大外文系。听到这消息,我松了一口气,从此不必担心四个女儿通通嫁给广东男孩了。

我对广东男孩当然并无偏见,在港六年,我班上也有好些可爱的广东少年,颇讨老师的欢心,但是要我把四个女儿全部让那些"靓仔""叻仔"掳掠了去,却舍不得。不过,女儿要嫁谁,说得洒脱些,是她们的自由意志,说得玄妙些呢,是因缘,做父亲的又何必患得患失呢?何况在这件事上,做母亲的往往位居要冲,自然而然成了女儿的亲密顾问,甚至亲密战友,作战的对象不是男友,却是父亲。等到做父亲的惊醒过来,早已腹背受敌,难挽大势了。

在父亲的眼里,女儿最可爱的时候是在十岁以前,因为那时她完全属于自己。在男友的眼里,她最可爱的时候却在十七岁以后,因为这时她正像毕业班的学生,已经一心向外了。父亲和男友,先天上就有矛盾。对父亲来说,世界上没有东西比稚龄的女儿更完美的了,唯一的缺点就是会长大,除非你用急冻术把她久藏，不过这恐怕是违法的，而且她的男友迟早会骑了骏马或摩托车来，把她吻醒。

我未用太空舱的冻眠术，一任时光催迫，日月轮转，再揉眼时，怎么四个女儿都已依次长大，昔日的童话之门砰地一关，再也回不去了：四个女儿，依次是珊珊、幼珊、佩珊、季珊。简直可以排成一条珊瑚礁。珊珊十二岁的那年，有一次，未满九岁的佩珊忽然对来访的客人说："喂，告诉你，我姐姐是一个少女了！"在座的大人全笑了起来。

曾几何时，惹笑的佩珊自己，甚至最幼稚的季珊，也都在时光的魔杖下，点化成"少女"了。冥冥之中，有四个"少男"正偷偷袭来，虽然蹑手蹑足，屏声止息，我却感到背后有四双眼睛，像所有的坏男孩那样，目光灼灼，心存不轨，只等时机一到，便会站到亮处，装出伪善的笑容，叫我岳父。我当然不会应他。哪有这么容易的事！我像一棵果树，天长地久在这里立了多年，风霜雨露，样样有份，换来果实累累，不胜负荷。而你，偶尔过路的小子，竟然一伸手就来摘果子，活该蟠地的树根绊你一跤！

而最可恼的，却是树上的果子，竟有自动落入行人手中的样子。树怪行人不该擅自来摘果子，行人却说是果子刚好掉下来，给他接着罢了。这种事，总是里应外合才成功的。当初我自己结婚，不也是有一位少女开门揖盗吗？"堡垒最容易从内部攻破"，说得真是不错。不过彼一时也，此一时也。同一个人，过街时讨厌汽车，开车时却讨厌行人。现在是轮到我来开车。

好多年来，我已经习于和五个女人为伍，浴室里弥漫着香皂和香水气味，沙发上散置皮包和发卷，餐桌上没有人和我争酒，都是天经地义的事。戏称吾庐为"女生宿舍",也已经很久了。做了"女生宿舍"的舍监,自然不欢迎陌生的男客,尤其是别有用心的一类。但是自己辖下的女生,尤其是前面的三位,已有"不稳"的现象,却令我想起叶慈的一句诗:

　　一切已崩溃,失去重心。

我的四个假想敌,不论是高是矮,是胖是瘦,是学医还是学文,迟早会从我疑惧的迷雾里显出原形,一一走上前来,或迂回曲折,嗫嚅其词,或开门见山,大言不惭,总之要把他的情人,也就是我的女儿,对不起,从此领去。无形的敌人最可怕。何况我在亮处,他在暗里,又有我家的"内奸"接应,真是防不胜防。只怪当初没有把四个女儿及时冷藏,使时间不能拐骗,社会也无由污染。现在她们都已大了,回不了头;我那四个假想敌,那四个鬼鬼祟祟的地下工作者,也都已羽毛丰满,什么力量都阻止不了他们了。先下手为强,这件事,该乘那四个假想敌还在襁褓的时候,就予以解决的。至少美国诗人纳许(Ogden Nash, 1902—1971)劝我们如此。他在一首妙诗《由女婴之父来唱的歌》("Song to Be Sung by the Father of Infant Female Children")之中,说他生了女儿吉儿之后,惴惴不安,感到不知什么地方正有个男婴也在长大,现在虽然还浑浑噩噩,口吐白沫,却注定将来会抢走他的吉儿。于是做父亲的每次在公园里看见婴儿车中的男婴,都不由神色一变,暗暗想道:"会不会是这家伙?"想着想着,他"杀机陡萌"(My dreams, I fear, are infanticide),便要解开那男婴身上的别针,朝他的爽身粉里撒胡椒粉,把盐撒进他的奶瓶，把沙撒进他的菠菜汁，再扔头优游的鳄鱼到他的婴儿车里陪他游戏。逼他在水深火热之中挣扎而去，去娶别人的女儿。足见诗人以未来的女婿为假想敌，早已有了前例。

不过一切都太迟了。当初没有当机立断，采取非常措施，像纳许诗中所说的那样，真是一大失策。如今的局面，套一句史书上常见的话，已经是"寇入深矣"！女儿的墙上和书桌的玻璃垫下，以前的海报和剪报之类，还是披头，拜丝，大卫·凯西弟的形象，现在纷纷都换上男友了。至少，滩头阵地已经被入侵的军队占领了去，这一仗是必败的了。记得我们小时，这一类的照片仍被列为机密要件，不是藏在枕头套里，贴着梦境。便是夹在书堆深处，偶尔翻出来神往一番，哪有这么二十四小时眼前供奉的？

这一批形迹可疑的假想敌，究竟是哪年哪月开始入侵厦门街余宅的，已经不可考了。只记得六年前迁港之后，攻城的将士便换了一批口操粤语的少年来接手。至于交战的细节，就得问名义上是守城的那几个女将，我这位"昏君"是再也搞不清的了。只知道敌方的炮火，起先是瞄准我家的信箱，那些歪歪斜斜的笔迹，久了也能猜个七分；继而是集中在我家的电话，"落弹点"就在我书桌的背后，我的文苑就是他们的沙场，一夜之间，总有十几次脑震荡。那些粤音平上去入，有九声之多，也令我难以研判敌情。现在我带幼珊回了厦门街，那头的广东部队轮到我太太去抵挡，我在这头。只要留意台湾健儿，任务就轻松多了。

信箱被袭，只如战争的默片，还不打紧。其实我宁可多情的少年勤写情书，那样至少可以练习作文，不致在视听教育的时代荒废了中文。可怕的还是电话中弹，那一串串警告的铃声，把战场从门外的信箱扩至书房的腹地，默片变成了身历声，假想敌在实弹射击了。更可怕的，却是假想敌真的闯进了城来，成了有血有肉的真敌人，不再是假想了好玩的了，就像军事演习到中途，忽然真的打起来了一样。真敌人是看得出来的。在某一女儿的接应之下，他占领了沙发的一角，从此两人呢喃细语，喔嚅密谈，即使脉脉相对的时候，那气氛也浓得化不开，窒得全家人都透不过气来。这时几个姐妹早已回避得远远的了。任谁都看得出情况有异。万一敌人留下来吃饭，那空气就更为紧张，好像摆好姿势，面对照相机一般。平时鸭塘一般的餐桌，四姐妹这时像在演哑剧，连筷子和调羹都似乎得到了消息，忽然小心翼翼起来。明知这僭越的小子未必就是真命女婿（谁晓得宝贝女儿现在是十八变中的第几变呢？）。心里却不由自主升起一股淡淡的敌意。也明知女儿正如将熟之瓜，终有一天会蒂落而去，却希望不是随眼前这自负的小子。

当然，四个女儿也自有不乖的时候，在恼怒的心情下，我就恨不得四个假想敌赶快出现，把她们统统带走。但是那一天真要来到时，我一定又会懊悔不已。我能够想象，人生的两大寂寞，一是退休之日，一是最小的孩子终于也结婚之后。宋淇有一天对我说："真羡慕你的女儿全在身边！"真的吗？至少目前我并不觉得，自己有什么可羡之处。也许真要等到最小的季珊也跟着假想敌度蜜月去了，才会和我存并坐在空空的长沙发上，翻阅她们小时的相簿，追忆从前，六人一车长途壮游的盛况，或是晚餐桌上，热气蒸腾，大家共享的灿烂灯光。人生有许多事情，正如船后的波纹，总要过后才觉得美的。这样一想，又希望那四个假想敌，那四个生手笨脚的小伙子，还是多吃几口闭门羹，慢一点出现吧。

袁枚写诗,把生女儿说成"情疑中副车";这书袋掉得很有意思,却也流露了重男轻女的封建意识。照袁枚的说法,我是连中了四次副车,命中率够高的了。余宅的四个小女孩现在变成了四个小妇人,在假想敌环伺之下,若问我择婿有何条件,一时倒恐怕答不上来。沉吟半晌,我也许会说:"这件事情,上有月下老人的婚姻谱,谁也不能篡改,包括韦固,下有两个海誓山盟的情人,'二人同心,其利断金',我凭什么要逆天拂人,梗在中间?何况终身大事,神秘莫测,事先无法推理,事后不能悔棋,就算交给二十一世纪的电脑,恐怕也算不出什么或然率来。倒不如故示慷慨,伪作轻松,博一个开明父亲的美名,到时候带颗私章,去做主婚人就是了。"

问的人笑了起来,指着我说:"什么叫做'伪作轻松'?可见你心里并不轻松。"

我当然不很轻松,否则就不是她们的父亲了。例如人种的问题,就很令人烦恼。万一女儿发痴,爱上一个耸肩摊手口香糖嚼个不停的小怪人,该怎么办呢?在理性上,我愿意"有婿无类",做一个大大方方的世界公民。但是在感情上,还没有大方到让一个臂毛如猿的小伙子把我的女儿抱过门槛。现在当然不再是"严夷夏之防"的时代,但是一任单纯的家庭扩充成一个小型的联合国,也大可不必。

问的人又笑了,问我可曾听说混血儿的聪明超乎常人。我说:"听过,但是我不稀罕抱一个天才的'混血孙'。我不要一个天才儿童叫我 Grandpa,我要他叫我外公。"问的人不肯罢休:"那么省籍呢?"

"省籍无所谓,"我说,"我就是苏闽联姻的结果,还不坏吧?当初我母亲从福建写信回武进,说当地有人向她求婚。娘家大惊小怪,说:'那么远!怎么就嫁给南蛮!'后来娘家发现,除了言语不通之外,这位闽南姑爷并无可疑之处。这几年,广东男孩锲而不舍,对我家的压力很大,有一天闽粤结成了秦晋,我也不会感到意外。如果有个台湾少年特别巴结我,其志又不在跟我谈文论诗,我也不会怎么为难他的。至于其他各省,从黑龙江直到云南,口操各种方言的少年,只要我女儿不嫌他,我自然也欢迎。"

"那么学识呢?"

"学什么都可以。也不一定要是学者,学者往往不是好女婿,更不是好丈夫。只有一点:中文必须精通。中文不通,将祸延吾孙!"

客又笑了。"相貌重不重要?"他再问。

"你真是迂阔之至!"这次轮到我发笑了,"这种事,我女儿自己会注意。怎么会要我来操心?"

笨客还想问下去,忽然门铃响起。我起身去开大门,发现长发乱处,又一个假想敌来掠余宅。

1980 年 9 月,台北

日不落家

1

壹圆的旧港币上有一只雄狮,戴冕控球,姿态十分威武。但7月1日以后,香港归还了中国,那顶金冠就要失色,而那只圆球也不能号称全球了。伊丽莎白二世在位,已经四十五年,恰与一世相等。在两位伊丽莎白之间,大英帝国从起建到瓦解,凡历四百余年,与汉代相当。方其全盛,这帝国的属地藩邦、运河军港,遍布了水陆大球,天下四分,独占其一,为历来帝国之所未见,有"日不落国"之称。

而现在,日落帝国,照艳了香港最后这一片晚霞。"日不落国"将成为历史,代之而兴的乃是"日不落家"。

冷战时代过后,国际日趋开放,交流日见频繁,加以旅游便利,资讯发达,这世界真要变成地球村了。于是同一家人辞乡背井,散落到海角天涯,昼夜颠倒,寒暑对照,便成了"日不落家"。今年我们的四个女儿,两个在北美,两个在西欧,留下我们二老守在岛上。一家而五分,你醒我睡,不可"同日而语",

也成了"日不落家"。

幼女季珊留法五年,先在翁热修法文,后去巴黎读广告设计,点唇画眉,似乎沾上了一些高卢风味。我家英语程度不低,但家人的法语发音,常会遭她纠正。她擅于学人口吻,并佐以滑稽的手势,常逗得母亲和姐姐们开心,轻则解颜,剧则捧腹。可以想见,她的笑话多半取自法国经验,首当其冲的自然是法国男人。马歇·马叟是她的偶像,害得她一度想学默剧。不过她的设计也学得不赖,我译的王尔德喜剧《理想丈夫》,便是她做的封面。现在她住在加拿大,一个人孤悬在温哥华南郊,跟我们的时差是早八小时。

长女珊珊在堪萨斯修完艺术史后,就一直留在美国,做了长久的纽约客。大都会的艺馆画廊既多,展览又频,正可尽情饱赏。珊珊也没有闲着,远流版两巨册的《现代艺术理论》就是她公余、厨余的译绩。华人画家在东岸出画集,也屡次请她写序。看来我的"序灾"她也有分了,成了"家患",虽然苦些,却非徒劳。她已经做了母亲,男孩四岁,女孩未满两岁。家教所及:那小男孩一面挥舞恐龙和电动神兵,一面却随口叫出梵高和蒙娜丽莎的名字,把考古、科技、艺术合而为一,十足一个博闻强记的顽童。四姐妹中珊珊来得最早,在生动的回忆里她是破天荒第一声婴啼,一婴开啼,众婴响应,带来了日后八根小辫子飞舞的热闹与繁华。然而这些年来她离开我们也最久,而自己有了孩子之后,也最不容易回台,所以只好安于"日不落家",不便常回"娘家"了,她和幺妹之间隔了一整个美洲大陆,时差,又早了三个小时。

凌越渺渺的大西洋更往东去,五小时的时差,便到了莎士比亚所赞的故乡，"一块宝石镶嵌在银涛之上"。次女幼珊在曼彻斯特大学专攻华兹华斯，正襟危坐，苦读的是诗翁浩繁的全集，逍遥汗漫，优游的也还是诗翁俯仰的湖区。华兹华斯乃英国浪漫诗派的主峰，幼珊在柏克莱写硕士论文，仰攀的是这翠微，十年后径去华氏故乡，在曼城写博士论文，登临的仍是这雪顶，真可谓从一而终。世上最亲近华氏的女子，当然是他的妹妹桃乐赛（Dorothy Wordsworth），其次呢，恐怕就轮到我家的二女儿了。

幼珊留英，将满三年，已经是一口不列颠腔。每逢朋友访英，她义不容辞，总得驾车载客去西北的坎布利亚，一览湖区绝色，简直成了华兹华斯的特勤导游。如此贡献，只怕桃乐赛也无能为力吧。我常劝幼珊在撰正论之余，把她的英国经验，包括湖区的唯美之旅，一一分题写成杂文小品，免得日后"留英"变成"留白"。她却惜墨如金，始终不曾下笔，正如她的幺妹空将法国岁月藏在心中。

幼珊虽然远在英国，今年却不显得怎么孤单，因为三妹佩珊正在比利时研究，见面不难，没有时差。我们的三女儿反应迅速，兴趣广泛，而且"见异思迁"：她拿的三个学位依次是历史学士、广告硕士、行销博士。所以我叫她做"柳三变"。在香港读中文大学的时候，她的钢琴演奏曾经考取八级，一度有意去美国主修音乐；后来又任《星岛日报》的文教记者，所以在餐桌上我常笑语家人："记者面前，说话当心。"

回台以后，佩珊一直在东海的企管系任教，这些年来，更把本行的名著三种译成中文，在"天下"和"远流"出版。今年她去比利时做市场调查，范围兼及荷兰、英国。据我这做父亲的看来，她对消费的兴趣，不但是学术，也是癖好，尤其是对于精品。她的比利时之旅，不但饱览佛朗德斯名画，而且遍尝各种美酒，更远征土耳其，去清真寺仰听尖塔上悠扬的呼祷，想必是十分丰盛的经验。

2

世界变成了地球村，这感觉，看电视上的气象报告最为具体。台湾太热，温差又小，本地的气象报告不够生动，所以爱看外地的冷暖，尤其是够酷的低温。每次播到大陆各地，我总是寻找沈阳和兰州。"哇！零下十二度耶！过瘾啊！"于是一整幅雪景当面掴来，觉得这世界还是多彩多姿的。

一家既分五地，气候自然各殊。其实四个女儿都在寒带，最北的曼彻斯特约当北纬五十三度又半，最南的纽约也还有四十一度，都属于高纬了。总而言之，四个女儿纬差虽达十二度，且气温大同，只得一个冷字。其中幼珊最为怕冷，偏偏曼彻斯特严寒欺人，而读不完的华兹华斯又必须久坐苦读，难抵凛冽。对比之下，低纬二十二度半的高雄是暖得多了，即使嚷嚷寒流犯境，也不过等于英国的仲夏之夜，得盖被窝。

黄昏，是一日最敏感最容易受伤的时辰，气象报告总是由近而远，终于播到了北美与西欧，把我们的关爱带到高纬，向陌生又亲切的都市聚焦。陌生，因为是寒带。亲切，因为是我们的孩子所在。

"温哥华还在零下！"

"暴风雪袭击纽约，机场关闭！"

"伦敦都这么冷了，曼彻斯特更不得了！"

"布鲁塞尔呢,也差不多吧?"

坐在热带的凉椅上看国外的气象,我们总这么大惊小怪,并不是因为没有见识过冰雪,或是孩子们还在稚龄,不知保暖,更不是因为那些国家太简陋,难以御寒。只因为父母老了,念女情深,在记忆的深处,梦的焦点,在见不得光的潜意识底层,女儿的神情笑貌仍似往昔,永远珍藏在娇憨的稚岁,童真的幼龄——所以天冷了,就得为她们加衣,天黑了,就等待她们一一回来,向热腾腾的晚餐,向餐桌顶上金黄的吊灯报到,才能众瓣聚首,众瓣围葩,辐辏成一朵哄闹的向日葵。每当我眷顾往昔,年轻的幸福感就在这一景停格。

人的一生有一个半童年。一个童年在自己小时候,而半个童年在自己孩子的小时候。童年,是人生的神话时代,将信将疑,一半靠父母的零星口述,很难考古。错过了自己的童年,还有第二次机会,那便是自己子女的童年。年轻爸爸的幸福感,大概仅次于年轻妈妈了。在厦门街绿荫深邃的巷子里,我曾是这么一位顾盼自得的年轻爸爸,四个女婴先后裹着奶香的襁褓,投进我喜悦的怀抱。黑白分明,新造的灵瞳灼灼向我转来,定睛在我脸上,不移也不眨,凝神认真地读我,似乎有一点困惑。

"好像不是那个(妈妈)呢,这个(男人)。"她用超语言的混沌意识在说我,而我,更逼近她的脸庞,用超语言的笑容向她示意:"我不是别人,是你爸爸,爱你,也许比不上你妈妈那么周到,但不会比她少。"她用超经验的直觉将我的笑容解码,于是学起我来,忽然也笑了。这是父女间第一次相视而笑,像风吹水绽,自成涟漪,却不落言诠,不留痕迹。

为了女婴灵秀可爱,幼稚可咍,我们笑。受了我们笑容的启示，笑声的鼓舞，女婴也笑了。女婴一笑，我们以笑回答。女婴一哭，我们笑得更多。女婴刚会起立，我们用笑勉励。她又跌坐在地，我们用笑安抚。四个女婴马戏团一般相继翻筋斗来投我家，然后是带爬、带跌、带摇、带晃，扑进我们张迎的怀里——她们的童年是我们的"笑季"。

为了逗她们笑，我们做鬼脸。为了教她们牙牙学语，我们自己先儿语牙牙："这是豆豆，那是饼饼，虫虫虫虫飞！"成人之间不屑也不敢的幼稚口吻、离奇动作，我们在孩子面前，特权似的，却可以完全解放，尽情表演。在孩子的真童年里，我们找到了自己的假童年，乡愁一般再过一次小时候，管它是真是假，是一半还是完全。

快乐的童年是双全的互惠：一方面孩子长大了，孺慕儿时的亲恩；一方面父母老了，眷念子女的儿时。因为父母与稚儿之间的亲情，最原始、最纯粹、最强烈，印象最久也最深沉，虽经万劫亦不可磨灭。坐在电视机前，看气象而念四女，心底浮现的常是她们孩时，仰面伸手，依依求抱的憨态，只因那形象最萦我心。

最萦我心是第一个长夏，珊珊卧在白纱帐里，任我把摇篮摇来摇去，乌眸灼灼仍对我仰视，窗外一巷的蝉嘶。是幼珊从躺床洞孔倒爬了出来，在地上颤颤昂头像一只小胖兽，令众人大吃一惊，又哄然失笑。是带佩珊去看电影，她水亮的眼珠在暗中转动，闪着银幕的反光，神情那样紧张而专注，小手微汗在我的手里。是季珊小时候怕打雷和鞭炮，巨响一迸发就把哭声埋进婆婆的怀里，呜咽久之。

不知道她们的母亲，记忆中是怎样为每一个女孩的初貌取景造型。也许是太密太繁了，不一而足，甚至要远溯到成形以前，不是形象，而是触觉，是胎里的颠倒蜷伏，手撑脚踢。

当一切追溯到源头，混沌初开，女婴的生命起自父精巧遇到母卵，正是所有爱情故事的雏形。从父体出发长征的，万头攒动，是适者得岸的蝌蚪宝宝，只有幸运的一头被母岛接纳。于是母女同体的十月因缘奇妙地开始。母亲把女婴安顿在子宫，用胚胎喂她，羊水护她，用脐带的专线跟她神秘地通话，给她暧昧的超安全感，更赋她心跳、脉搏与血型，直到大头蝌蚪变成了大头宝宝，大头朝下，抱臂交股，蜷成一团，准备向生之窄门拥挤顶撞，破母体而出，而且鼓动肺叶，用尚未吃奶的气力，嗓音惊天地而动鬼神，又像对母体告别，又像对母亲报到，洪亮的一声啼哭，"我来了！"

3

母亲的恩情早在孩子会呼吸以前就开始。所以中国人计算年龄，是从成孕数起。那原始的十个月，虽然眼睛都还未睁开，已经样样向母亲索取，负欠太多。等到降世那天，同命必须分体，更要断然破胎、截然开骨，在剧烈加速的阵痛之中，挣扎着，夺门而出。生日蛋糕之甜，烛火之亮，是用母难之血来偿付的。但生产之大劫不过是母爱的开始，日后母亲的辛勤照顾，从抱到背，从扶到推，从拉拔到提掖，字典上凡是手字部的操劳，哪一样没有做过？《蓼莪》篇说："哀哀父母，生我劬劳。"其实肌肤之亲、操劳之勤，母亲远多于父亲。所以《蓼莪》又说："母兮鞠我。拊我畜我，长我育我，顾我复我，出入腹我。欲报之德，昊天罔极!"其中所言,多为母恩。"出入腹我"一句形容母不离子,最为传神,动物之中恐怕袋鼠家庭胜过人伦了。

从前是四个女儿常在身边,顾之复之,出入腹之。我存肌肤白皙,四女多得遗传,所以她们小时我戏呼之为"一窝小白鼠"。在丹佛时,长途旅行,一窝小白鼠全在我家车上,坐满后排。那情景,又像是所有的鸡蛋都放在同一只篮里。我手握驾驶盘,不免倍加小心,但是全家同游,美景共享,却也心满意足。在香港的十年,晚餐桌上热汤蒸腾,灯氛温馨,四只小白鼠加一只大白鼠加我这大老鼠围成一桌,一时六口齐张,美肴争入,妙语争出,叽叽喳喳成一片,鼠伦之乐莫过于此。

而现在,一窝小白鼠全散在四方,这样的盛宴久已不再。剩下二老,只能在清冷的晚餐后,向国外的气象报告去揣摩四地的冷暖。中国人把见面打招呼叫做寒暄。我们每晚在电视上真的向四个女儿"寒暄",非但不是客套,而且寓有真情,因为中国人不惯和家人紧抱热吻,恩情流露,每在淡淡的问暖嘘寒,叮嘱添衣。

往往在气象报告之后,做母亲的一通长途电话,越洋跨洲,就直接拨到暴风雪的那一端,去"寒暄"一番,并且报告高雄家里的现况,例如父亲刚去墨西哥开会,或是下星期要去川大演讲,她也要同行。有时她一夜电话,打遍了西欧北美,耳听四国,把我们这"日不落家"的最新动态收集汇整。

看着做母亲的曳着电线,握着听筒,跟九千里外的女儿短话长说,那全神贯注的姿态,我顿然领悟,这还是母女连心、一线密语的习惯。不过以前是用脐带向体内腹语,而现在,是用电缆向海外传音。

而除了脐带情结之外,更不断写信,并附寄照片或剪稿,有时还寄包裹,把书籍、衣饰、药品、隐形眼镜等等,像支援前线一般,源源不绝向海外供应。类此的补给从未中止,如同最初,母体用胎盘向新生命送营养和氧气:绵绵的母爱,源源的母爱,唉,永不告竭。

所谓恩情,是爱加上辛苦再乘以时间,所以是有增无减,且因累积而变得深厚。所以《诗经》叹曰:"欲报之德,昊天罔极!"

这一切的一切,从珊珊的第一声啼哭以前就开始了。若要彻底,就得追溯到四十五年前,当四个女婴的母亲初遇父亲,神话的封面刚刚揭开,罗曼史正当扉页。到女婴来时,便是美丽的插图了。第一图是父之囊。第二图是母之宫。第三图是育婴床,在内江街的妇产医院。第四图是摇婴篮,把四个女婴依次摇啊摇,没有摇到外婆桥,却摇成了少女,在厦门街深巷的一栋古屋。以后的插图就不用我多讲了。

这一幅插图,看哪,爸爸老了,还对着海峡之夜在灯下写诗。妈妈早入睡了,微闻鼾声。她也许正梦见从前,有一窝小白鼠跟她捉迷藏,躲到后来就走散了,而她太累,一时也追不回来。

1997 年 4 月

文章与前额并高

自从十三年前迁居香港以来,和梁实秋先生就很少见面了。屈指可数的几次,都是在颁奖的场合,最近的一次,却是从梁先生温厚的掌中接受时报文学的推荐奖。这一幕颇有象征的意义,因为我这一生的努力,无论是文坛或学府,要是当初没有这只手的提掖,只怕难有今天。

所谓"当初",已经是三十六年以前了。那时我刚从厦门大学转学来台,在台大读外文系三年级,同班同学蔡绍班把我的一叠诗稿拿去给梁先生评阅。不久他竟转来梁先生的一封信,对我的习作鼓励有加,却指出师承囿于浪漫主义,不妨拓宽视野,多读一点现代诗,例如哈代、豪斯曼、叶芝等人的作品。梁先生的挚友徐志摩虽然是浪漫诗人,他自己的文学思想却深受哈佛老师白璧德之教,主张古典的清明理性。他在信中所说的"现代"自然还未及现代主义,却也指点了我用功的方向,否则我在雪莱的西风里还会漂泊得更久。

直到今日我还记得,梁先生的这封信是用钢笔写在八行纸上,字大而圆,遇到英文人名,则横而书之,满满地写足两张。

文艺青年捧在手里，惊喜自不待言。过了几天，在绍班的安排之下，我随他去德惠街一号梁先生的寓所登门拜访。德惠街在城北，与中山北路三段横交，至则巷静人稀，梁寓雅洁清幽，正是当时常见的日式独栋平房。梁师母引我们在小客厅坐定后，心仪已久的梁实秋很快就出现了。

那时梁先生正是知命之年，前半生的大风大雨，在大陆上已见过了，避秦也好，乘桴浮海也好，早已进入也无风雨也无晴的境界。他的谈吐，风趣中不失仁蔼，谐谑中自有分寸，十足中国文人的儒雅加上西方作家的机智，近于他散文的风格。他就坐在那里，悠闲而从容地和我们谈笑。我一面应对，一面仔细地打量主人。眼前这位文章巨公，用英文来说，体形"在胖的那一边"，予人厚重之感。由于发岸线（hairline）有早退之象，他的前额显得十分宽坦，整个面相不愧天庭饱满，地阁方圆，加以长牙隆准，看来很是雍容。这一切，加上他白皙无斑的肤色，给我的印象颇为特殊。后来我在反省之余，才断定那是祥瑞之相，令人想起一头白象。

当时我才二十三岁，十足一个躁进的文艺青年，并不很懂观象，却颇热衷猎狮（lion-hunting）。这位文苑之狮，学府之师，被我纠缠不过，答应为我的第一本诗集写序。序言写好，原来是一首三段的格律诗，属于新月风格。不知天高地厚的躁进青年，竟然把诗拿回去，对梁先生抱怨说："您的诗，似乎没有特别针对我的集子而写。"

假设当日的写序人是今日的我，大概狮子一声怒吼，便把狂妄的青年逐出师门去了。但是梁先生眉头一抬，只淡淡地一笑，徐徐说道："那就别用得了……书出之后，再跟你写评吧。"

量大而重诺的梁先生,在《舟子的悲歌》出版后不久,果然为我写了一篇书评,文长一千多字,刊于一九五二年四月十六日的《自由中国》。那本诗集分为两辑,上辑的主题不一,下辑则尽为情诗。书评认为上辑优于下辑,跟评者反浪漫的主张也许有关。梁先生尤其欣赏《老牛》与《暴风雨》等几首,他甚至这么说:"最出色的要算是《暴风雨》一首,用文字把暴风雨的那种排山倒海的气势都描写出来了,真可说是笔挟风雷。"在书评的结论里有这样的句子:

> 作者是一位年轻人,他的艺术并不年轻,短短的《后记》透露出一点点写作的经过。他有旧诗的根底,然后得到英诗的启发。这是很值得我们思考的一条发展路线。我们写新诗,用的是中国文字,旧诗的技巧是一份必不可少的文学遗产,同时新诗是一个突然出生的东西,无依无靠,没有轨迹可循,外国诗正是一个最好的借镜。

在那么古早的岁月,我的青涩诗艺,根底之浅,启发之微,可想而知。梁先生溢美之词固然是出于鼓励,但他所提示的上承传统旁汲西洋,却是我日后遵循的综合路线。

朝拜缪思的长征,起步不久,就能得到前辈如此的奖掖,使我的信心大为坚定。同时,在梁府的座上,不期而遇,也结识了不少像陈之藩、何欣这样同辈的朋友,声应气求,更鼓动了创作的豪情壮志。诗人夏菁也就这么邂逅于梁府,而成了莫逆。不久我们就惯于一同去访梁公,有时也约王敬羲同行。不知为何,记忆里好像夏天的晚上去得最频。梁先生怕热,想是体胖的关系;

有时他索性只穿短袖汗衫接见我们，一面笑谈，一面还要不时挥扇。我总觉得，梁先生虽然出身外文，气质却在儒道之间，进可为儒，退可为道。可以想见，好不容易把我们这些恭谨的晚辈打发走了之后，东窗也好，东床也罢，他是如何坦腹自放。我说坦腹，因为他那时有点发福，腰围可观，纵然不到福尔斯塔夫的规模，也总有约翰逊或纪晓岚的分量，足证果然腹笥深广。据说，因此梁先生买腰带总嫌尺码不足，有一次，他索性走进中华路一家皮箱店，买下一只大皮箱，抽出皮带，留下箱子，扬长而去。这倒有点《世说新语》的味道了，是否谣言，却未向梁先生当面求证。

梁先生好客兼好吃，去梁府串门子，总有点心招待，想必是师母的手艺吧。他不但好吃，而且懂吃，两者孰因孰果，不得而知。只知他下笔论起珍馐名菜来，头头是道。就连既不好吃也不懂吃的我，也不禁食指欲动，馋肠若蠕。在糖尿病发之前，梁先生的口福委实也饫足了。有时乘兴，他也会请我们浅酌一杯。我若推说不解饮酒，他就会作态佯怒，说什么"不烟不酒，所为何来"，引得我和夏菁发笑。有一次，他斟了白兰地飨客，夏菁勉强相陪。我那时真是不行，梁先生说"有了"，便向橱顶取来一瓶法国红葡萄酒，强调那是一八四二年产，朋友所赠。我总算喝了半盅，飘飘然回到家里，写下《饮一八四二年葡萄酒》一首。梁先生读而乐之，拿去刊在《自由中国》上，一时引人瞩目。其实这首诗学济慈而不类，空余浪漫的遐想；换了我中年来写，自然会联想到鸦片战争。

梁先生在台北搬过好几次家。我印象最深的两处梁宅，一在云和街，一在安东街。我初入师大（那时还是"省立师范学院"）

教大一英文，一年将满，又偕夏菁去云和街看梁先生。谈笑及半，他忽然问我："送你去美国读一趟书，你去吗？"那年我已三十，一半书呆，一半诗迷，几乎尚未阅世，更不论乘飞机离岛。对此一问，我真是惊多喜少。回家和我存讨论，她是惊少而喜多，马上说："当然去！"这一来，里应外合势成。加上社会压力日增，父亲在晚餐桌上总是有意无意地报道："某伯伯家的老三也离台了！"我知道偏安之日已经不久。果然三个月后，我便文化充军，去了秋色满地的爱荷华城。

从美国回来，我便专任师大讲师。不久，梁先生从英语系主任变成了我们的文学院院长，但是我和夏菁去看他，仍然称他梁先生。这时他又迁到安东街，住进自己盖的新屋。稍后夏菁的新居在安东街落成，他便做了令我羡慕的梁府近邻，也从此，我去安东街，便成了福有双至，一举两得。安东街的梁宅，屋舍俨整，客厅尤其宽敞舒适，屋前有一片颇大的院子，花木修护得可称多姿，常见两老在花畦树径之间流连。比起德惠街与云和街的旧屋，这新居自然优越了许多，更不提广州的平山堂和北碚的雅舍了。可以感受得到，这新居的主人住在"家外之家"，怀乡之余，该是何等快慰。

六十五岁那年，梁先生在师大提前退休，欢送的场面十分盛大。翌年，他的"终身大事"，莎士比亚戏剧全集之中译完成，朝野大设酒会庆祝盛举，并有一女中的学生列队颂歌：想莎翁生前也没有这般殊荣。师大英语系的晚辈同事也设席祝贺，并赠他一座银盾，上面刻着我拟的两句赞词："文豪述诗豪，梁翁传莎翁。"莎翁退休之年是四十七岁，逝世之年也才五十二岁，其实还不能算翁。同时莎翁生前只出版了十八个剧本，梁翁却能把三十七本莎剧全部中译成书。对比之下,梁翁是有福多了。听了我这意见,梁翁不禁莞尔。

这已经是二十年前的事了。后来夏菁担任联合国农业专家,远去了牙买加。梁先生一度旅居西雅图。我自己先则旅美两年,继而去了香港,十一年后才回台湾。高雄与台北之间虽然只是四小时的车程,毕竟不比厦门街到安东街那么方便了。青年时代夜访梁府的一幕一幕,皆已成为温馨的回忆,只能在深心重温,不能在眼前重演。其实不仅梁先生,就连晚他一辈的许多台北故人,也都已相见日稀。四小时的车尘就可以回到台北,却无法回到我的台北时代。台北,已变成我的回声谷。那许多巷弄,每转一个弯,都会看见自己的背影。不能,我不能住在背影巷与回声谷里。每次回去台北,都有一番近乡情怯,怕卷入回声谷里那千重魔幻的漩涡。

在香港结交的旧友之中,有一人焉,竟能逆流而入那回声的漩涡,就是梁锡华。他是徐志摩专家,研究兼及闻一多,又是抒情与杂感兼擅的散文家,就凭这几点,已经可以跻列梁门,何况他对梁先生更已敬仰有素。一九八〇年七月,法国人在巴黎举办抗战文学研讨会,有代表旧案重提,再诬梁实秋反对抗战文学。梁锡华即席澄清史实,一士谔谔,力辨其诬。夏志清一语双关,对锡华跷起大拇指,赞他"小梁挑大梁"!我如在场,这件事义不容辞,应该由我来做。锡华见义勇为,更难得事先覆按过资料,不但赢得梁先生的感激,也使我这受业弟子深深感动。

梁实秋就是梁实秋,这三个字在文学思想上代表一种坚定的立场和价值,已有近六十年的历史。

梁实秋的文学思想强调古典的纪律,反对浪漫的放纵。他认为革命文学也好，普罗文学也好，都是把文学当做工具，眼中并无文学；但是在另一方面，他也不赞成为艺术而艺术，因为那样势必把艺术抽离人生。简而言之，他认为文学既非宣传，亦非游戏。他始终标举安诺德所说的，作家应该"沉静地观察人生，并观察其全貌"。因此他认为文学描写的充分对象是人生，而不仅是阶级性。

黎明版《梁实秋自选集》的小传，说作者"生平无所好，唯好交友、好读书、好议论"。这三好之中的末项，在大陆时代表现得最为出色，所以才会招惹鲁迅而陷入重围。季季在访问梁先生的记录《古典头脑，浪漫心肠》之中，把他的文学活动分成翻译、散文、编字典、编教科书四种。这当然是梁先生的台湾时代给人的印象。其实梁先生在大陆时代的笔耕，以量而言，最多产的是批评和翻译，至于《雅舍小品》，已经是四十岁以后所作，而在台湾出版的了。《梁实秋自选集》分为文学理论与散文二辑，前辑占一九八页，后辑占一六二页，分量约为五比四，也可见梁先生对自己批评文章的强调。他在答季季问时说："我好议论，但是自从抗战军兴，无意再作任何讥评。"足证批评是梁先生早岁的经营，难怪台湾的读者印象已淡。

一提起梁实秋的贡献，无人不知莎翁全集的浩大译绩，这方面的声名几乎掩盖了他别的译书。其实翻译家梁实秋的成就，除了莎翁全集，尚有《织工马南传》《咆哮山庄》《百兽图》《西塞罗文录》等十三种。就算他一本莎剧也未译过，翻译家之名他仍当之无愧。

读者最多的当然是他的散文。《雅舍小品》初版于一九四九年，到一九七五年为止，二十六年间已经销了三十二版；到现在想必近五十版了。我认为梁氏散文所以动人，大致是因为具备下列这几种特色：

首先是机智闪烁，谐趣叠生，时或滑稽突梯，却能适可而止，不堕俗趣。他的笔锋有如猫爪戏人而不伤人，即使讥讽，针对的也是众生的共相，而非私人，所以自有一种温柔的美感距离。其次篇幅浓缩，不事铺张，而转折灵动，情思之起伏往往点到为止。此种笔法有点像画上的留白，让读者自己去补足空间。梁先生深信"简短乃机智之灵魂"，并且主张"文章要深，要远，就是不要长"。再次是文中常有引证，而中外逢源，古今无阻。这引经据典并不容易，不但要避免出处太过俗滥，显得腹笥寒酸，而且引文要来得自然，安得妥帖，与本文相得益彰，正是学者散文的所长。

最后的特色在文字。梁先生最恨西化的生硬和冗赘，他出身外文，却写得一手道地的中文。一般作家下笔，往往在白话、文言、西化之间徘徊歧路而莫知取舍，或因简而就陋，一白到底，一西不回；或弄巧而成拙，至于不文不白，不中不西。梁氏笔法一开始就逐走了西化，留下了文言。他认为文言并未死去，反之，要写好白话文，一定得读通文言文。他的散文里使用文言的成分颇高，但不是任其并列，而是加以调和。他自称文白夹杂，其实应该是文白融会。梁先生的散文在中岁的《雅舍小品》里已经形成了简洁而圆融的风格，这风格在台湾时代仍大致不变。证之近作，他的水准始终在那里，像他的前额一样高超。

1987 年 4 月 3 日

名画的归宿

七月初的西班牙之行，美不胜收，所见所经，可以写成不少诗和散文。其中最难忘的经验，是见到了许多名画的原作，包括毕加索的《格尔尼卡》与艾尔·格瑞科的《奥加司伯爵之葬礼》。毕加索的名画在色彩上黑白间灰，复制出来还不太走样。艾尔·格瑞科那幅绚丽壮美的杰作，没有画册能够逼近真迹，终于有缘目睹本貌，实在令人感奋。

展出《格尔尼卡》的普拉多美术馆（Museo del Prado），在马德里市内，以维拉斯凯斯、鲁本斯、哥耶等大师收藏之富闻名于世。但是馆内名画之中，最令西班牙观众感动的一幅，却是四年前终于叶落归根的这幅《格尔尼卡》。一九八一年十月二十五日，为纪念毕加索诞生一百周年，这幅画首次在他的祖国公开展出，意义十分重大。就像毕加索其人一样，此画也有一段不凡的身世。

格尔尼卡（Guernica）是西班牙北部靠近比斯开湾的一个小镇，属于民情激昂的巴斯克地区。一九三七年四月二十六日，正值西班牙内战时期，德国空军突加袭击，轰炸之余，更以机枪扫射,受害的民众数以千计。毕加索在巴黎闻讯,十分震惊。他素来反对佛朗哥,更认为施暴的德军是佛朗哥的盟友,所以反感愈甚。

这时法国的工商部正筹办"现代生活之艺术与工技国际博览会",参加的国家有四十四个。西班牙的共和政府已经邀请毕加索为博览会场的西班牙馆绘制一幅壁画,主题由画家自定。毕加索正在为画题沉吟不决,这时受了暴行的刺激,便在五月一日开始为未来的巨制试绘草稿。一直到五月底,《格尔尼卡》尚未完工,西班牙驻法大使馆的文化参事奥伯却提前把酬金付给画家。据官方纪录,酬金高达十五万法郎,占整个西班牙馆经费的百分之十五。当时毕加索的名气不算顶响,他的画价最高也不过一幅一万多法郎。早在一九〇五年,他曾经以二千元西班牙币(peseta,现在四元才值台币一元)的低价售去三十张画。

最奇怪的是,根据当时的条件,这幅画仍属毕加索所有。西班牙驻法大使并不欣赏这幅画,而展出之后,除了艾吕耶等文人为文捧场外,大众的反应颇为冷淡。德国馆高悬希特勒的照片,并在场刊里影射《格尔尼卡》为狂人之作。从一九三八年起,此画便开始了漫长的飘零生涯,先后在英美的大城展出,不但饱受保守评论家的讥嘲,就算新派人士的反应也是毁誉参半。一九三九年,《格尔尼卡》以筹募流亡学人援助金的名义展于芝加哥,只募到七百元美金。五十年代的时候,此画又在法、德、荷、比、瑞典等国巡回展出。一九六八年西班牙当局多方接洽,希望收回这幅名作,均为画家所拒。直到一九八一年九月十日,画家死后八年,《格尔尼卡》才运抵马德里;一个半月后,才在普拉多美术馆展出,供画家的同胞观赏。

长年藏在纽约现代美术馆，今日终于供在普拉多美术馆，庞大塑胶护罩里的这幅《格尔尼卡》，宽三百五十厘米，长七百八十厘米，是举世公认的毕加索的代表作，但是论者的诠释仍有出入。有人说它是伟大的黑白素描，有人说它是一张大海报，更有无数批评家宏论滔滔，企图说明画中的六人二兽各有何种象征。许多论析都似乎言之成理，却不能令人完全满意。例如有人说那头公牛昂然立于画中的悲剧之外，是毕加索的自喻；却又有人说牛象征的是不屈的伊比利亚性格。

《格尔尼卡》是内战的悲剧刺激出来的，正如奥登论叶芝所云："疯狂的爱尔兰把你刺激成诗篇。"但是在画面上一切都已转化成艺术，提升为人类普遍的经验。要在上面寻找佛朗哥或希特勒的落实形象，是不可能的。毕加索自己也说："企图解释画意的人，通常都大错特错。"《格尔尼卡》由个别的事件扩充为综合的意义，并不是新闻的插图、政论的注脚，所以今日看来，画面的恶魔仍咄咄逼人，惊心骇目，不敢逼视。而半世纪来，千千万万的宣传画都已灰飞烟灭，无人再提。

此所以毕加索之为大师，值得所有的直接写实论者深思回味。

1985 年 7 月 28 日

徐志摩诗小论

《围城》第八十五页,名士董斜川睥睨群彦,语惊四座:"新诗跟旧诗不能比!我那年在庐山跟我们那位老世伯陈散原先生聊天,偶尔谈起白话诗。老头子居然看过一两首新诗。他说还算徐志摩的诗有点意思,可是只相当于明初杨基那些人的境界,太可怜了。"

陈散原有没有说过这一番话,尚待考证,不过《围城》里的儒林百态似乎均有影射,不致空穴来风。体出山谷的散原老人,对于晚唐风味的杨基,自然不会垂青。把徐志摩来比杨基,显然是在贬徐。《麓堂诗话》批评杨基说:"其曰'六朝旧恨斜阳外,南浦新愁细雨中',曰'平川十里人归晚,无数牛羊一笛风',诚佳。然'绿迷歌扇,红衬舞裙',已不能脱元诗气习。至'帘为看山尽卷西',更过纤巧;'春来帘幕怕朝东',乃艳词耳。"陈田在《明诗纪事》中也说:"眉庵集中不乏冲雅之作,特才华烂漫,时伤纤巧。弇州摘其'判醉望愁醒,愁因醉转增',是词中《菩萨蛮》语。'尚短柳如新折后,已残花似未开时',是《浣溪沙》调语。"杨基诗风,当然不尽是纤巧的一类。《明诗别裁》就认为他的《长江万里图》"七言短古，原本李颀常建诸公"，而《岳阳楼》一首应推为五言之杰作，一起一结尤入神境。

散原老人说徐志摩只相当于杨基的境界，大概是病其纤巧柔靡，有肌无骨。无论陈散原有没有说过这句话，据我猜想，钱默存自己多少也有这种看法的。在《围城》里，他又借董斜川之口说："东洋留学生捧苏曼殊，西洋留学生捧黄公度。留学生不知苏东坡，黄山谷，心目间只有这一对苏黄。我没说错吧？还是黄公度好些，苏曼殊诗里的日本味儿，浓得就像日本女人头发上的油气。"

江西诗派祖述黄山谷，讲究的是"生涩瘦硬，奇僻拗拙"，专爱向古人句中去脱胎换骨，腐草生萤，对于苏东坡的行云流水，恣肆淋漓，尚且不满，对于杨基和苏曼殊之流，自然更嫌其纤柔浓艳了。徐志摩的小诗《沙扬娜拉一首》，副题"赠日本女郎"：

> 最是那一低头的温柔，
> 像一朵水莲花不胜凉风的娇羞，
> 道一声珍重，道一声珍重，
> 那一声珍重里有甜蜜的忧愁——
> 沙扬娜拉！

在徐志摩的诗里，这是一首上选之作，甜津津的，倒真是有点苏曼殊的味道，江西派诗人看到，又该皱眉了。平心而论，这首小诗韵律和意象都很贴切自然，起句好，结句更有余味。论者常说徐志摩西化。就这首诗来看，却婉转温柔，一声"珍重"三次低回,有小令之感。柔情在这首诗里,可说恰到好处,过此就真的纤弱了。像《别拧我,疼》那一类诗,就未免太露骨,流于俗艳,置于宋词之中,当在秦观柳永之间。《沙扬娜拉一首》之免于西化,不但在韵味,也在句法。全诗五行,没有主词,没有散文必赖的联系词,没有累赘堆砌的形容词,更没有西化句中屡见的代名词:转接无痕的文法诚然是中国的传统。另一首佳作却是比较西化的《偶然》:

> 我是天空里的一片云,
> 偶尔投影在你的波心——
> 你不必讶异,
> 更无须欢喜——
> 在转瞬间消灭了踪影。
>
> 你我相逢在黑夜的海上,
> 你有你的,我有我的,方向;
> 你记得也好,
> 最好你忘掉,
> 在这交会时互放的光亮!

《偶然》是一首歌,确也谱成了曲,流传众口。所谓偶然,就是中国人所说的"缘"。世上之事,一饮一啄,莫非前定,同载共渡,皆是有缘。然则一切偶然都是必然,真的是不必讶异,何须欢喜了。这该是一首情诗,写的是有缘的邂逅,无缘的结合,片时的惊喜,无限的惆怅。语气以退为进,实重似轻,洒脱之中隐寓着留恋。如果真的在一转瞬间形消影灭,那当然最好是忘掉,又何须记在诗里呢?所以表面上虽故示豁达,内心却是若有憾焉。在语调和情调上,表里之间对照的张力,正是《偶然》成功的地方。

前后两段各用了一个譬喻。前段作者是云,对方是水,云是主,水是客。后段两人都是水上的船,主客之势变成了平等的对驶。有人认为两段用喻各自为政,意象结构不够调和。其实由云而水,由水而船,接得十分自然;同时,前段从投影到灭影,是否定,后段从茫茫沧海漫漫黑夜到互放光亮,是肯定。肯定了什么呢?爱情,片刻之光可偿恒久之黑暗。生命之晦暗,赖有情人烛照之。由灭影到放光,意象结构原是十分有机的。

论者常说徐志摩欧化,似乎一犯欧化,便落了下乘。其实徐志摩并不怎么欧化,即使真有欧化,也有时欧化得相当高明。他的诗在格律上,句法上,取材上,是相当欧化的,但是在辞藻和情调上,仍深具中国风味。其实五四以来较有成就的新诗人,或多或少,莫不受到西洋文学的影响;影响不在有无欧化,而在欧化得是否成功,是否真能丰富中国文学的表现手法。欧化得生动自然,控制有方,采彼之长,以役于我,应该视为"欧而化之"。欧化得拙笨勉强,控制无力,不但未能采人之长,反而有损中文之美,便是"欧而不化"。新文学作家中文的毛病,一半便由于"欧而不化"。但是在《偶然》这首诗里,徐志摩却是欧而化之的。

"在你的波心"和"在黑夜的海上",都是文法上的所谓副词片语(adverbial phrase),在诗中均置于句末,当然是有些欧化。不过这样使用,今日已经习以为常,不值得计较了。倒是"你有你的,我有我的,方向"一句,欧化得十分显明,却也颇为成功。不同主词的两个动词,合用一个受词,在中文里是罕见的。中国人惯说的"公说公有理,婆说婆有理",不能简化成"公说公有,婆说婆有,理"。徐志摩如此安排,确乎大胆,但是说来简洁而悬宕,节奏上益增重叠交错之感。如果坚持中国文法,改成"你有你的方向,我有我的方向",反而啰唆无趣了。另有一处句法上的欧化,却不易察觉,那便是最后的三行:

你记得也好,
最好你忘掉,
在这交会时互放的光亮!

匆匆读来,似乎"记得"和"忘掉"都是自足的动词,作用只及于所属之短句。仔细读时,才发现末句"在这交会时互放的光亮"不但是一个名词片语,而且是一个受词,承受的动词偏偏又是双重的——"记得"和"忘掉",正是合用这受词的双动词。徐志摩等于在说:"你记得我们交会时互放的光亮也好,你忘掉我们交会时互放的光亮最好。"不过这么说来,就是累赘的散文了。在篇末短短的四行诗中,双动词合用受词的欧化句法,竟然连用了两次,不但没有失误,而且颇能创新,此之谓"欧而化之"。

不过,如果说《偶然》一诗的胜境尽在欧化,则又不公平。此诗的语言仍以白话为主,但是像"偶尔""讶异""无须""转瞬""相逢"等词,却都是文言惯用的。要在一首短诗里调和白话、文言、欧化三种因素,并非易事。短句也处理得体:"不必讶异"和"无须欢喜"是对仗的,但第二段中的短句安排得更好。前段的两个短句,句法均是上三下二;后段的两个短句,却巧加变化,第一句是上三下二,第二句则改为上二下三。如果排成:

> 你记得也好,
> 你忘掉最好,

不但前后四个短句同一句法,读来单调刻板,而且语气僵硬无趣,倒像在吵嘴了。小小挪移一下,节奏立见生动;此事看来容易,一般诗人却想不到。只是末句我要挑一个小毛病:"在这交会时互放的光亮",十个字里,倒有六个是亢拔嘹亮的去声字,偏偏韵脚又落在去声上,而前面的几个韵脚"上""向""掉"又都是去声,全汇在这么一段怅惘低回的意境里,未免太刚了一点。徐志摩的音调,往往铿锵有余,而柔婉不足,曲折不够。《再别康桥》是另一首上乘的作品:

> 轻轻的我走了,
> 正如我轻轻的来;
> 我轻轻的招手,
> 作别西天的云彩。
>
> 那河畔的金柳,
> 是夕阳中的新娘;
> 波光里的艳影,
> 在我的心头荡漾。

　　　　软泥上的青荇，
　　　　油油的在水底招摇：
　　　　在康河的柔波里，
　　　　我甘心做一条水草！

　　　　那榆阴下的一潭，
　　　　不是清泉，是天上虹
　　　　揉碎在浮藻间，
　　　　沉淀着彩虹似的梦。

　　　　寻梦？撑一支长篙，
　　　　向青草更青处漫溯，
　　　　满载一船星辉，
　　　　在星辉斑斓里放歌。

　　　　但我不能放歌，
　　　　悄悄是别离的笙箫；
　　　　夏虫也为我沉默，
　　　　沉默是今晚的康桥！

　　　　悄悄的我走了，
　　　　正如我悄悄的来；
　　　　我挥一挥衣袖，
　　　　不带走一片云彩。

和《偶然》一样，这首《再别康桥》也是貌若洒脱而心实惆怅，只是《偶然》之惆怅乃因人而起，而《再别康桥》之惆怅乃因地而生。表面上诗人只是"挥一挥衣袖，不带走一片云彩"，似乎是无所依恋，但他的"心头"却荡漾着康河的波光艳影，"甘心"做柔波里的一条水草，而临别前夕，怅然无语，欲歌不能，连夏虫也为他沉默了。其实一开始诗人"作别西天的云彩"，便已有好景无多之感。

从晚霞到夕阳，从夕阳到星辉，从星辉到悄悄的夏夜，时序交代得井井有条。金柳、青荇、青草、彩虹和斑斓的星辉，诗中的色彩与光芒十分动人，但听觉上却是一片沉寂，形成特殊的对照。论者常说徐志摩的诗欧化，从这首诗看来，并不如此。综观全诗，无论在情调上或辞藻上，都颇有中国古典诗的味道。"寻梦？撑一支长篙"以下的四行，简直像宋词。"我轻轻的招手，作别西天的云彩"两句，更有李白的神韵。但在这两句里，云彩还在西天，徐志摩还在人间；到了诗末的"我挥一挥衣袖，不带走一片云彩"，康桥竟已云霞掩映，俨同仙境，而徐志摩已成下凡的仙人了。意境到此，何欧化之有？同时，诗人再别康桥，悄悄的不是别离的钢琴或提琴，而是笙箫，仍不失其中国气质。至于"满载一船星辉"，虽是佳句，却本于宋朝张孝祥的《西江月》："满载一船明月，平铺千里秋江。"

句法上倒是有一点欧化，例如开篇的三行：

> 轻轻的我走了，
> 正如我轻轻的来；
> 我轻轻的招手，

确有一些欧化，但用得十分灵活：副词"轻轻的"连用了三次，在句中的位置忽升忽降，重复中有变化，绝不单调。第四段第二行在文法上和第三行不可分割，是为西洋诗中所谓"跨行"，这也是欧化的,所以行末无标点。其实第二段的一、三两行和第三段的首行,全是跨行,原不应有标点;徐志摩都加上逗点,反为不美。

重词叠字,是本诗音调上的一个特色。篇首三用"轻轻",篇末三用"悄悄",前后形成双声叠字,有如天籁。整个末段的句法和首段的句法呼应,又是一种重叠。而呼应得最有趣的,则是第四段末到第六段末。"虹""梦""青""星辉""放歌""沉默"等字眼,均重复一次,但重复的方式各异,交织成纷至沓来的音响效果,却又安排得十分自然,并不惹眼。"向青草更青处漫溯"一句,兼双声、叠韵、叠字而有之,音调脆爽至极。

不过在第五段中,第二行末的"溯"字和第四行末的"歌"字,该押韵而实未押韵,是一失误。徐志摩是浙江人,可能把"歌"字读成"姑"了。吾友诗人夏菁,浙江人,也有这种乡音。

徐志摩的诗当然不能篇篇这么好。大致说来,他的诗能快而不能慢,能高亢而不能沉潜,善用短句而拙于长句,精于小品而未能驾驭长篇。在《常州天宁寺闻礼忏声》《五老峰》《庐山石工歌》,以至四百行以上的《爱的灵感》等长篇之中,徐志摩的诗艺便显得照顾不周,成就不大。像《这是一个懦怯的世界》一类的作品,有意学雪莱而不成功。至于《盖上几张油纸》一类带点戏剧意味的作品,则接近哈代。其实哈代的诗在技巧上颇为笨拙,学得不好,更易流于平淡无味。徐志摩屡次试写西洋的双行体,也不够出色,不过双行体本来就难工,恐怕没有新诗人是能把双行体写成功的。如此,徐志摩在新诗上的贡献仍大有可观。

1977 年 11 月

朋友四型

一个人命里不见得有太太或丈夫，但绝对不可能没有朋友。即使是荒岛上的鲁滨孙，也不免需要一个"礼拜五"。一个人不能选择父母，但是除了鲁滨孙之外，每个人都可以选择自己的朋友。照说选来的东西，应该符合自己的理想才对，但是事实又不尽然。你选别人，别人也选你。被选，是一种荣誉，但不一定是一件乐事。来按你门铃的人很多，岂能人人都令你"喜出望外"呢？大致说来，按铃的人可以分为下列四型：

第一型，高级而有趣。这种朋友理想是理想，只是可遇而不可求。世界上高级的人很多，有趣的人也很多，又高级又有趣的人却少之又少。高级的人使人尊敬，有趣的人使人欢喜，又高级又有趣的人，使人敬而不畏，亲而不狎，交结愈久，芬芳愈醇。譬如新鲜的水果，不但甘美可口，而且富于营养，可谓一举两得。朋友是自己的镜子。一个人有了这种朋友，自己的境界也低不到哪里去。东坡先生杖履所至，几曾出现过低级而无趣的俗物？

第二型，高级而无趣。这种人大概就是古人所谓的净友，甚至畏友了。这种朋友,有的知识丰富,有的人格高超,有的呢,"品学兼优"像一个模范生,可惜美中不足,都缺乏那么一点儿幽默感,活泼不起来。你总觉得,他身上有那么一个窍没有打通,因此无法豁然恍然,具备充分的现实感。跟他交谈,既不像打球那样,你来我往,此呼彼应,也不像滚雪球那样,把一个有趣的话题愈滚愈大。精力过人的一类,只管自己发球,不管你接不接得住。消极的一类则以逸待劳,难得接你一球两球。无论对手是积极或消极,总之该你捡球,你不捡球,这场球是别想打下去的。这种畏友的遗憾,在于趣味太窄,所以跟你的"接触面"广不起来。天下之大,他从城南到城北来找你的目的,只在讨论"死亡在法国现代小说中的特殊意义",或是"因纽特人对于性生活的态度"。为这种畏友捡一晚上的球,疲劳是可以想见的。这样的友谊有点像吃药,太苦了一点。

第三型,低级而有趣。这种朋友极富娱乐价值,说笑话,他最黄;说故事,他最像;消息,他最灵通;关系,他最广阔;好去处,他都去过;坏主意,他都打过。世界上任何话题他都接得下去,至于怎么接法,就不用你操心了。他的全部学问,就在不让外行人听出他没有学问。至于内行人,世界上有多少内行人呢?所以他的马脚在许多客厅和餐厅里跑来跑去,并不怎么露眼。这种人最会说话,餐桌上有了他,一定宾主尽欢,大家喝进去的美酒还不如听进去的美言那么"沁人心脾"。会议上有了他,再空洞的会议也会显得主题正确,内容充沛,没有白开。如果说,第二型的朋友拥有世界上全部的学问,独缺常识,这一型的朋友则恰恰相反,拥有世界上全部的常识,独缺学问。照说低级的人而有趣味,岂非低级趣味,你竟能与他同乐,岂非也有低级趣味之嫌？不过人性是广阔的，谁能保证自己毫无此种不良的成分呢？如果要你做鲁滨孙，你会选第三型还是第二型的朋友做"礼拜五"呢？

第四型，低级而无趣。这种朋友，跟第一型的朋友一样少，或然率相当之低。这种人当然自有一套价值标准，非但不会承认自己低级而无趣，恐怕还自以为又高级又有趣呢。然则，余不欲与之同乐矣。

1972 年 5 月

望乡的牧神

那年的秋季特别长,一直拖到感恩节,还不落雪。事后大家都说,那年的冬季,也不像往年那么长,那么严厉。雪是下了,但不像那么深,那么频。幸好圣诞节的一场还积得够厚,否则圣诞老人就显得狼狈失措了。

那年的秋季,我刚刚结束了一年浪游式的讲学,告别了第三十三张席梦思,回到密歇根来定居。许多好朋友都在美国,但黄用和华苓在爱奥华,梨华远在纽约,一个长途电话能令人破产。咪咪手续未备,还阻隔半个大陆加一个海加一个海关。航空邮简是一种迟缓的箭,射到对海,火早已熄了,余烬显得特别冷。

那年的秋季,显得特别长。草,在渐渐寒冷的天气里,久久不枯。空气又干,又爽,又脆。站在下风的地方,可以嗅出树叶,满林子树叶散播的死讯,以及整个中西部成熟后的体香。中西部的秋季,是一场弥月不熄的野火,从浅黄到血红到暗赭到郁沉沉的浓栗,从爱奥华一直烧到俄亥俄,夜以继日以继夜地维持好几十郡的灿烂。云罗张在特别洁净的蓝虚蓝无上,白得特别惹眼。谁要用剪刀去剪,一定装满好几箩筐。

那年的秋季特别长,像一段锥形的永恒。我几乎以为,站在四围的秋色里,那种圆溜溜的成熟感,会永远悬在那里,不坠下来。终于一切瓜一切果都过肥过重了,从腴沃中升起来的仍垂向腴沃。每到黄昏,太阳也垂垂落向南瓜田里,红橙橙的,一只熟得不能再熟下去的,特大号的南瓜。日子就像这样过去。晴天之后仍然是晴天之后仍然是完整无憾饱满得不能再饱满的晴天,敲上去会敲出音乐来的稀金属的晴天。就这样微酪地饮着清醒的秋季,好怎么不好,就是太寂寞了。在西密歇根大学,开了三门课,我有足够的时间看书,写信。但更多的时间,我用来幻想,而且回忆,回忆在一个岛上做过的有意义和无意义的事情,一直到半夜,到半夜以后。有些事情,曾经恨过的,再恨一次;曾经恋过的,再恋一次;有些无聊,甚至再无聊一次。一切都离我很久,很远。我不知道,我的寂寞应该以时间还是空间为半径。就这样,我独自坐到午夜以后,看窗外的夜比圣经旧约更黑,万籁俱死之中,听两颊的胡髭无赖地长着,应和着腕表巡回的秒针。

这样说,你就明白了。那年的秋季特别长。我不过是个客座教授,悠悠荡荡的,无挂无牵。我的生活就像一部翻译小说,情节不多,气氛很浓;也有其现实的一面,但那是异国的现实,不算数。例如汽车保险到期了,明天要记得打电话给那家保险公司;公寓的邮差怪可亲的,圣诞节要不要送他件小礼品等等。究竟只是一部翻译小说,气氛再浓,只能当做一场逼真的梦罢了。而尤其可笑的是,读来读去,连一个女主角也不见。男主角又如此无味。这部恶汉体的(picaresque)小说,应该是没有销路的。不成其为配角的配角,倒有几位。劳悌芬便是其中的一位。在我教过的一百六十几个美国大孩子之中,劳悌芬和其他少数几位,大概会长久留在我的回忆里。一切都是巧合。有一个黑发的东方人，去到密歇根。恰巧会到那一个大学。恰巧那一年，有一个金发的美国青年，也在那大学里。恰巧金发选了黑发的课。恰巧谁也不讨厌谁。于是金发出现在那部翻译小说里。

那年的秋季，本来应该更长更长的。是劳悌芬，使它显得不那样长。劳悌芬，是我给金发取的中文名字。他的本名是 Stephen Cloud。一个姓云的人，应该是洒脱的。劳悌芬倒不怎么洒脱。他毋宁是有些腼腆的，不像班上其他的男孩，爱逗着女同学说笑。他也爱笑，但大半是坐在后排，大家都笑时他也参加笑，会笑得有些脸红。后来我才发现他是戴隐形眼镜的。

同时，秋季愈益深了。女学生们开始穿大衣来教室。上课的时候，掌大的枫树落叶，会簌簌叩打大幅的玻璃窗。我仍记得，那天早晨刚落过霜，我正讲到杜甫的"秋来相顾尚飘蓬"。忽然瞥见红叶黄叶之上，联邦的星条旗扬在猎猎的风中，一种摧心折骨的无边秋感，自头盖骨一直麻到十个指尖。有三四秒钟我说不出话来。但脸上的颜色一定泄漏了什么。下了课，劳悌芬走过来，问我周末有没有约会。当我的回答是否定时，他说：

"我家在农场上，此地南去四十多英里。星期天就是万圣节了。如果你有兴致，我想请你去住两三天。"

所以三天后，我就坐在他西德产的小汽车右座，向南方出发了。十月底的一个半下午，小阳春停在最美的焦距上，湿度至小，能见度至大，风景呈现最清晰的轮廓。出了卡拉马如（Kalamazoo），密歇根南部的大平原抚得好空好阔，浩浩乎如一片陆海，偶然的农庄和丛树散布如列屿。在这样响当当的晴朗里，这样高速这样平稳的驰骋,令人幻觉是在驾驶游艇。一切都退得很远,腾出最开敞的空间,让你回旋。秋,确是奇妙的季节。每个人都幻觉自己像两万英尺高的卷云那么轻,一大张卷云卷起来称一称也不过几磅。又像空气那么透明,连忧愁也是薄薄的,用裁纸刀这么一裁就裁开了。公路,像一条有魔术的白地毡,在车头前面不断舒展,同时在车尾不断卷起。

如是卷了二十几英里,西德的小车在一面小湖旁停了下来。密歇根原是千湖之州,五大湖之间尚有无数小泽。像其他的小泽一样,面前的这个湖蓝得染人肝肺。立在湖边,对着满满的湖水,似乎有一只幻异的蓝眼瞳在施术催眠,令人意识到一种不安的美。所以说秋是难解的。秋是一种不可置信而居然延长了这么久的奇迹,总令人觉得有点不安。就像此刻,秋色四面,上面是土耳其玉的天穹,下面是普鲁士蓝的清澄,风起时,满枫林的叶子滚动香熟的灿阳,仿佛打翻了一匣子的玛瑙。莫内和席思礼死了,印象主义的画面永生。

这只是刹那的感觉罢了。下一刻,我发现劳悌芬在喊我。他站在一株大黑橡下面。赤褐如焦的橡叶丛底,露出一间白漆木板钉成的小屋。走进去,才发现是一爿小杂货店。陈设古朴可笑,饶有殖民时期风味。西洋杉铺成的地板,走过时轧轧有声。这种小铺子在城市里是已经绝迹了。店主是一个满脸斑点的胖妇人。劳悌芬向她买了十几根红白相间的竿竿糖,满意地和我走出店来。

橡叶萧萧,风中甚有寒意。我们赶回车上,重新上路。劳悌芬把糖袋子递过来,任我抽了两根。糖味不太甜,有点薄荷在里面,嚼起来倒也津津可口。劳悌芬解释说:

"你知道,老太婆那家小店,开了十几年了,生意不好,也不关门。读初中起,我就认得她了,也不觉得她的糖有什么好吃。后来去卡拉马如上大学,每次回家,一定找她聊天,同时买点糖吃,让她高兴高兴。现在居然成了习惯,每到周末,就想起薄荷糖来了。"

"是蛮好吃。再给我一根。你也是,别的男孩子一到周末就约 chic 去了,你倒去看祖母。"

劳悌芬红着脸傻笑。过了一会儿,他说:

"女孩子麻烦。她们喝酒,还做好多别的事。"

"我们班上的好像都很乖,例如路丝——"

"啫,满嘴的存在主义什么的,好烦。还不如那个老婆婆坦白!"

"你不像其他的美国男孩子。"

劳悌芬耸耸肩,接着又傻笑起来。一辆货车挡在前面,他一踩油门,超了过去。把一袋糖吃光,就到了劳悌芬的家了。太阳已经偏西。夕照正当红漆的仓库,显得特别明艳映颊。劳悌芬把车停在两层的木屋前和他父亲的旅行车并列在一起。一个丰硕的妇人从屋里探头出来,大呼说:

"Steve!我晓得是你!怎么这样晚才回来!风好冷,快进来吧!"

劳悌芬把我介绍给他的父母和弟弟侯伯(Herbert)。终于大家在晚餐桌边坐定。这才发现,他的父亲不过五十岁,已然满头白发,可是白得整齐而洁净,反而为他清瘦的面容增添光辉。侯伯是一个很漂亮的,伶手俐脚的小伙子。但形成晚餐桌上暖洋洋的气氛的,还是他的母亲。她是一个胸脯宽阔,眸光亲切的妇人，笑起来时，启露白而齐的齿光，映得满座粲然。她一直忙着传递盘碟。看见我饮牛奶时狐疑的脸色，她说：

"味道有点怪，是不是？这是我们自己的母牛挤的奶，原奶，和超级市场上买到的不同。等会儿你再尝尝我们自己的榨苹果汁看。"

"你们好像不喝酒。"我说。

"爸爸不要我们喝，"劳悌芬看了父亲一瞥，"我们只喝牛奶。"

"我们是清教徒，"他父亲眯着眼睛说，"不喝酒，不抽烟。从我的祖父起就是这样子。"

接着他母亲站起来，移走满桌子残肴，为大家端来一碟碟南瓜饼。

"Steve，"他母亲说，"明天晚上汤普森家的孩子们说了要来闹节的。'不招待，就作怪'，余先生听说过吧？糖倒是准备了好几包，就缺一盏南瓜灯。地下室有三四只空南瓜，你等会儿去挑一只雕一雕。我要去挤牛奶了。"

等他父亲也吃罢南瓜饼，起身去牛栏里帮他母亲挤奶时，劳悌芬便到地下室去。不久，他捧了一只脸盆大小的空干南瓜来，开始雕起假面来。他在上端先开了两只菱形的眼睛，再向中部挖出一只鼻子，最后，又挖了一张新月形的阔嘴，嘴角向上。接着他把假面推到我的面前，问我像不像。想了一会儿，我说：

"嘴好像太小了。"

于是他又把嘴向两边开得更大。然后他说：

"我们把它放到外面去吧。"

我们推门出去。他把南瓜脸放在走廊的地板上，从夹克的大

口里掏出一截白蜡烛,塞到蒂眼里,企图把它燃起。风又急又冷,一吹,就熄了。徒然试了几次,他说:

"算了,明晚再点吧。我们早点睡。明天还要去打野兔子呢。"

第二天下午,我们果然背着猎枪,去打猎了。这在我说来,是有点滑稽的。我从来没有打猎的经验。军训课上,是射过几发子弹,但距离红心不晓得有多远。劳悌芬却兴致勃勃,坚持要去。

"上个周末没有回家。再上个周末,帮爸爸驾收割机收黄豆。一直没有机会到后面的林子里去。"

劳悌芬穿了一件粗帆布的宽大夹克,长及膝盖,阔腰带一束,显得五英尺十英寸上下的身材,分外英挺。他把较旧式的一把猎枪递给我,说:

"就凑合着用一下吧。1958年出品,本来是我弟弟用的。"看见我犹豫的脸色,他笑笑说:"放松一点。只要不向我身上打就行。很有趣的,你不妨试试看。"

我原有一肚子的话要问他。可是他已经领先向屋后的橡树林欣然出发了。我端着枪跟上去。两人绕过黄白相间的耿西牛群的牧地,走上了小木桥彼端的小土径,在犹青的乱草丛中蜿蜒而行。天气依然爽朗朗地晴。风已转弱,阳光不转瞬地凝视着平野,但空气拂在肌肤上,依然冷得人神志清醒,反应敏锐。舞了一天一夜的斑斓树叶,都悬在空际,浴在阳光金黄的好脾气中。这样美好而完整的静谧,用一发猎枪子弹给炸碎了,岂不是可惜。

"一只野兔也不见呢。"我说。

"别慌。到前面的橡树丛里去等等看。"

我们继续往前走。我努力向野草丛中搜索,企图在劳悌芬之前发现什么风吹草动;如此,我虽未必能打中什么,至少可以提醒我的同伴。这样想着,我就紧紧追上了劳悌芬。蓦地,我的猎伴举起枪来,接着耳边炸开了一声脆而短的骤响。一样毛茸茸的灰黄的物体从十几码外的黑橡树上坠了下来。

"打中了!打中了!"劳悌芬向那边奔过去。

"是什么?"我追过去。

等到我赶上他时,他正挥着枪柄在追打什么。然后我发现草坡下,劳悌芬脚边的一个橡树窟窿里,一只松鼠尚在抽搐。不到半分钟,它就完全静止了。

"死了。"劳悌芬说。

"可怜的小家伙。"我摇摇头。我一向喜欢松鼠。以前在爱奥华念书的时候,我常爱从红砖的古楼上,俯瞰这些长尾多毛的小动物,在修得平整的草地上嬉戏。我尤其爱看它们躬身而立,捧食松果的样子。劳悌芬捡起松鼠。它的右腿渗出血来,修长的尾巴垂着死亡。劳悌芬拉起一把草,把血斑拭去说:

"它掉下来,带着伤,想逃到树洞里去躲起来。这小东西好聪明。带回去给我父亲剥皮也好。"

他把死松鼠放进夹克的大口袋里,重新端起了枪。

"我们去那边的树林子里再找找看。"他指着半英里外的一片赤金和鲜黄。想起还没有庆贺猎人,我说:

"好准的枪法,刚才!根本没有看见你瞄准,怎么它就掉下来了。"

"我爱玩枪。在学校里,我还是预备军官训练队的上校呢。

每年冬季，我都带侯伯去北部的半岛打鹿。这一向眼睛差了。隐形眼镜还没有戴惯。"

这才注意到劳悌芬的眸子是灰蒙蒙的，中间透出淡绿色的光泽。我们越过十二号公路。岑寂的秋色里，去芝加哥的车辆迅疾地扫过，曳着轮胎磨地的咝咝，和掠过你身边时的风声。一辆农场的拖拉机，滚着齿漕深凹的大轮子，施施然辗过，车尾扬着一面小红旗。劳悌芬对车上的老叟挥挥手。

"是汤普森家的丈人。"他说。

"车上插面红旗子干吗？"

"哦，是州公路局规定的。农场上的拖拉机之类，在公路上穿来穿去，开得太慢，怕普通车辆从后面撞上去。挂一面红旗，老远就看见了。"

说着，我们一脚高一脚低走进了好大一片刚收割过的田地。阡陌间歪歪斜斜地还留着一行行的残梗，零零星星的豆粒，落在干燥的土块里。劳悌芬随手折起一片豆荚，把荚剥开。淡黄的豆粒滚入了他的掌心。

"这是汤普森家的黄豆田。尝尝看，很香的。"

我接过他手中的豆子，开始尝起来。他折了更多的豆荚，一片一片地剥着。两人把嚼不碎的豆子吐出来。无意间，我哼起"高粱肥，大豆香，遍地黄金少灾殃……"

"嘿，那是什么？"劳悌芬笑起来。

"二次大战时大家都唱的一首歌……那时我们都是小孩子。"说着，我的鼻子酸了起来。两人走出了大豆田，又越过一片尚未收割的玉蜀黍。劳悌芬停下来，笑得很神秘。过了一会儿，他说："你听听看，看能听见什么。"

我当真听了一会儿。什么也没有听见。风已经很微。偶尔，玉蜀黍的干穗谷和邻株磨出一丝寒窣。劳悌芬的浅灰绿瞳子向我发出问询。

我茫然摇摇头。

他又阔笑起来。

"玉米田，多耳朵。有秘密，莫要说。"

我也笑起来。

"这是双关语，"他笑道，"我们英语管玉米穗叫耳朵。好多笑话都从它编起。"

接着两人又默然了。经他一说，果然觉得玉蜀黍秆上挂满了耳朵。成千的耳朵都在倾听，但下午的遗忘覆盖一切，什么也听不见。一枚硬壳果从树上跌下来，两人吓了一跳。劳悌芬俯身拾起来，黑褐色的硬壳已经干裂。

"是山胡桃呢。"他说。

我们继续向前走。杂树林子已经在面前。不久，我们发现自己已在树丛中了。厚厚的一层落叶铺在我们脚下。卵形而有齿边的是桦，瘦而多棱的是枫，橡叶则圆长而轮廓丰满。我们踏着千叶万叶已腐的，将腐的，干脆欲裂的秋季向更深处走去，听非常过瘾也非常伤心的枯枝在我们体重下折断的声音。我们似乎践在暴露的秋筋秋脉上。秋日下午那安静的肃杀中，似乎，有一些什么在我们里面死去。最后，我们在一截断树干边坐下来。一截合抱的黑橡树干，横在枯枝败叶层层交叠的地面，龟裂的老皮形成阴郁的图案，记录霜的齿印，雨的泪痕。黑眼眶的树洞里，覆盖着红叶和黄叶，有的仍有潮意。

两人靠着断干斜卧下来，猎枪搁在断柯的权丫上。树影重重叠叠覆在我们上面，蔽住更上面的蓝穹。落下来的锈红蚀褐已经很多，但仍有很多的病叶，弥留在枝柯上面，犹堪支撑一座两丈多高的镶黄嵌赤的圆顶。无风的林间，不时有一张叶子飘飘荡荡地坠落。而地面，纵横的枝叶间，会传来一声不甚可解的寒窣，说不出是足拨的或是腹游的路过。

"你看，那是什么？"我转向劳悌芬。他顺着我指点的方向看去。那是几棵银桦树间一片凹下去的地面，里面的桦叶都压得很平。

"好大的坑。"我说。

"是鹿，"他说，"昨夜大概有鹿来睡过。这一带有鹿。如果你住在湖边，就会看见它们结队去喝水。"

接着他躺了下来，枕在黑皮的树干上，穿着方头皮靴的脚交叠在一起。他仰面凝视叶隙透进来的碎蓝色。如是仰视着，他的脸上覆盖着纷沓而游移的叶影，红的朦胧叠着黄的模糊。他的鼻梁投影在一边的面颊上，因为太阳已沉向西南方，被桦树的白干分割着的西南方，牵着一线金熔熔的地平。他的阔胸脯微微地起伏。

"Steve，你的家园多安静可爱。我真羡慕你。"

仰着的脸上漾开了笑容。不久，笑容静止下来。

"是很可爱啊，但不会永远如此。我可能给征到越南去。"

"那样，你去不去呢？"我说。

"如果征到我，就必须去。"

"你——怕不怕？"

"哦，还没有想过。美国的公路上，一年也要死五万人呢。我怕不怕？好多人赶着结婚。我同样地怕结婚。年纪轻轻的，就认定一个女孩，好没意思。"

"你没有女朋友吗？"我问。

"没有认真的。"

我茫然了。躺在面前的是这样的一个躯体，结实，美好，充溢的生命一直到指尖和趾尖。就是这样的一个躯体，没有爱过，也未被爱过，未被情欲燃烧过的一截空白。有一个东方人是他的朋友。冥冥中，在一个遥远的战场上，将有更多的东方人等着做他的仇敌。一个遥远的战场，那里的树和云从未听说过密歇根。

这样想着，忽然发现天色已经晚了。金黄的夕暮淹没了林外的平芜。乌鸦叫得原野加倍地空旷。有谁在附近焚烧落叶，空中漫起灰白的烟来，嗅得出一种好闻的焦味。

"我们回去吃晚饭吧。"劳悌芬说。

那年的秋季特别长，似乎，万圣节来得也特别迟。但到了万圣节，白昼已经很短了。太阳一下去，天很快就黑了，比《圣经》的封面还黑。吃过晚饭，劳悌芬问我累不累。

"不累。一点儿也不累。从来没有像这样好兴致。"

"我们开车去附近逛逛。"

"好啊——今晚不是万圣节前夕吗？你怕不怕？"

"怕什么？"劳悌芬笑起来，"我们可以捉两个女巫回来。"

"对！捉回来，要她们表演怎样骑扫帚！"

全家人都哄笑起来。劳悌芬和我穿上厚毛衫与夹克。推门出去，在寒战的星光下，我们钻进西德的小车。车内好冷，皮垫子冰人臀股，一切金属品都冰人肘臂。立刻，车窗上就呵了一层翳翳的雾气。车子上了十二号公路，速度骤增，成排的榆树向两侧急急闪避，白脚的树干反映着首灯的光，但榆树的巷子外，南密歇根的平原罩在一件神秘的黑巫衣里。劳悌芬开了暖气。不久，我的膝头便感到暖烘烘了。

"今晚开车特别要小心，"劳悌芬说，"有些小孩子会结队到邻近的村庄去捣蛋。小孩子边走边说笑，在公路边上，很容易发生车祸。今年，警察局在报上提醒家长，不要让孩子穿深色的衣服。"

"你小时候有没有闹过节呢？"

"怎么没有？我跟侯伯闹了好几年。"

"怎么一个捣蛋法？"

"哦，不给糖吃的话，就用烂泥糊在人家门口。或在窗子上画个鬼，或者用粉笔在汽车上涂些脏话。"

"倒是满有意思的。"

"现在渐渐不作兴这样了。父亲总说，他们小时候闹得比我们还凶。"

说着，车已上了跨越大税路的陆桥。桥下的车辆四巷来去地疾驶着，首灯闪动长长的光芒，向芝加哥，向陀里多。

"是印第安纳的超级税道。我家离州界只有七英里。"

"我知道。我在这条路上开过两次的。"

"今晚已经到过印第安纳了。我们回去吧。"

说着，劳悌芬把车子转进一条小支道，绕路回去。

"走这条路好些，"他说，"可以看看人家的节景。"

果然远处霭着几星灯火。驶近时，才发现是十几户人家。走廊的白漆栏杆上，皆供着点燃的南瓜灯，南瓜如面，几何形的眼鼻展览着布拉克和毕加索，说不清是恐怖还是滑稽。有的廊上，悬着骑帚巫的怪异剪纸。打扮得更怪异的孩子们,正在拉人家的门铃。灯火自楼房的窗户透出来,映出洁白的窗帷。

接着劳悌芬放松了油门。路的右侧隐约显出几个矮小的人影。然后我们看出,一个是王,戴着金黄的皇冠,持着权杖,披着黑色的大氅。一个是后,戴着银色的后冕,曳着浅紫色的衣裳。后面一个武士,手执斧钺,不过四五岁的样子。我们缓缓前行,等小小的朝廷越过马路。不晓得为什么,武士忽然哭了起来。国王劝他不听,气得骂起来。还是好心的皇后把他牵了过去。

劳悌芬和我都笑起来。然后我们继续前进。劳悌芬哼起《出埃及》中的一首歌,低沉之中带点凄婉。我一面听,一面数路旁的南瓜灯。最后劳悌芬说:

"那一盏是我们家的南瓜灯了。"

我们把车停在铁丝网成的玉蜀黍圆仓前面。劳悌芬的母亲应铃来开门。我们进了木屋,一下子,便把夜的黑和冷和神秘全关在门外了。

"汤普森家的孩子们刚来过,"他的妈妈说,"爱弟装亚述王,简妮装贵妮薇儿,佛莱德跟在后面,什么也不像,连'不招待,就作怪'都说不清楚。"

"表演些什么?"劳悌芬笑笑说。

"简妮唱了一首歌。佛莱德什么都不会,硬给哥哥按在地上翻了一个筋斗。"

"汤姆怎么没来?"

"汤姆吗?汤姆说他已经大了,不搞这一套了。"

那年的秋季特别长，似乎可以那样一直延续下去。那一夜，我睡在劳悌芬家楼上，想到很多事情。南密歇根的原野向远方无限地伸长，伸进不可思议的黑色的遗忘里。地上，有零零落落的南瓜灯。天上，秋夜的星座在人家的屋顶上电视的天线上在光年外排列百年前千年前第一个万圣节前就是那样的阵图。我想得很多，很乱，很不连贯。高粱肥。大豆香。从越战想到八年的抗战。想冬天就要来了空中嗅得出雪来今年的冬天我仍将每早冷醒在单人床上。大豆香。想大豆在密歇根香着在印第安纳在俄亥俄香着的大豆在另一个大陆有没有在香着？劳悌芬是个好男孩我从来没有过弟弟。这部翻译小说，愈写愈长愈没有情节而且男主角愈益无趣，虽然气氛还算逼真。南瓜饼是好吃的，比苹果饼好吃些。高粱肥。大豆香。大豆香后又怎么样？我实在再也吟不下去了。我的床向秋夜的星空升起，升起。大豆香的下一句是什么？

　　那年的秋季特别长，所以说，我一整夜都浮在一首歌上。那些尚未收割的高粱，全失眠了。这么说，你就完全明白了，不是吗？那年的秋季特别长。

1966 年 10 月 24 日追忆

图字:15-2017-162号

本著作物经厦门墨客知识产权代理公司代理,由九歌出版社有限公司授权山东文艺出版社有限公司出版、发行中文简体字版本。

图书在版编目（CIP）数据

茱萸之谜:余光中经典散文/余光中著. —济南:山东文艺出版社,2018.6

ISBN 978-7-5329-5598-5

Ⅰ.①茱… Ⅱ.①余… Ⅲ.①散文集—中国—当代 Ⅳ.①I267

中国版本图书馆 CIP 数据核字(2018)第 011139 号

茱萸之谜

余光中　著

主管单位	山东出版传媒股份有限公司
出版发行	山东文艺出版社
社　　址	山东省济南市英雄山路189号
邮　　编	250002
网　　址	www.sdwypress.com
读者服务	0531-82098776（总编室）
	0531-82098775（市场营销部）
电子邮箱	sdwy@sdpress.com.cn
印　　刷	山东临沂新华印刷物流集团有限责任公司
开　　本	880毫米×1230毫米　1/32
印　　张	9.25
字　　数	208千
版　　次	2018年6月第1版
印　　次	2018年10月第2次印刷
书　　号	ISBN 978-7-5329-5598-5
定　　价	36.00元

版权专有,侵权必究。如有图书质量问题,请与出版社联系调换。